Kreideherzen

Sarah K. Broser

# *Kreideherzen*

Roman

2. Auflage Februar 2018


ISBN: 978-1537354880

Der Verstand kann uns sagen,
was wir unterlassen sollen.

Aber das Herz kann uns sagen,
was wir tun müssen.

(Joseph Joubert)

# Erstes Kapitel

»Wann kommt er denn endlich?«

Sam, Lilly und ich lagen am Strand des Stadtsees und genossen die letzten Tage der viel zu schnell endenden Sommerferien. Während Sam in die Fantasiewelt ihres Romans abgetaucht war, blätterte Lilly eines ihrer berühmt-berüchtigten Klatschmagazine durch. Im Gegensatz zu meinen Freundinnen, die nicht einmal eine Elefantenherde aus der Ruhe bringen konnte, flog mein Blick rastlos von meinem Handy den Strand entlang. Bis auf einige Skater, Radfahrer und Volleyballspieler konnte ich niemanden entdecken, der meinem Warten ein Ende bereiten würde.

»Olli kommt schon noch«, sagte Lilly und schlug die Seite um. »Irgendwann kommt er bestimmt.«

»Irgendwann«, wiederholte ich missmutig.

»Du kennst doch meinen Bruder.« Sie legte das Heft beiseite. »Er nimmt es nicht so genau mit der Pünktlichkeit.«

»Nicht so genau ist gut«, bemerkte Sam, die von ihrer Sternenreise in die Unendlichkeiten des Weltraums zurückgekehrt war. »Er wollte vor knapp zwei Stunden hier sein.«

»Meinst du, er kreuzt noch auf?«, fragte ich.

»Wahrscheinlich schrauben Kai, Nico und er an Kais Auto herum. Genieß die Sonne und vergiss meinen blöden Bruder.«

Ich lehnte mich zurück. Eigentlich war es nicht wichtig, wann und ob er überhaupt erscheinen würde. Ich drehte mich auf den Bauch. In der Schule würde ich ihn täglich sehen – ihn und all seine bescheuerten Kumpels. Ich legte mich auf die Seite. In den Pausen würde er kein Auge für mich haben. Schließlich lag ich wieder auf dem Rücken. Er musste einfach kommen!

»Jetzt bleib mal ruhig liegen«, beschwerte sich Sam. »Du machst mich ganz verrückt!«

»Kannst du ihn nicht anrufen?«, bat ich Lilly.

»Ruf doch selber an.«

Allein bei dem Gedanken, seine Stimme zu hören, schlug mein Herz schneller. Vermutlich würde ich mich beim Sprechen verhaspeln oder – schlimmer noch – kein einziges Wort herausbringen. »Ich habe seine Nummer nicht«, log ich.

Sie tastete neben sich, ergriff ihr Handy und warf es mir zu.

Das Telefon flutschte mir durch die Hände und knallte gegen meine Brust. Ich sah sie mit großen Augen an. »Ich soll ihn anrufen?«

Lilly nickte mir aufmunternd zu und vertiefte sich wieder in ihr Magazin.

Ich schluckte. Dann senkte ich meinen Blick auf das Display und suchte im Adressbuch nach seiner Nummer. »Und was soll ich ihm sagen?«

»Dass er seinen Hintern hierher bewegen soll«, antwortete Sam, »und zwar zügig!«

Ich atmete tief durch, berührte das Hörersymbol und nahm das Handy an mein Ohr. Mein Herz klopfte mir bis zum Hals, als ich von dem endlosen Tuten erlöst wurde.

»Was willst du denn?«, meldete sich Olli harsch am anderen Ende.

»Ich … ich bin's … Gina«, stotterte ich verschreckt.

»Oh, sorry. Ich dachte, meine Schwester ruft an«, erklärte er mit milderer Stimme. »Was gibt's?«

»Also, ich …« Ich sah von Lilly, die sich mit einem schadenfrohen Grinsen auf den Lippen ihrer Lektüre widmete, zu Sam, die mich mit Handbewegungen dazu animierte weiterzusprechen. Ich schluckte den riesigen Kloß in meinem Hals hinunter. »Wollten wir uns nicht treffen? Wir warten hier am Strand auf euch.«

»Vermisst du mich etwa?«

»Quatsch«, sagte ich schnell. »Ich dachte nur … also ich …« *Hör doch auf so blöde zu stammeln!* »Kommt ihr noch oder nicht?«

»Wir sind schon da«, hörte ich seine Stimme plötzlich hinter mir.

Ich drehte mich um. »Oh … hi!« Ich ließ das Handy sinken und legte auf.

»Endlich«, sagte Sam.

Nico warf Sam den Volleyball zu, den er mitgebracht hatte. Perplex zog sie das Buch vor ihr Gesicht, an dem der Ball abprallte, durch den Sand rollte und stoppte.

»Idiot!«

»Ich liebe dich auch«, zwinkerte er. Dann ging er in die Hocke und gab ihr einen Kuss.

Als Olli sich neben mir fallen ließ, blickte ich verlegen zu Boden. Immerzu hatte ich Angst, dass er von meinen Gefühlen erfahren könnte, wenn ich nur eine Sekunde zu lang in seine dunkelblauen Augen sehen würde. Nur aus den Augenwinkeln warf ich ihm einen verstohlenen Blick zu – von den weitgeschnittenen Badeshorts über das ölbefleckte T-Shirt bis hin zu den verstrubbelten, dunklen Haaren. Sobald ich bemerkte, wie er mich durch seine halb geschlossenen Augenlider anblinzelte, sah ich schnell weg.

»Und, was habt ihr den ganzen Tag so gemacht? Gequatscht und euch von der Sonne brutzeln lassen?«, fragte er.

»So in etwa«, sagte ich. »Über Schule und so was.«

»Hör mir damit auf. Die Ferien waren viel zu kurz!«

»Sei froh, dass wir nicht von diesem G8-Quatsch betroffen sind«, merkte Nico an.

»Wir können die 11. Klasse noch genießen«, stimmte Kai ihm zu.

»Du ja sogar doppelt«, lachte Olli.

Kai warf ihm einen finsteren Blick zu. »Wenn du die elfte beim ersten Mal schaffst, reden wir weiter.«

»Wollten wir nicht eigentlich spielen?«, fragte Nico und nahm den weggerollten Ball wieder auf.

»Deswegen sind wir doch hier«, sagte Sam. »Da vorne ist ein freies Feld.«

Wir räumten die Sachen zusammen und folgten unseren Freunden, die sich bereits ihre Schuhe auszogen. Dann teilten wir uns in zwei Mannschaften auf: Lilly, Olli und ich auf der einen Seite, Sam, Nico und Kai auf der anderen.

Ich war selten so aufgeregt bei einem derart unwichtigen Spiel. Allein die Vorstellung, ich könnte mich vor Olli blamieren, weil ich die leichtesten Pässe nicht bekam, ließ mich erzittern. Dabei war er es doch, der mich ganz durcheinanderbrachte – und das gleich beim ersten Aufschlag von Sam. Der Ball zielte genau in den Raum zwischen Olli und mir – Schande über den, der eine Absicht dahinter vermutete. Zielstrebig lief ich ihm entgegen. Als ich bemerkte, dass auch Olli zu ihm rannte, blieb ich stehen. Der Ball landete im Sand und die gegnerische Seite klatschte sich ab.

»Sorry«, murmelte ich.

»Ich beiße nicht«, zwinkerte er mir zu, als er die lederne Kugel aufnahm und sie zu Sam warf.

Sam stellte sich für den nächsten Aufschlag in Position. Mit der flachen Hand schlug sie den Ball weit in unser Feld. Er flog direkt auf mich zu. Ich machte einen Schritt und pritschte ihn nach vorn.

Lilly sprang hoch und lenkte ihn so um, dass Kai sich in den Sand schmeißen musste, um ihn zu erwischen. Doch der Ball blieb im Netz hängen.

»Super!« Olli kam auf mich zu und streckte mir seine Handfläche entgegen.

Die Berührung seiner Hand durchzuckte mich wie ein kleiner Stromschlag.

»Jetzt machen wir euch fertig!«, versprach er.

Im Endeffekt hatten wir uns gegenseitig fertiggemacht. Nachdem wir knapp verloren hatten, forderten wir eine Revanche, die wir mit nur zwei Punkten Vorsprung gewannen.

Als Kai auf ein Entscheidungsspiel bestand, wiegelte ich ab und setzte mich an den Rand.

»Mir reicht es auch«, sagte Lilly.

»Macht ihr etwa schon schlapp?«

»Das war genug Sport für heute«, erklärte ich.

»Das war genug Sport für die ganzen Sommerferien!« Lilly zog sich das Zopfgummi aus ihren Haaren und schüttelte ihren Kopf so wie die Haarmodels in der Werbung.

»Kannst du mir mein Trinken herüberwerfen?«, bat ich sie.

Lilly warf noch einen Blick in ihren Handspiegel, zupfte ein, zwei Strähnen zurecht, klappte ihn zu und verstaute ihn wieder in ihrer Tasche. Dann schmiss sie mir die Flasche herüber.

Bevor ich sie fangen konnte, hatte Olli sie geschnappt. Er hielt sie mir vor die Nase.

Als ich sie greifen wollte, zog er sie weg und grinste mich unverhohlen an. »Durstig?«, fragte er.

»Wie kommst du denn darauf?«

»Nach so einem Spiel gibt es doch nichts Erfrischenderes als einen großen Schluck Wasser. Warum hast du dir eigentlich nichts mitgebracht?«, neckte er mich. Dann drehte er den Deckel auf, der sich laut zischend und sprudelnd von der Flasche löste. Ich lachte, als Olli nass und japsend vor mir stand. »Erfrischt?«, fragte ich.

»Das findest du wohl komisch?«

»Nein«, beteuerte ich und machte ein ernstes Gesicht, das ganze zwei Sekunden hielt. Dann brach ich von neuem in Gelächter aus, in das alle anderen einstimmten.

»Na warte!« Ehe ich mich versah, schüttete er die Flasche über meinem Kopf aus.

Ich versuchte zu flüchten, doch er nahm die Verfolgung auf. Ich taumelte und lag wieder im Gras, noch bevor ich drei Schritte gelaufen war.

Olli schüttelte die restlichen Tropfen Wasser aus der Flasche. »Das hast du nun davon!« Sein Grinsen wurde breiter und breiter.

Da ich meinen BH durch das weiße Top schimmern sah, wusste ich auch den Grund dafür. »Du Idiot!«, rief ich. »Guck dir an, was du getan hast!«

»Gern.«

Mein Mund stand weit offen, doch es kam kein einziges Wort heraus. »Du Idiot!«, rief ich erneut.

»Jetzt hab dich nicht so«, beschwichtigte er mich und zog mich wieder auf die Beine. »Ich mache es wieder gut.«

»Ach ja? Und wie?«

»Wie wäre es, wenn ich dich morgen zu einem Eis einlade?«, bot er an.

»Nur wir beide?«, fragte ich überrascht.

»Nur wir beide.«

Ich konnte es kaum erwarten, Olli wiederzusehen. Dieses Mal würde ich ihn ganz für mich allein haben. Niemand, der uns störte, wenn wir uns endlich näher kamen. Niemand, der mir vielsagende Blicke zuwarf. Niemand, der mich mittels Gesten aufforderte, den ersten Schritt zu tun. Nur er und ich und die unaufhaltbare Magie des Schicksals.

Ich blickte noch einmal in den Spiegel, der meinen Anblick seit knapp zwei Stunden ertragen hatte, nahm meine Tasche und verließ mein Zimmer. Schon von hier oben konnte ich die lauten Stimmen meiner Eltern vernehmen, untermalt von den herzzerreißenden Schluchzern meiner fünfjährigen Schwester Sofia.

»Ich bin dann weg«, rief ich von der Treppe aus in Richtung Wohnzimmer und war froh, dem Streit zu entkommen.

Ich hatte mich zu früh gefreut.

»Wo willst du hin?« Meine Mutter kam um die Ecke gerauscht.

»Ich bin verabredet.«

»Bist du mit deinen Englischaufgaben fertig? Morgen fängt die Schule wieder an.«

»Wir hatten nichts auf«, erwiderte ich. »Ich muss jetzt los!«

»Ich rede von den Übungsheften, die wir dir gekauft haben. Es kann nicht sein, dass wir das Geld für deine Bildung zum Fenster hinauswerfen!«

»Ich bin damit fast durch. Es fehlen nur ein paar Seiten«, log ich ohne zu erröten. Ich hatte das Heft nicht einmal angeguckt. »Bis später.«

»Wenn das nicht mehr so viel ist, dann kannst du sie schnell machen«, wandte mein Vater ein.

Sie stritten sich ständig aus jedem noch so unerfindlichen Grund. Ging es jedoch gegen mich, hielten sie zusammen.

»Ich komme früher nach Hause und mache sie heute Abend«, bot ich an. Kaum war ich zur Tür hinaus, hatten sie es ohnehin vergessen.

»Du machst sie jetzt«, beharrte meine Mutter. »Anstatt die Tage am See zu verbringen, hättest du lernen sollen! So wie ich dich kenne, hast du das Heft nicht ein einziges Mal in die Hand genommen.«

Ehrlich gesagt wusste ich nicht einmal, wo es war.

»Die Ferien sind zum Erholen da«, redete ich mich heraus.

»Wohl eher, um das nachzuholen, was man im vergangenen Jahr versäumt hat. Du hast nur mit Glück keine Fünf bekommen«, sagte mein Vater. »Und nun geh' an deinen Schreibtisch!«

Ich wurde unruhig. Ich konnte doch nicht zu meinem ersten Date mit Olli zu spät kommen!

»Ich kann jetzt aber nicht«, rief ich.

»Dann kannst du auch nicht weggehen«, entschied er. »Wenn du mit den Aufgaben fertig bist, sehen wir weiter.«

Damit war das letzte Wort gesprochen.

»Vielen Dank, dass ihr mir mein Leben zerstört!«, rief ich und stürmte die Treppe hinauf in mein Zimmer.

Ich schmiss die Tür hinter mir zu und drehte den Schlüssel herum. Dann warf ich mich auf mein Bett. *Ich hasse sie*, rief ich stumm in mein Kopfkissen. *Ich hasse sie, ich hasse sie!*

Was brachte mir eine Zwei in Englisch, wenn ich mein weiteres Leben allein verbringen würde? Heute war die Chance, mit Olli zusammenzukommen. Vielleicht war es die einzige! Und die sollte ich damit vertrödeln, irgendwelche blöden Übungen zu machen? Niemals!

Ich hob meinen Kopf vom Kissen und sah durch das Fenster auf den prächtigen Walnussbaum. Seine dicken Äste hatten mich schon oft dazu eingeladen, auf ihnen die Füße im Wind baumeln zu lassen. Zwar war ich noch nie an dem Stamm hinuntergeklettert, aber was sollte daran so schwer sein? Im Fernsehen taten die so etwas ständig. Zugegeben, in Sandalen und Minirock würde es nicht leicht werden. Aber ich musste es wenigstens versuchen.

So landete ich also barfuß mit ein paar Schrammen an den Beinen neben meiner Tasche und den vorausgeflogenen Schuhen im weichen Gras. Schnell klaubte ich meine Sachen zusammen. Ich schlich mich an der Haustür vorbei und wählte den Umweg durch Nachbars Garten, um nicht an der großen Fensterfront des Wohnzimmers vorbeilaufen zu müssen.

Schließlich war ich aus der Gefahrenzone heraus und lief den Weg bis zu unserem Stammeiscafé, das den Namen *Socolé* trug. Kurz davor hielt ich inne und ging die letzten Schritte langsam.

Durch die ganze Aufregung hatte ich überhaupt keinen Gedanken mehr an das Date verschwendet. Doch plötzlich erschienen alle Fragen, die man sich normalerweise nacheinander stellte, gleichzeitig in meinem Kopf. Worüber würden wir reden? Was würden wir tun? Wie würden wir uns ansehen?

Ich nutzte die Spiegelung der großflächigen Fensterscheiben und begutachtete mich ein letztes Mal. Würde ich ihm gefallen? Ich strich eine Strähne hinter mein Ohr und schaute ins Innere der Eisdiele. Mein Blick huschte durch den rustikal eingerichteten Innenraum. Stutzend drückte ich mein Gesicht an die Scheibe und suchte jeden Tisch ab. Ich betrat das Lokal. Er war nicht da.

Die Uhr verriet mir, dass es bereits zwanzig nach drei war. Um Punkt hatten wir uns treffen wollen.

»*Ciao bambina*!« Eine kleine, ältere Frau mit grauem Dutt kam aus dem Raum hinter der Eistheke. »Wie schön dich zu sehen«, begrüßte mich die Inhaberin mit unverkennbar italienischem Akzent.

»Hallo Aurelia«, sagte ich. »War Olli hier?«

»Der ist vor ein paar Minuten weg.«

»Hat er gesagt, wo er hingeht?«

»Er ist gegangen in Richtung Marktplatz. Vielleicht erwischst du ihn noch.«

»Danke!«

Ich machte auf dem Absatz kehrt. Während ich lief, fischte ich mein Handy aus der Tasche und suchte im Adressbuch nach seinem Namen. Gerade hatte ich ihn gefunden und drückte auf den grünen Telefonhörer, als ich gegen etwas prallte und zurücktaumelte. Mein Telefon rutschte mir aus der Hand und schlug auf den Boden. In der Hoffnung, Olli noch zu erblicken, drehte ich mich in alle Richtungen – nichts.

Schnell ging ich in die Hocke und griff nach meinem Smartphone, auf dessen Display die gefürchtete Spiderapp prangte. »Bist du bescheuert? Pass doch mal auf, wo du hinläufst!«, pflaumte ich den Typen an, der geradewegs in mich hineingelaufen war.

»Genau genommen solltest du aufpassen, wohin du läufst.«

Wie sollte ich Olli bloß sagen, dass ich ihn nicht versetzt hatte, wenn ich ihn nicht anrufen konnte?

»… passiert?«, schnappte ich den letzten Rest seines Satzes auf.

»Was?«, herrschte ich ihn an und sah auf. Ein Skater Ende zwanzig mit einem ausgewaschenen T-Shirt einer Band, von der ich noch nie gehört hatte, ragte vor mir auf.

»Ob es dir gut geht«, wiederholte er seine Frage in abgewandelter Form. Er strich sich die Haare, die ihm in die Stirn fielen, nach hinten.

»Mein Handy ist hin, mein Date ist geplatzt und mein Leben ruiniert. Aber danke der Nachfrage«, antwortete ich mürrisch.

»Kann ich dir irgendwie helfen?« In seinen braunen Augen spiegelte sich Mitleid – genau das, was ich jetzt gebrauchen konnte.

»Hast du nichts Besseres zu tun? Lass mich einfach in Ruhe und verzieh dich!«

»Schön, diese erfrischende Freundlichkeit hier«, bemerkte er mit ironischem Unterton und ging weg.

»Was für ein Spinner!«, sagte ich kopfschüttelnd, während ich vergeblich versuchte das Handy wieder einzuschalten.

Niedergeschlagen kehrte ich nach Hause zurück. Ich ging durch den Garten, zog meine Schuhe aus und kletterte den Baum hinauf. Dabei registrierte ich weder meine kleine Schwester, die um die Ecke gelaufen kam und mich verpetzte, noch das Gezeter meiner Eltern. Lediglich einige Wortfetzen nahm ich auf, die schnell verblassten.

Ich stieg über die Fensterbank in mein Zimmer und schloss das Fenster.

Ein kaputtes Handy, ein verkorkstes erstes Date und Hausarrest. Dies war die ernüchternde Bilanz eines Tages, der so vielversprechend begonnen hatte.

# Zweites Kapitel

Als mein Wecker am nächsten Morgen klingelte, spazierte ich fertig angezogen und geschminkt zu meinem Nachtschrank und schaltete das Ding aus. Normalerweise brauchte ich jedes halbe Jahr einen neuen, weil die Snooze-Taste so durchgedrückt war, dass man nie wusste, ob sie überhaupt noch funktionierte. An diesem Tag konnte ich es jedoch kaum erwarten, in die Schule zu kommen.

Wie ich am vorigen Abend feststellen musste, hatte ich nicht nur Hausarrest, sondern ebenfalls Telefon- und Internetverbot. Leider zählte ich nicht zu den Töchtern, die ein eigenes Telefon besaßen. Ebenso gehörte ich nicht zu denen, deren Eltern keine Ahnung hatten, was ein WLAN-Key war, geschweige denn, wie man ihn änderte. Und da mein Handy noch immer keinen Mucks von sich gab, kam ich nicht dazu, Olli zu erklären, warum ich ihn versetzt hatte.

Ich schnappte mir meine Tasche und hüpfte geschwind die Treppe hinunter in die Küche. Immerzu musste ich mich entscheiden, ob ich frühstückte oder mir Brote schmierte. Heute konnte ich beides tun – und das sogar in aller Ruhe.

Auf dem Weg zur Tür warf ich meiner perplexen Mutter ein flüchtiges und keineswegs freundliches »Guten Morgen« zu.

»Du bist schon wach?«, fragte sie.

»Ich bin schon weg«, sagte ich und schlug die Tür hinter mir zu.

Ich holte mein Fahrrad aus der Garage, schwang mich darauf und fuhr los.

Als ich auf dem Schulhof ankam, schob ich mein Rad in den Ständer, sperrte es ab und machte mich auf den Weg zu unserem Stammplatz. Es war ungewöhnlich leer. Nach einem Blick auf die Uhr erkannte ich auch weshalb: Es war gerade zwanzig nach sieben. An schlechten Tagen war ich um diese Zeit noch nicht einmal aufgestanden. Eine halbe Stunde noch würde es dauern, bis der

Unterricht begann – also noch eine halbe Stunde, bis Olli hier endlich erschien.

Seufzend ließ ich mich auf der Bank nieder. Ich lehnte mich zurück, schloss die Augen und genoss die warmen Sonnenstrahlen auf meiner Haut. Ich dachte an Olli und daran, wie der Vortag hätte verlaufen können, wäre ich nicht zu spät gekommen. Ich versank in meiner Traumwelt und malte mir aus, wie wir unser Eis aßen, wie wir danach Hand in Hand am See spazieren gingen und uns schließlich im roten Licht der untergehenden Sonne küssten. Ein nervöses Kribbeln zog sich von meinem Bauch durch alle Gliedmaßen.

»Wieso grinst du wie ein Honigkuchenpferd?«, riss mich eine vertraute Stimme aus meinen Träumen.

Ich öffnete die Augen einen Spalt und blinzelte in die Sonne. Ich konnte Sams Umrisse ausmachen. Sie umarmte mich und setzte sich zu mir.

»Nur so«, lächelte ich und lehnte mich wieder zurück.

»Na los, sag, wie lief dein Date?«

Meine Mundwinkel fielen auf Merkelniveau. »Es gab kein Date«, sagte ich.

»Kam er etwa nicht?« Sie sah mich verständnislos an.

»Eine lange Geschichte«, winkte ich ab. »Lass uns hineingehen.«

Auf dem Weg durch das Schulgebäude erzählte ich ihr, was für ein Chaos über mein Leben hereingebrochen war.

Wir gelangten zum schwarzen Brett, an dem sämtliche Listen für die Arbeitsgemeinschaften und die Kursverteilung zu finden waren.

Während Sam schaute, ob wir in die gleichen Sportkurse gekommen waren, betrachtete ich die AG-Listen.

»Die haben Theater und Chor tatsächlich auf dieselbe Zeit gelegt«, regte ich mich auf.

»Ein Jahr wirst du wohl ohne Theater auskommen«, nahm Sam mir die Entscheidung zwischen meinen beiden Leiden-schaften ab.

Doch so einfach war das nicht. Seit ich an dieser Schule war, spielte ich Theater. Und ebenso lange sang ich im Chor. Es würde mir nicht leicht fallen, eines von beidem aufzugeben.

»Ihr glaubt nicht, wem ich gerade begegnet bin!« Lilly tauchte hinter uns auf. »Dieser neue Referendar ist so sexy! Diese braunen Augen und dieser Körper«, schwärmte sie. »Wenn das kein Sportlehrer ist, weiß ich auch nicht weiter.« Ihre Stimme wurde leiser. »Ihr müsst euch unbedingt seinen Hintern ansehen.« Ihre Brauen hoben sich und ein verschmitztes Grinsen unterstrich ihre Freude. »Auf einer Skala von eins bis zehn ist der mindestens eine Elf!«

Sam und ich rollten mit den Augen. Die Schule hatte noch nicht einmal richtig angefangen und Lilly hatte ihre Fühler bereits nach den neuen Referendaren ausgestreckt.

»Ich würde alles dafür geben, ihn im Unterricht zu haben«, seufzte sie verträumt.

»Du kannst dich ruhig für den Chor entscheiden. Wenn wir ihn tatsächlich bekommen, hast du jeden Tag Theater«, meinte Sam.

Wir setzten uns gerade in Bewegung, als sich mir eine unförmige Gestalt direkt vor die Nase schob.

»Auf ein Wort, Mylady!«

Ich musste einen Schritt zurücktreten, um zu erkennen, dass es sich um Tommy handelte. Doch nicht nur die Nähe verhinderte, dass ich ihn sofort erkannte. Er wirkte fremd, schien einem fernen Zeitalter entsprungen. Ich begutachtete ihn von oben bis unten. Dann glitt mein Blick von den Schnabelschuhen über die weißen Strümpfe zu der knielangen Pluderhose hinauf. Er trug einen kreisrund geschnittenen Umhang über einem weißen Hemd und einer dunklen Weste. Ein schwarzer Hut mit Feder vervollständigte das seltsame Bild.

»Guten Morgen«, begrüßte ich den sowohl begnadetsten als auch bescheuertsten Theaterspieler der Schule. »Was verschafft mir die Ehre?«

»Horch, wie förmlich sie mit uns spricht«, bemerkte Alex. Er war Tommys bester Freund und gleich gekleidet. Der einzige Unterschied war, dass er Tommy um einen ganzen Kopf überragte.

»Also?«, fragte ich.

Tommy und Alex waren in der Regel recht ausschweifend und Olli konnte jeden Moment um die Ecke biegen.

»Wie steht es um Eure Teilnahme an dem diesjährigen Theaterstück, Mylady?«, kam Tommy erstaunlich schnell zum Punkt.

»Eine berechtigte Frage.«

»Nun?« Alex sah mich eindringlich an.

»Ich weiß es noch nicht«, sagte ich.

»Hört Ihr? Sie weiß es noch nicht!«

»Sie weiß es noch nicht!«, wiederholte Alex.

Sie sahen sich mit weit aufgerissenen Augen an und schlugen ihre Hand vor den Mund. Theatralisch legte Tommy seine andere an die Stirn. Schnell fächerte Alex ihm Luft zu.

Ich überging ihre Schauspieleinlage. »Chor und Theater überschneiden sich.«

»Pah!« Alex winkte ab. »Diese Singerei! Teufelswerk!«

Tommy nickte eifrig. »Shakespeare höchstpersönlich würde sich im Grabe umdrehen, wenn er wüsste, dass man sich ernsthaft zwischen seiner wahrhaft meisterlichen Tragödie und dem Liederkranz entscheiden müsste.«

Die beiden seufzten herzzerreißend.

»Sagtest du gerade Shakespeare? Was spielt ihr?«

»Die Wahl fiel auf das Meisterwerk Romeo und Julia, Mylady. Dürfen wir mit Eurer Anwesenheit rechnen?«

»Es wäre uns eine Ehre.« Tommy verbeugte sich.

»Mir wäre es ebenfalls eine Ehre«, sagte ich. »Natürlich mache ich mit!« Sams eindringlicher Blick bremste jedoch meine Euphorie und ich korrigierte mich schnell. »Wenn ich es irgendwie mit dem Chor unter einen Hut bringen kann.«

»So denn«, sagte Tommy und beide wandten sich um.

Während sie zufrieden mit großen Schritten davon stolzierten, entdeckte ich Olli.

Langsam hob er den Blick von dem grauen Steinfußboden. Er kam immer näher auf mich zu, bis er schließlich vor mir stehen blieb.

»Guten Morgen«, begrüßte ich ihn.

»Morgen«, grummelte er und schob sich schlurfend an mir vorbei.

Meine Körperspannung fiel in sich zusammen. Enttäuscht sah ich ihm nach.

Dann wandte er sich um. Erleichtert atmete ich aus.

»In welchem Raum haben wir?«

»Trakt drei, Raum zwölf«, antwortete Lilly.

»Gut«, sagte er und ging weiter.

Ich blickte zu Sam und Lilly, die mit den Schultern zuckten. Lilly forderte mich auf, ihm zu folgen.

Schnell holte ich ihn ein. »Können wir kurz reden?«

Er blieb stehen. Sein Blick schien »Wenn es unbedingt sein muss« zu sagen, doch er selbst blieb stumm.

»Wir haben uns gestern verpasst«, erklärte ich. »Meine Eltern haben mich aufgehalten und dadurch kam ich zu spät.«

»Mhm«, machte er. »Passiert.«

»Und dann ist mir mein Handy heruntergefallen und ich konnte dich nicht anrufen.«

Er nickte. »Verstehe.«

»Es tut mir wirklich leid. Können wir uns nicht ein anderes Mal treffen?« Ich sah ihn hoffnungsvoll an.

»Bestimmt. Meld' dich einfach, wenn dein Handy wieder geht.«

Dann ließ er mich stehen.

Es dauerte nicht lange, bis Sam und Lilly bei mir waren.

»Ist er sehr sauer?«, fragte ich Lilly, die ihren Bruder so gut einschätzen konnte, wie ich es in hundert Jahren nicht schaffen würde.

»Man wird halt nicht gern versetzt«, sagte sie und betonte dabei das erste Wort so, dass es viel mehr nach ›Mann‹ als nach ›man‹ klang.

»Du hast an seinem Ego gekratzt«, meinte Sam.

Lilly legte ihre Hand auf meine Schulter. »Der kriegt sich schon wieder ein.«

Wir setzten unseren Weg fort zu unserem neuen Klassenraum. Als wir ankamen, stand die Tür bereits offen. Ich entdeckte Olli in der hintersten Reihe. In der davor waren noch Stühle frei. Zielsicher steuerte ich den auserkorenen Platz an, als Lilly mich am Arm festhielt.

»Wir setzen uns nach vorne.«

»Gut, dann eben eine weiter vor«, murmelte ich missmutig.

»Ganz nach vorne«, verdeutlichte sie ihren Wunsch.

Sam und ich sahen uns ratlos an.

»Aber wie willst du denn in der ersten Reihe in Ruhe deine Zeitschriften lesen?«, fragte Sam.

Lilly rempelte sie an. Ihre Lippen kräuselten sich, als sie Sam eindringlich ansah. Zielstrebig stöckelte Lilly in ihren schwindelerregenden High Heels zu dem Platz direkt gegenüber dem Lehrerpult.

Sam und ich ließen uns neben Lilly nieder. Ich beugte mich vor, so dass meine Haare mein Gesicht verdeckten. Unauffällig blickte ich über die Schulter zu Olli. Der hatte seine Haltung nicht um einen Zentimeter verändert und lag regungslos vornüber gebeugt auf dem Tisch.

Pünktlich mit dem Klingeln betrat unser neuer Lehrer den Klassenraum. Doch ich bemerkte ihn kaum. Noch immer sah ich wie gebannt auf Olli, in der Hoffnung, seinen Blick zu treffen.

»Guten Morgen. Mein Name ist Dominik Behrens«, stellte der Lehrer sich mit gefestigter Stimme vor. Er nahm ein Stück Kreide zur Hand, um seinen Nachnamen an die Tafel zu schreiben. »Ist es in Ordnung, wenn ich euch duze?«

Ich vernahm bejahendes Gemurmel. Olli hatte sich noch immer nicht bewegt. Ob er schlief?

»Ich bestehe allerdings darauf, gesiezt zu werden«, setzte er hinzu.

Dass er diese Selbstverständlichkeit betonte, irritierte mich. Ich drehte mich zurück und sah zum ersten Mal in das Gesicht unseres neuen Lehrers: Es war der Skaterboy, in den ich am Vortag hineingelaufen war.

»Oh Gott«, platzte ich heraus. Abrupt senkte ich meinen Blick. Hitze schoss mir in den Kopf und ich spürte, wie ich merklich errötete.

»Sag ich doch«, flüsterte Lilly. »Und dabei hast du ihn noch nicht einmal von hinten gesehen.«

»Ebenso möchte ich darauf aufmerksam machen, dass man Beleidigungen, wenn überhaupt, nur in Abwesenheit des Lehrers aussprechen sollte.«

Ich sank noch ein Stück tiefer in meinen Stuhl. Warum hatte ausgerechnet ich immer dieses Pech, Leute im falschen Augenblick zu treffen?

Herrn Behrens Blick ruhte noch einen Augenblick auf mir, ehe er fortfuhr: »Ich beginne dieses Jahr mein Referendariat und werde euch in Englisch unterrichten.«

»Auch das noch«, murmelte ich. Das einzig Gute daran war, dass ich meine schlechte Englischnote nun auf die temperamentvollen Gene meiner Mutter schieben konnte.

»Als zweites Fach unterrichte ich Musik.«

Es entstand eine kleine Pause. Er sah ratlos in die Klasse, während seine Handflächen sich ruhelos aneinander rieben. Schließlich nahm er einen Stift sowie eine Liste aus der Mappe, die vor ihm auf dem Tisch lag, ging die Namensliste durch und hakte alle Anwesenden ab.

»Wie ihr sicher wisst, hängt der Stundenplan unten am schwarzen Brett aus. Die übrigen Formalitäten wird euer Klassenlehrer Herr Ehlers mit euch klären.«

Herr Behrens kam nun zu den Anforderungen seines Faches. Geplant war, dass ich ihm gleich sechsmal in Form von Klausuren beweisen würde, wie schlecht mein Englisch war. Außerdem bot sich mir die Möglichkeit, meine Fünf durch unangekündigte Vokabeltests zu festigen. Ab und an ein Test sollte meinen Misserfolg schließlich abrunden. Alles in allem schien mir ein nicht allzu vergnügliches Jahr bevorzustehen.

Am Ende der Doppelstunde, in der wir dank Lilly und den zahlreichen Fans von Herrn Behrens jede Menge über ihn erfahren konnten, machte ich den ersten Schritt, um meiner Fünf entgegenzuwirken.

»Ich muss noch kurz nach vorn«, sagte ich den anderen.

»Ich komme mit!« Lilly folgte mir.

Während alle aus dem Klassenraum strömten, trug Herr Behrens das Thema der Unterrichtseinheit ins Klassenbuch ein.

»Haben Sie einen Moment?«, fragte ich.

Vornübergebeugt notierte er das letzte Wort und schlug dann das rote Buch zu. Er kämmte seine Zotteln zurück und sah mich erwartungsvoll an.

Ich räusperte mich. Manche Dinge kamen einem furchtbar schwer über die Lippen. »Ich wollte mich für meine impulsive Art gestern entschuldigen.«

»Das hast du aber nett formuliert«, bemerkte er.

Natürlich hatte ich es nett formuliert. »Alles andere macht bei einer Entschuldigung wenig Sinn.«

»Nein, nein, das meinte ich nicht«, korrigierte er mich. »Einen hitzigen Dickkopf mit Impulsivität zu umschreiben, ist wirklich amüsant.«

Ich sah ihn entrüstet an. »Wie bitte?« Ich entschuldigte mich und was tat er?

»Jeder hat mal einen schlechten Tag«, zwinkerte er mir zu.

Ich versuchte das wütende Schnaufen mühsam zu unterdrücken und suchte stattdessen nach gewählten Worten, um meinem Unmut Ausdruck zu verleihen. Dazu sollte ich jedoch nicht mehr kommen.

»Wieso unterrichten Sie uns eigentlich nicht in Musik?«, platzte Lilly dazwischen und schob sich merklich in den Vordergrund. »Herr Ehlers wird das mit Sicherheit auch gut machen«, fügte sie schnell hinzu. »Aber …«

»Aber?«, hakte Herr Behrens nach.

Lillys Finger verflochten sich ineinander, eine zarte Röte umschmeichelte ihre Wangen. »Sie sind bestimmt ein guter Musiklehrer«, sagte sie verlegen und senkte ihre Lider.

»Ich werde in der Chor-AG mitwirken«, beruhigte er sie. »Zwar nicht als Leitung, aber ich werde Herrn Ehlers unterstützen.«

»In der Chor-AG«, wiederholte Lilly und ich sah ihr an, dass sie etwas ausheckte.

»Zum Glück konnte sie noch umgelegt werden. Sonst hätte ich gar nicht daran teilnehmen können.«

»Die wurde Ihretwegen verlegt?«, rief ich entrüstet.

»Nicht direkt meinetwegen. Bezeichnen wir es als eine glückliche Fügung.«

»Eine glückliche Fügung – pah! Was hat Böhme bloß eingeworfen, dass er so einen Typen als Referendaren einstellt? Wer soll den denn als Lehrer ernst nehmen?«, wütete ich noch am Nachmittag, als Sam, Lilly und ich das *Socolé* betraten. »Der sieht doch selbst wie ein Schüler aus.« Zugegeben, er war etwas anständiger gekleidet als am Vortag, aber seriöser wirkte er dadurch nicht. »Dürfen solche Anfänger elfte Klassen überhaupt allein unterrichten?«

»Die werden nehmen, wen sie kriegen können. Und bei uns geht es ja um keinen Abschluss«, sagte Sam.

»Dann haben wir wohl einfach Glück gehabt«, freute sich Lilly.

»Von wegen Glück«, meckerte ich.

»Warte erst einmal ab. Vielleicht macht er sich ja ganz gut«, beschwichtigte mich Sam. »Oder er merkt gar nicht, dass du schlecht in Englisch bist!«

Während Lilly und ich uns einen Platz suchten, bestellte Sam unsere Milchshakes an der Theke. Dann setzte sie sich zu uns.

»Das ist sowieso die Höhe, dass wir uns von so einem Studenten benoten lassen müssen. Und wie kommt er überhaupt dazu, mich einen hitzigen Dickkopf zu nennen? Ausgerechnet mich!«

»Ausgerechnet dich«, schmunzelte Sam und wechselte das Thema: »Hast du nicht eigentlich Hausarrest?«

»Die merken eh nicht, ob ich zu Hause bin oder nicht. Mein Vater arbeitet und meine Mutter ist mit meiner Schwester unterwegs. Wenn sie mich einfach hätten gehen lassen, wäre ich überhaupt nicht in dieser Misere mit dem Behrens und Olli und überhaupt!«

Den restlichen Schultag über hatten Olli und ich kein Wort mehr miteinander gesprochen. Er konnte doch nicht ernsthaft glauben, dass ich ihn mit Absicht versetzt hatte!

Aurelia brachte unsere Bestellung an den Tisch. Ich zog das Glas näher zu mir heran und sog den Mix durch den Strohhalm. Dieser Milchshake wirkte wie Balsam auf meiner geschundenen Seele. Shakespeare würde das in der heutigen Zeit sicher ähnlich sehen.

Als hätte Sam meine Gedanken gelesen, sprach sie das Thema an. »Hast du Tommy schon abgesagt?«

»Abgesagt?«, fragte ich und tat so, als wüsste ich nicht, wovon sie sprach.

»Ich dachte, wir waren uns einig, dass wir Sängerinnen und keine Schauspielerinnen sind.«

»Ich denke, du warst dir einig«, korrigierte ich sie. »Shakespeare ist echt cool und dann spielen sie auch noch Romeo und Julia!«

»Man kann aber nicht auf jeder Hochzeit tanzen«, sagte sie altklug.

»Also, ich wüsste ja sofort, wofür ich mich entscheiden würde«, sagte Lilly.

Ich ahnte, wer der Grund für ihre Bestimmtheit war.

»Warum eigentlich entscheiden würde?«, fiel ihr plötzlich ein. »Ich komme einfach mit zur Chor-AG!«

»Du willst singen?«, fragten Sam und ich wie aus einem Mund und schauten sie entsetzt an.

Ich wollte Lilly wirklich nicht zu nahe treten, aber manche Stimmen blieben besser ungehört. Sie besaß jedoch die Gabe, alles Negative, Absurde oder gar Unmögliche auszublenden, so dass sie uns die Bemerkung nicht übelnahm.

»Meint ihr, ich kann Dominik nach seiner Handynummer fragen?«, fragte sie. »Oder nach der E-Mail-Adresse? Das ist vielleicht nicht so auffällig.«

»Den aus der Oberstufe?« Ich winkte ab. »Vergiss es, der ist mit seiner Freundin schon ewig zusammen.«

»Ach, quatsch!«, wies sie mich zurück. »Was interessieren mich denn solche Bubis?«

Sam ahnte Böses. »Du redest doch nicht etwa vom Behrens, oder?«

»Von wem sonst?«

»Er ist dein Lehrer«, gab Sam zurück.

»Außerdem ist er viel zu alt für dich«, setzte ich hinzu.

»Die zehn Jahre.« Lilly tat meinen Einwand mit einer raschen Handbewegung ab. »Stell dir mal vor, wenn ich mit ihm zusammen wäre … Die würden alle vor Neid erblassen!«

»Wenn er mit dir zusammen wäre, dann wäre das Missbrauch von Schutzbefohlenen! Dafür geht er in den Knast«, klärte Sam sie über die Rechtslage auf.

»Er wäre schön blöd, wenn er sich gleich als Referendar seine Zukunft verbaut«, pflichtete ich Sam bei.

»Hm.« Lilly dachte über Sams Worte nach. »Dann müssen wir es geheim halten. Zumindest bis ich mein Abi habe.«

»Das ist hirnrissig«, platzte Sam heraus. »Als wenn der sich wirklich für eine Schülerin interessieren würde. Und selbst wenn er so dumm sein sollte, ist und bleibt es aus gutem Grund verboten!«

»Die machen immer ihre Gesetze und haben gar keine Ahnung, wie sehr sie der Liebe dabei im Weg stehen«, seufzte Lilly.

»Liebe?«, fragte Sam ungläubig. »Glaubst du, es geht in so einer Beziehung um Liebe?«

»Natürlich! Worum denn sonst?«

»Lass sie«, beschwichtigte ich Sam. »Aus den beiden wird sowieso nichts.«

»Ach ja? Meine Chancen bei Dominik stehen auch nicht viel schlechter als deine bei Olli.«

»Du träumst ja«, sagte ich und hoffte dabei inständig, dass ich es nicht selbst tat.

# Drittes Kapitel

»Erschreckt nicht, wenn ich gleich einen Test austeile«, sagte Herr Behrens in der nächsten Woche. Augenblicklich wurde hinter mir Protest laut. »Lasst es mich erklären«, beruhigte er die aufgebrachte Menge. »Ich werde euch benoten, aber es wird nicht gewertet. Es fließt also nicht in die Endzensur ein. Ich will nur sehen, wo eure Schwächen liegen, damit ich meinen Unterricht gezielt darauf ausrichten kann.«

»Können wir nicht etwas spielen?«, fragte Michi, der in der letzten Reihe saß.

»Die Lehrer vor Ihnen haben in den ersten Tagen nie richtigen Unterricht gemacht«, ergänzte sein Sitznachbar Bastian.

»Außerdem haben wir unsere Bücher noch gar nicht«, meldete sich ein weiterer Schüler zu Wort.

»Meines Wissens habt ihr die Schulbücher bereits von eurem Klassenlehrer bekommen.«

»Aber es nehmen doch überhaupt nicht alle am Ausleihverfahren teil.«

Herr Behrens schien verunsichert.

Ich hasste es, wenn die Klasse versuchte, vor allem Referendare zu *formen*, wie sie es nannte. Andererseits konnten sie Herrn Behrens ruhig etwas quälen. Nur seinetwegen war mein Smartphone schrottreif und meine Chance bei Olli auf ewig vertan. Leider fand er seine Sicherheit schnell zurück. »Für den Test braucht ihr kein Buch«, sagte er und brachte den Blätterstapel in Umlauf.

Ich nahm mir ein Papier und reichte die restlichen weiter.

»Wenn ihr euch beeilt, haben wir am Ende der Stunde vielleicht noch ein paar Minuten für ein kleines Spiel übrig.«

Ich überflog den Test und stellte fest, dass es ein schwarzweißer Mix aus vielen Bereichen der Grammatik war. So wurden neben den Zeiten auch *the passive voice*, *if-clauses* und *modal verbs* abgefragt. Dies schien mein sicherer Untergang zu sein.

Ich hatte die Wahl zwischen Pest, Cholera und anderen Krankheiten, also entschied ich mich zunächst für den Lückentest. Ich schrieb alle Wortstämme in die leeren Spalten und ergänzte die passenden Endungen von Sam, wann immer Herr Behrens mich nicht im Blickfeld hatte. Als ich zur Abwechslung zu Lilly schaute, stellte ich erstaunt fest, dass sie bereits zur Hälfte fertig war. Nicht dass Lilly schlecht in Englisch war. Jedoch war sie in den letzten Jahren nie über eine Drei hinausgekommen.

»Was ist los mit dir? Hat man dich geklont und über die Sommerferien in einer englischen Schule eingesperrt?«, flüsterte ich irritiert.

Lilly deutete unter den Tisch. Auf ihrem Schoß lag ein Grammatikheft, in dem sie flink durch die einzelnen Lektionen blätterte.

»Du hast das Ding nicht einmal benutzt, seit wir an der Schule sind!«

Sie zuckte mit den Schultern, »Wunder gibt es immer wieder.«

»Und bei dir heißt dieses Wunder Herr Behrens.«

»Der Test sollte keine Gruppenarbeit werden«, ermahnte uns Skaterboy. »Gibt es irgendwelche Unklarheiten in der ersten Reihe?«

Lilly witterte die große Chance und meldete sich. Während er zu ihr kam, ließ sie das Heft unbemerkt in der Ablage unter dem Tisch verschwinden. »Ich bin mir nicht sicher, ob der Satz hier so richtig ist.«

»Das werde ich bei der Korrektur sehen«, entgegnete er.

So leicht ließ Lilly sich nicht abwimmeln. »Vielleicht habe ich aber die Aufgabe nur nicht richtig verstanden.«

Herr Behrens stellte sich hinter uns und beugte sich zwischen uns hindurch. Er roch viel zu gut für so einen blöden Kerl! Ich blickte zu Lilly hinüber, die Herrn Behrens Nähe ganz offenkundig genoss.

Er sah kurz auf das Blatt, dann richtete er sich wieder auf. »Der Satz ist richtig.« Er nickte anerkennend. »Nicht schlecht. Dieser Teil ist nicht einfach.«

Lilly gab sich bescheiden. »Das war sicher Glück.«

Als er ging, grinste sie mich unverhohlen an.

»Du kleine Kröte«, zischelte ich und widmete mich weiter meinem Untergang.

Erfreulicherweise ließ Lilly mich an ihrem Glück teilhaben, so dass mir zumindest im Eingangstest keine Fünf drohte. Da der Großteil der Klasse die gesamte Schulstunde benötigte, blieb keine Zeit mehr zum Spielen. Stattdessen ließ Herr Behrens sich dazu überreden, die geplanten Hausaufgaben wegfallen zu lassen.

»Ich werde sie trotzdem machen«, meinte Lilly entschlossen, als wir auf den Schulhof gingen. »Engagement zahlt sich aus.«

Ich schüttelte belustigt den Kopf. »Immerhin fördert diese Schwärmerei deine Note.«

»Das ist das einzig Gute daran«, beharrte Sam auf ihren Standpunkt. »Ich kann einfach nicht verstehen, was du an so einem alten Typen findest.«

»So wie er sich anzieht und verhält, ist er auch nicht älter als wir.«

Ich sah über den Schulhof zu dem Basketballfeld. Kai dribbelte gerade und gab ab zu einem Jungen aus der Oberstufe, der den Ball zu Olli spielte. Dieser wand sich geschickt zwischen den anderen hindurch. Er ging in die Hocke, streckte sich weit nach oben und warf den Ball in den Korb. Dann drehte er sich um und klatschte den Oberstufenschüler ab. Plötzlich fiel sein Blick auf mich. Er verharrte nur einen Moment, ehe er das Spiel fortsetzte.

Hatte ich meine einzige Chance wirklich verspielt?

Herr Behrens tauchte am Eingang auf. Er ging zu den Jungs, die ihn gerufen hatten, und warf mit ihnen ein paar Körbe.

Lilly war nicht die Einzige, vor deren Füße sich eine kleine Sabberpfütze bildete, wann immer sie diesen Skaterboy sah. Das Basketballspiel hatte nun, da Herr Behrens mitspielte, die Aufmerksamkeit sämtlicher Mädchen auf sich gezogen.

Was fanden sie nur an ihm? Abgesehen von dem ganz passablen Aussehen und dem gut gewählten Parfüm war da nichts. Dennoch machten sich viele von ihnen Hoffnungen.

Herr Behrens wirkte wie ein etwas zu alter Schüler. Für die Jungs mimte er den Kumpel. Für die Mädchen schien er trotz seines Status als Lehrer für jedes Herz erreichbar. Für mich blieb schleierhaft, was er mit diesem Auftreten bezweckte.

Nach dem Unterricht war ich direkt nach Hause gegangen. Ich wollte das Gemüt meiner Eltern nicht schamlos strapazieren. Das schafften sie selbst gut genug.

Auf dem Weg hatte ich fieberhaft überlegt, ob ich das Theater aufgeben sollte oder nicht. Immerhin spielten wir Romeo und Julia und ich hätte sogar eine Chance auf die Hauptrolle! Stattdessen sollte ich zwei Stunden pro Woche länger mit dem Lehrer verbringen, der mir die Misere überhaupt erst eingebrockt hatte.

Obwohl alles dagegen sprach, entschied ich mich schließlich doch für den Chor – nicht zuletzt, weil ich Sam nicht vor den Kopf stoßen wollte. Seitdem sie mit Nico zusammen war, unternahmen wir so gut wie nichts mehr gemeinsam. Ich wollte nicht auch noch unsere letzte gemeinsame Zeit aufgeben.

»Ich bin weg«, rief ich mit der Hand auf der Türklinke.

»Du hast Hausarrest«, erinnerte mich meine Mutter.

»Schließt das die Schule mit ein?«

»Was willst du so spät noch in der Schule?«

»Zum einen ist es erst halb drei und zum anderen habe ich Chor-AG.« Meine Mutter betrachtete mich skeptisch.

Seit ich ausgebüxt war, misstraute man mir augenscheinlich. Wer konnte es ihnen verübeln?

Ich verschränkte die Arme vor der Brust. »Willst du im Sekretariat anrufen?«

Sie schien einen kurzen Moment darüber nachzudenken, verwarf den Gedanken jedoch wieder und kam auf ein anderes, mir unliebsames Thema zu sprechen: »Hast du deine Englischaufgaben fertig?«

»Die, weswegen ich Hausarrest habe?«

»Du hast Hausarrest, weil du dich rausgeschlichen hast«, stellte sie klar. »Hast du sie mittlerweile gemacht oder nicht?«

Schweigend wich ich ihrem Blick aus.

»Das habe ich mir schon gedacht«, sagte sie nüchtern. »Deshalb habe ich dir einen Nachhilfelehrer organisiert.«

»Du hast was getan?«

»Da du es nicht gebacken kriegst, habe ich Sabines Sohn Thomas gebeten, dir unter die Arme zu greifen. Ihr werdet in der Schule einen Termin ausmachen.«

»Du hast Tommy gefragt? Ausgerechnet Tommy?«

Nachdem ich endlich das Image des kleinen Theatermäuschens ablegen konnte und Tommy mich als ebenbürtige Schauspielerin wahrnahm, hatte meine Mutter mich als Englischnoob geoutet!

»Weißt du, wie peinlich das ist?«

»Weißt du, wie peinlich es ist, eine fast erwachsene Tochter zu haben, die es nicht einmal zustande bringt, ein paar lächerliche Englischaufgaben zu machen?«, konterte sie.

»Du sagst es, ich bin fast erwachsen. Warum mischt ihr euch ständig in mein Leben ein?«

»Weil du keine Verantwortung übernehmen kannst. Das Leben hat nicht nur Sonnenseiten. Man muss auch etwas dafür tun!«

»Ich habe eine Eins in Musik und Zweien in Deutsch und Mathe, aber das seht ihr nie!«

»Das bisschen Gesinge kann ja nicht so schwer sein.«

»Genau das meine ich! Es interessiert dich überhaupt nicht, was mir wichtig ist! Aber das war ja schon immer so.«

»Das stimmt doch überhaupt nicht«, widersprach sie.

»Du hast recht. Es ist erst so, seit Sofia auf der Welt ist.«

Sie hielt inne. »Glaubst du das wirklich?«, fragte ihr Blick.

Das hatte gesessen. Keine Mutter wollte sich eingestehen, dass das jüngere Kind mehr Aufmerksamkeit bekam als das ältere. Natürlich brachten meine Eltern meiner Schwester das gleiche Interesse entgegen, das auch ich als kleines Kind bekommen hatte. Wenn ich ehrlich war, war ich sogar froh, dass ich meine Freiräume hatte. Dennoch störte es mich, dass im Gegensatz zu meinen Erfolgen ständig nur die negativen Aspekte Beachtung fanden.

»Bis nachher«, sagte ich zu meiner noch immer sprachlosen Mutter und verließ das Haus.

»Da bist du ja endlich!« Als ich vor dem Musikraum ankam, erwartete Lilly mich bereits. »Hach, ich bin so aufgeregt.«

»Aufgeregt?«, stutzte ich.

Es gab unter uns ein paar Stars, die ihr Glück bei Castings versuchten. Viele hatten in früheren Schulmusicals schon eine der Hauptrollen gehabt – aufregend war das aber nun wirklich nicht.

»Dominik und ich sehen uns heute das erste Mal fernab des Unterrichts«, lächelte sie verliebt.

Ich sah sie mit hochgezogenen Augenbrauen an, verkniff mir jedoch jeglichen Kommentar.

»Er kann bestimmt fantastisch singen. Ob er ein Instrument spielt?«, überlegte sie.

»Er ist Musiklehrer. Was erwartest du?«, entgegnete ich.

»Dann spielt er sicherlich Klavier.« Verträumt fügte sie hinzu: »Ich liebe Klavierspieler.«

»Liebst du auch alle Tubaspieler, wenn er Tuba spielt?«

»Tuba? Meinst du wirklich?«

»Wo bleibt Sam eigentlich?«, wunderte ich mich nach einem Blick auf die Uhr. Sonst war sie immer schon viel früher da. »Wenn man vom Teufel spricht«, setzte ich leise hinzu, als sie mit Nico um die Ecke bog.

»Aber wieso denn Teufel?«, fragte Lilly. »Er sieht aus wie ein Engel.«

»Nico?« Verwundert sah ich sie an.

»Quatsch! Ich rede von ihm.« Sie legte ihren Kopf schräg und deutete mit den Augenbrauen zu Herrn Behrens hinüber, der geradewegs auf uns zukam.

»Wie schön, ein paar bekannte Gesichter«, begrüßte er uns, während er die Tür aufschloss.

Ich wandte mich zu Sam um. »Für wen soll das schön sein?«, flüsterte ich.

Sie stupste mich in die Seite.

Wir folgten Lilly und Herrn Behrens in den Musikraum. Nachdem ich meine Tasche auf einen der Tische abgelegt hatte, steuerte ich unsere alten Plätze im Stuhlkreis an. Sam und Nico setzten sich links von mir hin. Nach und nach füllte sich der Raum, bis Herr Ehlers hereinkam und die Tür schloss.

Herr Behrens, den Lilly in ein Gespräch verwickelt hatte, wandte sich nun an den Chorleiter.

Lilly kam zu uns getrottet und ließ sich rechts von mir nieder.

»Na, wie läuft euer Date?«, zog ich sie auf.

Doch sie ließ sich nicht ärgern, sondern spielte mir den Ball zurück. »Besser als deins mit Olli.«

Ich funkelte sie böse an. »Sehr witzig«, knirschte ich.

Herr Ehlers trat an das Klavier, das in der Mitte des Raumes stand. Herr Behrens positionierte sich neben ihn. Nachdem Herr Ehlers uns begrüßt hatte, stellte er den neuen Musikreferendaren vor, der ihn bei seinem diesjährigen Vorhaben tatkräftig zur Hand gehen sollte.

»Zum hundertjährigen Jubiläum unserer Schule werden wir ein Konzert veranstalten, das unter dem Motto *Walt Disney* stehen wird«, führte er seine Pläne aus.

»*Walt Disney*?«, fragte Lila kritisch. Seit sie an dem Fernsehcasting teilgenommen und es tatsächlich in den Recall geschafft hatte, wünschte sie stets bei ihrem Künstlernamen gerufen zu werden. »Was soll denn dieser Kinderkram bitte? Wie soll ich denn damit berühmt werden?«

»Also ich finde diese Idee gut«, äußerte ich meine Meinung dazu. »Die Auswahl an Liedern ist so groß, dass für jeden etwas dabei ist.« Das sagte ich nicht etwa, weil ich meine Musiknote festigen wollte, sondern weil ich *Walt Disneys* Filme liebte. Der Großteil der Soundtracks war zum Niederknien, dachte man nur an Songwriter wie Elton John oder Phil Collins.

»Vielen Dank, Gina.« Herr Ehlers nickte mir zu.

»Schleimerin«, zischte Lila.

»Gibt es sonst irgendwelche Einwände?«, fragte er in die Runde.

Die meisten hörten ihm vermutlich nicht einmal zu, geschweige denn sahen sie ihn an. Ihre Augen waren zu sehr damit beschäftigt, Herrn Behrens sowie die kleinste seiner Bewegungen zu fixieren. Er hingegen folgte den Ausführungen des Lehrers wie ein gehorsamer Musterschüler.

»Nicht? Dann können wir ja beginnen«, freute sich Herr Ehlers.

Er ging zum Overheadprojektor, legte eine Folie auf und projizierte das Bild an die Wand.

Stühle wurden gerückt, Köpfe drehten sich und schließlich konnten alle die aufgelistete Auswahl für das Konzert sehen. Hinter einigen Titeln standen bereits Namen.

Herr Ehlers war ein Gutmensch. Jeder, der singen wollte, wurde berücksichtigt. Dass aber nicht jeder singen konnte, handhabte unser Chorleiter recht geschickt. Die starken Solisten, wozu er Nico, Sam, Lila und auch meine Wenigkeit zählte, bekamen vorweg die anspruchsvollen Stücke zugeteilt. Der Rest wurde nach Wunsch zugeordnet.

»Kennt ihr alle Lieder oder möchte jemand, dass ich eins anspiele?«, fragte Herr Ehlers.

Ich suchte meinen Namen an der Wand und musste feststellen, dass ich meine Songs kaum bis gar nicht kannte. *Herkules* war einer der wenigen Filme, die ich nie gesehen hatte und die Lieder in den neuen Filmen waren einfach nicht so schön wie die alten. Insgeheim hatte ich gehofft, etwas Berühmtes singen zu dürfen. Doch diese Ehre war Sam und Lila zuteilgeworden.

Da die meisten Hits recht bekannt waren, meldete sich keiner und er fuhr fort: »Kommen wir zu der Verteilung. Wer möchte was singen?«

Einige Finger schossen nach oben. Herr Ehlers nahm alle nach und nach dran und schrieb sie mit dem Folienstift neben den jeweiligen Song.

Schließlich war die erste Stunde herum und sofort bildete sich eine Mädchentraube um das Klavier – in ihrer Mitte: Dominik Behrens, der von seiner Band sprach.

»Wenn man zweihundert Kilometer vom ursprünglichen Wohnort entfernt arbeitet, ist das mit den Auftritten schwierig«, berichtete er. »Aber vielleicht schaffen wir es in den Ferien ein, zwei Konzerte zu geben.«

»Kann man Ihre Songs auch downloaden?«, fragte Tina.

»Ihr könnt die CD auf unserer Homepage bestellen. Es ist noch ein wenig oldschool, aber wir arbeiten daran. Vielleicht könnt ihr die Titel bald schon auf *iTunes* herunterladen.« Herr Behrens ging an die Tafel und schrieb die Adresse der Internetseite daran.

Eilig kramten alle ihre Handys heraus, reckten und streckten ihre Hälse und glitten mit den Fingern über die Displays.

»Das ist ja so cool«, sagte Lilly, als sie nach vollendeter Tat zu mir kam.

»Er brennt seine CDs selbst«, erwiderte ich kritisch. »Wenn kein Label die Musik haben will, dann kann sie auch nicht so überragend sein.«

»Du wirst schon sehen. Dominik wird berühmt«, versprach sie mir.

»Gut, dann bin ich ihn wenigstens los«, sagte ich und widmete mich der Probe.

# Viertes Kapitel

»Gehen Sie Anfang September auch zu diesem Rockfestival am See?«, fragte Olli Herrn Behrens, als dieser die Stunde beginnen wollte.

In Windeseile hatte sich herumgesprochen, dass Herr Behrens in einer Band spielte. Die Details über seine Interessen und Vorlieben nutzte die Klasse nun, um ihn ständig in ein Gespräch zu verwickeln und ihn so vom Unterricht abzuhalten. Es klappte hervorragend.

Herr Behrens ging prompt darauf ein: »Ein Rockfestival?«

Dies war der Einstieg für eine Diskussion rund um die regionalen Musiker, ihren Stil sowie ihre Chance berühmt zu werden.

Zu meinem Erstaunen störte niemanden die permanente Plauderei. Jeder beschäftigte sich mit etwas anderem. Lilly hing wie üblich an Herrn Behrens Lippen. Sandy lackierte ihre Fingernägel. André biss genüsslich in sein Pausenbrot. Sogar die Streber der Klasse steckten mit ihren Nasen in einem Fachmagazin. War ich denn die einzige, die nicht das ganze Schuljahr nur Grammatikwiederholungen machen wollte? Vorausgesetzt es kam überhaupt dazu.

Ich könnte die Texte für das Konzert üben, kam es mir in den Sinn. Die Lieder, die Herr Ehlers für mich herausgesucht hatte, waren wunderschön. Dass sie zudem nicht jeder kannte, machten sie in meinen Augen besonders.

Gerade als ich nach den Notenblättern in meinem Block griff, besann sich Herr Behrens wieder auf seinen Beruf. »Genug geredet. Wir werden demnächst einen Unterrichtsbesuch haben. Mein Seminarleiter kommt und sieht sich eine Unterrichtsstunde an«, erklärte er. »Da wir im Stoff hinterherhinken, sollten wir die verbleibende Zeit zum Aufholen nutzen.«

»Ach was«, rutschte es mir über die Lippen.

»Was hast du gesagt?«, fragte er.

»Nun ja.« Ich überlegte, wie ich mich am besten herausreden konnte. Doch es fiel mir nicht das Geringste ein. Deswegen blieb ich bei der Wahrheit – auch wenn diese mir keine Pluspunkte einbringen würde. »Ich wollte damit sagen, dass mir das auch schon aufgefallen ist.«

Herr Behrens bedachte mich mit einem wie erwartet nicht sehr erfreuten Blick und holte zum Gegenschlag aus: »Meiner Meinung nach kommt es manchen Schülern entgegen, dass wir den Stoff langsam erarbeiten. So haben die nicht so Leistungsstarken die gleiche Chance wie alle anderen.« Natürlich hatte er gemerkt, dass ich längst nicht so gut war, wie mein Test es vermuten ließ.

»Wenn ich leistungsschwach im Fach Musik wäre, würde mir Ihr Unterricht helfen«, gab ich betont freundlich zurück. »Auf dem Plan steht allerdings, dass wir Englisch haben.«

Herr Behrens fixierte mich und ich hielt seinem Blick stand.

»Gut, machen wir Englisch«, entgegnete er.

Die Klasse stöhnte auf.

»Hast du ja toll gemacht«, kam es aus einer der hinteren Reihen.

»Super, du Streberin«, wurde die erste Stimme von einer weiteren bekräftigt.

Lilly funkelte mich böse an. »Musst du Dominik immer so anpflaumen?«, zischte sie in mein Ohr. »Lass deine schlechte Laune nicht an ihm aus! Er kann nichts dafür.«

»Er kann nichts dafür?«, fragte ich ungläubig. »Er allein trägt die Schuld an meiner schlechten Laune!«

Nicht nur dass ich eifrig daran arbeitete, für meine Englischnote ein weiteres Geschoss unterhalb des Kellers auszuheben, ich zog den Unmut der Klasse auf mich – von Lillys Feindseligkeit ganz abgesehen. Und dann sollte ich mich auch noch von solch einem Möchtegern-Lehrer als leistungsschwach einstufen lassen? Englisch war mit Sicherheit nicht mein bestes Fach. Dennoch beherrschte ich diese Sprache um Längen besser als er seine vermeintliche Berufung!

Lilly, Sam und ich verbrachten unsere Mittagspause im *Socolé*. Eigentlich hätte ich mit Tommy über diversen Englischaufgaben brüten müssen. Aber glücklicherweise hatte er ein Vorsprechen an diesem Tag, so dass wir uns erst die Woche darauf in den Freistunden vor der AG treffen würden.

Wie schon die Tage zuvor lag ich Lilly wieder mit einem Thema in den Ohren, das mir sehr am Herzen lag. »Hat Olli irgendetwas durchblicken lassen?«, fragte ich. »Hat er etwas über mich gesagt oder gefragt?«

»Hm, weiß nicht«, sagte sie ohne von der Kladde in ihren Händen aufzusehen.

»Das musst du doch wissen!«

»Kann sein.«

»Frau Wagner ist derzeit leider ungemein beschäftigt«, bemerkte Sam. »Ich könnte Ihnen einen Termin für die Physikstunde am Mittwoch in einer Woche anbieten.«

Ich ließ meinen Löffel ins Eis fallen. »Mensch Lilly, das ist mir verdammt wichtig!«

»Einen Moment noch«, sagte sie und notierte etwas.

»Was hast du da überhaupt?«, fragte Sam und lehnte sich zu Lilly hinüber.

Lilly schien plötzlich hellwach. »Nicht so wichtig!« Eilig klappte sie den Hefter zu.

Auch ich wurde neugierig. »Wenn es dich von der Lösung meiner Probleme abhält, will ich wissen, was das ist.« Mit einem Ruck hatte ich ihr die Mappe entwendet und drehte mich vorsorglich von ihr weg, damit ich sie in Ruhe durchblättern konnte.

Auf der ersten Seite fand ich einen Steckbrief. Doch dieser spärlich ausgefüllte Charakterbogen war weder von einer Figur aus unserer Deutschlektüre noch aus der Französischlektüre. Er gehörte zu niemand Geringerem als Dominik Behrens. Verzeichnet waren neben Details wie Anschrift, Geburtsdatum und Fächerkombination besondere Vorlieben nebst Dingen, die kein Schüler über seinen Lehrer erfahren wollte.

»Lieblingsfarbe, Lieblingstier, Lieblingsurlaubsort«, las ich vor. Meine Augen überflogen das Blatt Papier und ich guckte von Punkt zu Punkt ungläubiger.

Sie zuckte mit den Schultern. »Was man halt so wissen muss.«

Sam hatte wieder ihren verurteilenden Blick aufgelegt, hielt sich aber noch zurück.

Ich blätterte die Seite um. Hier waren sämtliche Marken, die er benutzte und trug, aufgeführt. Von der Textilbranche über Handyfirmen zu Getränken und Körperpflegeprodukten.

Auf dem nächsten Blatt waren zwei Begriffspaare aufgeschrieben, wovon bei einigen bereits ein Wort durchgestrichen war. »Nass- oder Trockenrasierer? Kugelschreiber oder Füllfederhalter? Boxershorts oder Slip? Lilly!"

Sam nahm mir die Mappe aus der Hand, um sich selbst von dem Geschriebenen zu überzeugen. »Gegen dich war die Stasi ja geradezu schlampig«, staunte sie über Lillys gründliche Recherche. »Aber wie willst du das alles herausfinden?«

»Ein guter Journalist verrät seine Quellen nicht«, lächelte sie.

»Du bist doch nicht etwa mit ihm …?« Sams Augen weiteten sich vor Entsetzen.

»Schön wär's«, seufzte Lilly. »Aber was nicht ist, kann ja noch werden!«

»Klar doch«, lachte ich. »Nächstes Wochenende vielleicht?«

»Vielleicht«, gab sich Lilly geheimnisvoll. »Apropos Wochenende«, sagte sie plötzlich. »Anfang September ist dieses Rockfestival.«

»Festival? Du?« Ich sah sie irritiert an. »Willst du da wirklich hin?«

»Habt ihr nicht Lust mitzukommen? Olli wollte auch hin«, sagte Lilly und setzte hinzu: »Genau genommen war es sogar seine Idee, dich zu fragen«, gab sie zu.

»WAS?« Ich sah sie ungläubig an. »Und das sagst du mir erst jetzt? Natürlich komme ich mit!«

»Was ist mit deinem Hausarrest?«, erinnerte mich Sam.

»Bis dahin habe ich die Englischübungen fertig und dann können meine Eltern nichts mehr dagegen sagen«, erwiderte ich.

Zwar hatte ich das Date mit Olli gehörig vermasselt, aber er gab mir eine zweite Chance. Um diese zu nutzen, musste ich bloß diese blöden Aufgaben erledigen und Tommy würde mir dabei helfen.

»Wo sind deine Problemzonen?«, fragte Tommy mich in der folgenden Woche zu Beginn unserer Nachhilfestunde.

Wir hatten uns in den Oberstufenraum zurückgezogen. Obwohl dieser mit all den alten Sofas und Sesseln einer der gemütlichsten Räume der ganzen Schule war, hielt sich hier kaum jemand auf.

»So wie deine Mutter dein Englischproblem geschildert hat, ist es mindestens so groß wie Russland. Und Russland ist riesig!« Seine Augen weiteten sich, als er das sagte.

»Sie übertreibt«, gab ich pikiert zurück. »Wir wiederholen gerade die Grammatik.« Ich reichte ihm das Arbeitsblatt, das lose in meinem Block lag.

Herr Behrens hatte uns zum ersten Mal in diesem Schuljahr Hausaufgaben aufgegeben.

Tommy lachte, als er meine kläglichen Versuche betrachtete.

»Hör auf zu lachen!« Ich verschränkte die Arme vor der Brust. »Ich bin eben nicht gut in Englisch!«

»Da wäre ich so nicht drauf gekommen. Aber jetzt bin ich ja hier, um das zu ändern. Also, *if*-Sätze. Lass uns herausfinden, was du an der Grammatik verstanden hast.«

»Das ist ganz einfach«, sagte ich. »Gar nichts!«

Tommy runzelte die Stirn. »Du willst mir erzählen, dass du absolut nichts checkst? Du weißt weder wie es gebildet wird noch wofür man es benutzt?«

Ich kramte in meiner Erinnerung. »Also *if* kommt in dem Satz vor und *will* oder *would* auch.«

»Okay, dann fangen wir ganz von vorne an.«

Nach über einer Stunde intensiver Arbeit bat ich um eine Pause. Doch Tommy lehnte ab.

»So kenne ich dich gar nicht«, platzte ich heraus. »Du machst immer nur dumme Scherze und bist unkonzentriert und jetzt quälst du mich so!«

»Es geht um deine Zukunft«, sagte er mit ernster Miene. Schließlich schlug er mir einen Deal vor: »Wenn du mir sagen kannst, wie *Conditional Type* eins, zwei und drei gebildet werden, bist du frei. Du bist mich bis nächste Woche los! Vorausgesetzt du willst, dass ich dir weiterhin helfe.«

»Meine Mutter wird schon dafür sorgen, dass ich das will.« Ich bildete die verschiedenen Sätze und sagte ihm, wann man sie einsetzte.

»Du bist ja doch zu mehr zu gebrauchen, als ich dachte«, lobte er mich.

»Bei so einem tollen Nachhilfelehrer ist das ja auch …«

»… kein Wunder«, beendete Tommy meinen Satz. »Aber jetzt hör auf mit den Komplimenten. Ich höre den Tag über schon genug.«

»Angeber!«

»Wen hast du denn in Englisch?«, fragte er, während ich meine Sachen zusammenpackte.

»Einen Schüler«, entgegnete ich.

Tommy sah mich irritiert an.

»Zumindest benimmt sich Skaterboy wie einer.«

»Ach, du meinst Herrn Behrens«, lachte Tommy. »Du klingst so begeistert. Magst du ihn etwa nicht?«

Erneut genügte ihm mein Blick als Antwort.

»Ich bin auch froh, dass ich ihn nicht als Lehrer habe. Sonst könnte ich mein Abi vergessen bei dem, was man so hört.«

»Du musst mir noch bei etwas helfen«, fiel es mir wieder ein.

Er hob die Hände vor die Brust und wandte mir die Handflächen zu. »Ich bringe niemanden um!«

»Das sollst du gar nicht. Ich muss bis übernächstes Wochenende diese blöden Aufgaben hier fertig haben.« Ich kramte das Heft aus meiner Tasche und reichte es ihm.

Er nahm es und blätterte es durch. Tiefe Falten zierten seine Stirn. »Alle?«

Ich nickte.

»Und wie kann ich dir dabei helfen?«

»Ich dachte, vielleicht könntest du …«, begann ich. »Meine Eltern lassen mich sonst nicht zu diesem Festival. Du hast Englisch immerhin als Leistungskurs! Das ist doch ein Klacks für dich!«

»Tut mir leid«, entschuldigte er sich. »Romeos Text lernt sich nicht von selbst. Wir können nächste Woche was aus diesem Heft machen. Jetzt muss ich los.« Er klaubte seine Sachen zusammen und bevor ich überhaupt versuchen konnte, ihn umzustimmen, verschwand er mit einem flüchtigen »Tschüss«.

»Hier sind die Aufgaben, die ich machen sollte.« Ich reichte sie meinem Vater, der auf der Couch saß und das abendliche Fernsehprogramm studierte.

Es war Freitagabend und ich hatte es geschafft, das ganze Heft nach bestem Wissen durchzuarbeiten. Natürlich hätte ich irgendetwas hinschreiben und vorgeben können, es nicht besser gewusst zu haben. Doch warum sollte ich meinen Hausarrest nicht zu etwas Sinnvollerem nutzen, als auf meinem Uralt-Ersatzhandy *Snake* zu zocken?

Mein Vater legte die Fernsehzeitschrift beiseite und sah das Heft durch. Hin und wieder stoppte er, überflog die Seite und blätterte dann weiter. Schließlich klappte er es zu und nickte anerkennend. »Du hast dir wirklich Mühe gegeben.«

»Heißt das, ich darf morgen zu dem Festival?«

»Es hat zwar etwas gedauert, aber du hast es gemacht. Warum also nicht?«, entgegnete er.

»Dürfte ich erfahren, worüber ihr redet?«, fragte meine Mutter, als sie mit meiner Schwester zur Tür herein kam. Sie klang gereizt. Der Kindergeburtstag war anscheinend anstrengend gewesen.

»Gina hat ihre Englischaufgaben erledigt. Es gibt keinen Grund, weshalb sie nicht gehen sollte«, klärte er sie auf.

»Sie geht nicht«, bestimmte sie, während sie Sofia half, die Schuhe auszuziehen.

»Aber ich habe diese blöden Aufgaben doch gemacht«, rief ich. »Außerdem hat Papa es mir erlaubt!«

»Ich erlaube es trotzdem nicht«, sagte sie. »Wenn ich allein daran denke, was da für Leute herumlungern!«

»Maria«, sagte mein Vater ruhig. »Gina ist alt genug, um selbst zu entscheiden, wohin sie geht.«

»Sonst interessiert es dich auch nicht, was ich mache!« Hilflos sah ich zu meinem Vater, der mir beschwichtigend und dennoch ermutigend zunickte.

»Geh hoch, ich überzeuge sie schon.«

Doch beim Reden blieb es wie so oft nicht. Als meine Mutter Sofia ins Bett gebracht hatte, begann der unüberhörbare Streit. Ich verstand trotz verschlossener Zimmertür jedes Wort.

Ich ging an meine Stereoanlage und schaltete sie ein. Sofort spielte die CD die Konzertlieder ab, die Herr Ehlers uns gegeben hatte. Ich drehte die Musik so laut, dass sie die Stimmen eine Etage unter mir übertönte. Dann nahm ich die Songtexte und sang mir den Kummer von der Seele.

»Trödel nicht so herum«, ermahnte ich Lilly.

Olli würde mir bestimmt kein zweites Mal verzeihen, wenn ich ihn wieder versetzte.

»Renn doch nicht so«, gab sie zurück. »Ich habe einen Stein im Schuh.« Sie blieb an einer Laterne stehen. Während sie sich mit einer Hand daran abstützte, schlug sie ihr rechtes Bein über das linke und fischte das Steinchen aus ihren Ballerinas.

»Selbst wenn du einen ganzen Felsen da drin hättest«, rief ich nach hinten. »Wir kommen zu spät!«

»Bin ja schon da«, sagte sie und eilte zu mir.

Wir schlossen uns einer großen Menschentraube an, die an den See strömte. Überall hatten Leute Picknickdecken unter den Bäumen aufgeschlagen oder saßen im Gras. Sie standen an den zahlreichen Imbissbuden, aßen und tranken, und Rockmusik ertönte ohrenbetäubend laut.

»Wo wollten wir uns denn mit den Jungs treffen?«, rief ich Lilly zu.

Sie kam dichter zu mir. »Irgendwo bei der Bühne.«

»Wie präzise«, sagte ich.

»Was?«, rief sie.

Ich winkte ab. »Lass uns deinen Bruder suchen!«

Wir schlängelten uns durch die feiernde Menge und hielten nach dem Rest der Clique Ausschau. Je näher wir an die Bühne herankamen, umso schwieriger wurde es, sich zwischen den pogenden Jugendlichen hindurch zu drängeln.

Ich stellte mich auf die Zehenspitzen und ließ meinen Blick schweifen. In der Menge wippte ein hellblonder Pferdeschwanz. Gleich daneben entdeckte ich Nico, Olli und Kai.

»Ich habe sie gefunden«, rief ich. Ich nahm Lilly an der Hand und zog sie mit mir.

Als wir bei unseren Freunden ankamen, steckte Sam gerade ihr Handy ein. »Da seid ihr ja«, sagte sie laut. »Warum gehst du nicht ans Telefon?«

»Wie soll ich das bei dem Lärm denn hören?«, entgegnete ich ebenso laut.

»Schön, dass ihr da seid«, rief Kai und umarmte Lilly und mich zur Begrüßung.

Hinter Kai erschien Olli. »Schön, dass du da bist«, sagte Olli gerade so laut, dass ich es hören konnte.

Ich lächelte.

Er wich meinem Blick aus und kratzte sich am Kopf. »Gute Musik hier, ne?«

»Schon, aber es ist ein bisschen laut«, rief ich.

»Das ist doch gerade gut«, sagte er.

»Wieso das?«

»Weil man dann nicht so viel reden muss«, gab er zu. Ein verlegenes Lächeln umspielte seine Mundwinkel.

»Und was macht man dann, wenn man nicht redet?«, fragte ich und hoffte insgeheim, dass er mir die Antwort geben würde, die in meinem Kopf herumschwirrte.

»Ich weiß nicht«, entgegnete er und zuckte mit den Schultern. »Was man halt so macht.« Von seiner Coolness war nicht viel mehr übrig als das Gel in seinen Haaren. Doch genau das machte ihn so süß.

»Voll lieb von dir, dass du Lilly gesagt hast, dass ich auch kommen soll«, sagte ich. »Aber du hättest mich doch auch selbst fragen können.«

»Ich habe meiner Schwester nichts gesagt«, entgegnete er. »Nicht dass ich dich nicht dabei haben will, aber ...« Plötzlich erregte etwas hinter mir seine Aufmerksamkeit. »Jo, Domme, was geht?«, rief er und ging sichtlich erleichtert an mir vorbei.

Ich drehte mich um und sah, wie Olli Herrn Behrens lässig per Handschlag begrüßte. Irritiert stellte ich fest, dass Herrn Behrens diese Begrüßung keinesfalls fremd war.

Herr Behrens sah in die Runde und nickte uns zu.

»Du hast mich angelogen! Olli wollte gar nicht, dass ich herkomme.« Ich funkelte Lilly böse an.

»Er hat es vielleicht nicht so ausdrücklich gesagt, aber bestimmt gedacht!«

»Du hast mich nur wegen Skaterboy hierher geschleift!«

»So kannst du das nicht sehen. Es ist eine Win-Win-Situation«, freute sie sich.

»Lass uns was zu trinken holen«, sagte Olli zu Kai. »Was wollt ihr haben?« Er zeigte mit ausgestrecktem Zeigefinger nacheinander auf jeden von uns, der daraufhin seine Bestellung aufgab. Bier – Biermix – Biermix – Bier – Cola.

»Cola?« Olli sah mich mit hochgezogenen Brauen an. »Du willst doch nicht an einem Tag wie heute nüchtern bleiben, oder?«

»Scheint so«, entgegnete ich zähneknirschend und verfluchte meine gute Erziehung.

»Dann eben Cola«, sagte er ungerührt. »Und du?«, wandte er sich an Herrn Behrens.

»Ich komme mit. Das werdet ihr eh nicht allein tragen können.«

Sie zogen in Richtung Getränkewagen davon.

»Das ist so cool, dass Dominik hier ist«, sagte Lilly.

»Total cool«, seufzte ich.

In wenigen Minuten war meine Laune von ›Heute komme ich ans Ziel meiner Träume' auf ›Wäre ich doch besser zu Hause geblieben' gesunken. Dabei hätte gar nicht ich wegbleiben sollen. Herr Behrens hätte das ganze Wochenende damit zubringen müssen, unseren letzten unangekündigten Test zu korrigieren, den ich gehörig vermasselt hatte. Es schien, als bliebe mir nichts erspart. Nicht nur dass Herr Behrens meine schulische Laufbahn zugrunde richtete – er mischte sich auch noch in mein Privatleben ein! In diesem Moment hätte ich weiß Gott was dafür gegeben, dass er berühmt werden würde und ich ihn endlich los wäre!

»Geben Sie auch Konzerte?«, fragte Lilly Herrn Behrens schon zum dritten Mal an diesem Abend.

»Zurzeit nicht«, entgegnete er. »Aber in den Ferien vielleicht.«

»Dann müssen Sie mir *undebingt*…« Sie lachte verlegen. »Ich meine unbedingt Bescheid sagen!«

Nach einigen Stunden in der Menge und viel zu vielen Bieren waren wir weitergezogen und saßen nun im warmen Sand am Strand des Sees.

Ich sah zu Olli, der mit Kai am Wasser herumalberte. Sam hatte sich in Nicos Arm gekuschelt. Gemeinsam sahen sie sich die Sterne an. Lilly setzte all ihre Flirtkünste ein, um Herrn Behrens um den kleinen Finger zu wickeln. Und ich? Ich saß vollkommen nüchtern da und badete im Selbstmitleid. Eigentlich sollte ich mit Olli flirten! Ich sollte mit Olli herumalbern! Und ich sollte es sein, die sich in Ollis Armen die Sterne anschaute! Doch ich tat es nicht und vermutlich würde ich es auch nie tun. Mein Leben war und blieb zum Verzweifeln.

»Ist das nicht ein wundervoller Tag?«, säuselte Lilly, die ihr Gespräch mit Herrn Behrens unterbrochen hatte und sich nun zu mir setzte.

Ich verzog das Gesicht. »Wundervoll.«

»Spürst du denn nicht diese Magie? Heute wird die Nacht der Nächte«, prophezeite sie mir. »Ich bin so nah dran!« Sie zeigte mit Daumen und Zeigefinger einen kleinen Abstand an.

»Etwa so nah wie Herr Behrens am Wasser?«, fragte ich und deutete zu ihm hinüber.

Lilly wandte sich um und sah gerade noch, wie die Drei mit einem lauten Platschen im See landeten. »Oh nein«, rief sie und versuchte aufzustehen. Doch ihre fehlende Balance zerrte sie zu Boden.

Schnell stand ich auf und zog sie auf die Füße. »Wehe, du gehst in den See«, warnte ich sie.

»Aber ich muss doch …«

»Keine Widerrede!«

Ich rannte zum Ufer. Zwar war das Wasser hier seicht, doch Betrunkene konnten sogar in einer Pfütze ertrinken. Der See bot sich dafür geradezu an.

»Olli? Kai? Geht's euch gut?«, fragte ich.

»Gina! Komm rein! Es ist herrlich!«, rief Kai.

»Kommt da raus, Jungs!«

»Komm du doch rein«, rief Olli.

»Ich meine es ernst«, rief ich. »Ihr sauft ab!«

»Du hast recht, Gina!« Olli stand auf und kam aus dem Wasser getorkelt. »Das ist wirklich, wirklich gefährlich, was wir hier machen! Kommt sofort raus, ihr beiden«, tadelte er Kai und Herrn Behrens, die sich erst ratlos ansahen und Olli dann folgen wollten.

Zufrieden drehte ich mich um und wollte zurück zu Lilly, als Olli mich von hinten packte, hochnahm und zurück in den See stapfte.

»Das ist nicht witzig, Olli«, motzte ich und versuchte mich loszumachen. »Lass mich los!«

Doch Olli trug mich unbeirrt weiter. Als ich merkte, dass er nicht bluffte, zerrte ich an seinen Armen.

»Lass mich sofort runter«, schrie ich und zappelte wie wild.

Nur zu gern kam er dieser Bitte nach, nun, da er im Wasser stand, und ließ mich fallen. Mit einem lauten Platschen drang ich durch die Wasseroberfläche und setzte auf dem Grund auf.

Als ich aufsah, grinsten mich Olli und Kai schamlos an und brachen dann in schallendes Gelächter aus. Selbst Sam und Nico standen am Ufer und lachten.

»Du Idiot«, donnerte ich. »Du blöder Idiot!«

Vor meinem Gesicht tauchte eine Hand auf. Ich sah an dem Arm entlang zu Herrn Behrens. »Ich helfe dir hoch«, bot er an.

Ich schlug die Hand weg und bemühte mich auf dem Algenteppich unter mir nicht auszurutschen.

»Dann ertrinkt doch alle«, schrie ich und stampfte davon.

»Dominik wollte dir nur helfen«, belehrte Lilly mich.

»Und du kannst mich mal mit deinem bekloppten Dominik! Ihr könnt mich alle mal! Kreuzweise«, wütete ich, griff nach meiner Handtasche und den Schuhen und trottete klitschnass und fröstelnd nach Hause.

# Fünftes Kapitel

»Ich brauche dringend Schokolade«, sagte ich. »Kommt jemand mit zum Automaten?«

Wir verbrachten unsere Mittagspause draußen auf dem Schulhof. Alle saßen oder lagen auf den Bänken und genossen die Septembersonne. Es brodelte noch immer in mir, wenn ich an das zurückliegende Wochenende dachte. Vielleicht würde mich etwas Schokolade besänftigen. Keiner rührte sich.

»Niemand?«

Sam rekelte sich in Nicos Armen. »Sorry, ich liege gerade so bequem.«

»Lilly?«

»Ich bin auf Diät.«

»Dann eben nicht.«

Missmutig trottete ich über den Schulhof. In der Pausenhalle angekommen, suchte ich mir am Automaten etwas aus, steckte das Kleingeld in den Münzschlitz und drückte die Taste meiner Wahl. Der Schokoriegel schob sich nach vorne. Kurz bevor er hinunter in das Ausgabefach fiel, blieb er stecken.

»Das kann doch nicht wahr sein«, regte ich mich auf. »Dieser dämliche Automat!« Ich hämmerte erst auf das Eingabefeld ein und dann wie wild auf die Geld-Rückgabe. Nichts geschah.

»Der Automat kann auch nichts für deine schlechte Laune.« Herr Behrens schloss den Musikraum ab und kam auf mich zu.

»Ich habe keine schlechte Laune«, sagte ich und versetzte dem Kasten einen Tritt.

»Hey, hey«, sagte Herr Behrens. »Du machst ihn noch ganz kaputt.« Er holte etwas Kleingeld aus seiner Hosentasche und drückte noch einmal die Tastenkombination. Der Automat spuckte daraufhin zwei Riegel aus.

Er ging in die Hocke, nahm die Schokolade und gab mir meine.

»Danke«, sagte ich widerwillig.

»Bist du am Samstag gut nach Hause gekommen?«, erkundigte er sich.

»Sonst wäre ich wohl nicht hier.«

»Schade, dass dein Abend nicht so toll gelaufen ist. Mir hat das Festival gut gefallen.«

»Schön, dass es Ihnen gefallen hat«, sagte ich.

»Willst du etwa mir die Schuld an deinem Fiasko geben?«

»Ohne Sie wäre es überhaupt nicht zu diesem Fiasko gekommen«, stellte ich klar. »Vielleicht suchen Sie sich besser Freunde in Ihrem Alter. Das findet Ihr Seminarleiter vermutlich auch besser.« Dann stiefelte ich davon.

»Das hast du nicht wirklich zu ihm gesagt!« Sam fiel aus allen Wolken. »Du trinkst keinen Tropfen Alkohol, weil ein Lehrer dabei ist, aber dann benimmst du dich so respektlos?«

»Das ist etwas völlig anderes«, sagte ich und klappte den Notenständer zusammen. Leise sprach ich weiter, damit nicht der halbe Chor unsere Unterhaltung mitbekam. »Wenn er sich auch nur ansatzweise wie ein Lehrer verhalten würde, hätte ich auch etwas mehr Respekt vor ihm.«

»Dominik versucht Olli zur Vernunft zu bringen, damit er dich aufhält und sich entschuldigt, und du machst ihn zum Dank auch noch blöd an«, sagte Lilly.

Ich hielt inne. »Er hat was getan?«, fragte ich perplex.

»Als Dominik erfahren hat, was zwischen euch geht, meinte er zu Olli, dass kein Bier der Welt es wert sei, ein Mädchen wie dich links liegen zu lassen.«

»Ein Mädchen wie mich? Was soll das denn heißen?«

»Es war als Kompliment gemeint«, sagte Sam. »Nur damit du es nicht gleich wieder falsch verstehst.«

Wir nahmen unsere Sachen und verließen den Musikraum.

»Aber Olli kam mir nicht nach.«

»Weil er sich schämte«, erklärte Lilly. »Aber dafür ist er jetzt da.«

»Wo?«, fragte ich. Mein Blick folgte Lillys ausgestreckten Arm zum Eingang.

»Viel Spaß euch beiden«, zwitscherte sie.

»Hi«, sagte Olli.

»Hi.«

»Es ist ein bisschen spontan, aber vielleicht hast du ja Lust, unser Eisessen heute nachzuholen«, sagte er. »Falls du überhaupt mit einem Idioten wie mir gesehen werden willst.«

Ich kämpfte mit mir. Etwas in mir wollte ihn für eine ganze Weile nicht einmal sehen. Aber ein anderer Teil von mir wollte ihn rund um die Uhr bei sich haben. So war ein Eisessen wohl ein guter Kompromiss.

Wir gingen gerade los, als Herr Behrens unseren Weg kreuzte. »Ach Olli, gut, dass ich dich sehe. Ich wollte dich noch fragen, ob du …«

»Sorry, keine Zeit«, bremste er ihn. »Ich schreib dir nachher.«

»Okay.« Herr Behrens schien irritiert über die Abweisung, fing sich jedoch schnell. »Dann noch einen schönen Tag.«

»Den werden wir haben.«

Überrascht sah ich Olli an. »Hast du Herrn Behrens meinetwegen abgewürgt?«, fragte ich, als der gegangen war.

Olli hüllte sich in Schweigen.

»Hast du?«, wiederholte ich.

»Vielleicht. Vielleicht aber auch nicht«, sagte er, als wir in Richtung Stadt gingen.

Ich war mir ziemlich sicher, dass er es mir zuliebe getan hatte und das schmeichelte mir ungemein.

»*Una coppa cioccolata e una coppa fragole con cioccolata e cocco per favore*«, servierte uns Aurelia unsere Eisbecher.

Wortlos löffelten wir die Sahne. Wir hatten noch nicht ein einziges Wort gesprochen, seit wir das Schulgelände verlassen hatten. So hatte ich mir mein erstes Date mit Olli nicht vorgestellt.

»Habt ihr am Wochenende wieder ein Spiel?«, fragte ich schließlich.

»Wir spielen gegen den SC. Das wird ein echt hartes Spiel. Vor allem, weil Basti nicht spielen kann.«

»Was hat er denn?«

»Eine Verletzung am Sprunggelenk. Beim Training hat der eine …«

Ich freute mich, ein Thema gefunden zu haben, dass ihn interessierte. Auch wenn es für mich nicht annähernd so spannend war wie für ihn, hörte ich ihm gerne zu. Und letztendlich war alles besser, als sich blöd zu fühlen, weil man nicht wusste, worüber man reden sollte.

Nachdem Olli für uns bezahlt hatte, spazierten wir am Ufer des Sees entlang. »Mit wem verbringst du Dienstagnachmittag immer deine Freistunden?«, fragte er plötzlich.

»Tommy«, antwortete ich.

»Mhm«, machte er und senkte den Blick.

»Wir haben früher zusammen Theater gespielt und jetzt gibt er mir Nachhilfe in Englisch«, erklärte ich. »Wieso fragst du?«

»Hat mich interessiert«, sagte er schnell. »Wer weiß, mit was für komischen Vögeln du so abhängst.«

Ich schmunzelte in mich hinein.

»Was grinst du denn so?«, fragte er.

»Ach nichts«, sagte ich nur.

»Klar.« Er buffte mich in die Seite. »Sag schon.«

»Bist du etwa eifersüchtig?«

»Ich? Never! Warum sollte ich?«

»Vielleicht, weil du mich magst?«, wagte ich mich vor.

Er bückte sich und nahm einen flachen Stein auf. Dann flippte er ihn über das Wasser. »Vielleicht«, sagte er.

Auch ich nahm einen Stein und wollte ihn leichtfüßig über den See gleiten lassen, doch er versank wie ein Felsbrocken.

Olli lachte. »Du musst einen flachen Stein nehmen«, sagte er.

Ich suchte einen neuen. »So einen?«

»Genau. Und jetzt gehst du leicht in die Hocke und flippst ihn.«

Ich befolgte seine Anweisungen aufs Genaueste, dennoch durchbrach mein Stein sofort die Wasseroberfläche.

»Machst du das extra?«

»Nein«, widersprach ich. »Ich kann es einfach nicht.«

»Pass auf«, sagte er und nahm einen weiteren Stein. Er legte ihn mir in die Hand und drehte sie zurecht. »So musst du ihn halten. Siehst du?«

Ich sah ihn an und nickte.

Er legte seine Hände an meine Hüften und zog mich eng an sich.

Mein Herz pochte mir bis zum Hals, als ich seinen Atem in meinen Nacken spürte. Ich drehte meinen Kopf zu ihm. Scheu versuchte ich ihn anzusehen und konnte doch nichts erkennen, weil sein Gesicht dem meinen so nah war, dass sich unsere Nasenspitzen beinahe berührten.

Zögerlich ergriff er mein Handgelenk und umfasste es sanft.

»Und nun etwas in die Hocke, ausholen, loslassen und … siehst du! Sogar ein Fünfer!«, freute er sich.

Doch ich sah nicht, wie der Stein munter über das Wasser flippte. Ich sah nur ihn. Ich drehte mich zu ihm. Endlich sah auch er mich an, wie er mich ansehen sollte. Und endlich berührten sich unsere Lippen, erst ganz schüchtern, doch dann umschlossen sie sich fest und innig. Wir küssten uns, während die Sonne am Horizont tiefer sank.

»Bist ja doch nicht so ein Idiot«, grinste ich.

»Ob es dir gefällt oder nicht, das hast du Dominik zu verdanken.«

»Mach diesen Moment bitte nicht kaputt.«

»Ich wollte es nur erwähnt haben«, sagte er, bevor ich ihm mit einem Kuss zum Schweigen brachte.

# Sechstes Kapitel

»Ich habe eure Klausur korrigiert«, sagte Herr Behrens und holte eine dicke Mappe heraus.

Es klopfte an der Tür. Kurz darauf öffnete sie sich und Tobias und Anna kamen herein.

»Entschuldigung«, murmelte Anna.

Tobias ging sich keiner Schuld bewusst lässig zu seinem Platz und ließ sich auf seinen Stuhl fallen.

Herr Behrens ignorierte die beiden gewohnheitsbedingt. Er stand auf, nahm ein Stück Kreide und übertrug den Notenspiegel von dem Blatt in seiner Hand an die Tafel. Obwohl mein Bauchgefühl mir eine gute Vier voraussagte, wollte ich meine tatsächliche Note nicht wissen. Die Aufgaben waren so leicht gewesen. Das machte sich auch deutlich am Klassenspiegel bemerkbar. Neben sieben Einsen und elf Zweien gab es sechs Dreien und nur drei Vieren. Mich beunruhigte die eine Fünf, die Herr Behrens vergeben hatte.

Er ging herum und legte jedem sein Arbeitsheft auf den Tisch.

Die Klausur war wirklich einfach gewesen, nahezu lächerlich, wenn man bedachte, dass wir ähnliche Übungen bereits in der achten Klasse zu bewältigen hatten. Allerdings lief ich außer Konkurrenz. Trotz der Nachhilfestunden mit Tommy, in denen wir genau genommen viel mehr über sein Theaterstück als über die englische Grammatik gesprochen hatten, blieb mir der Sinn dieser Sprache verborgen. In der Klausur selbst hatte Herr Behrens mich keine Sekunde aus den Augen gelassen, so dass mir nicht einmal Sam oder Lilly helfen konnten.

Mit den Worten »Kommst du nach der Stunde bitte zu mir« gab er mir mein Heft. Spätestens jetzt war klar, welche Note ich hatte. Gleichgültig blätterte ich die ersten Seiten um und fand schließlich mein wenig schmeichelhaftes Ergebnis: eine glatte Fünf.

»Und von diesem Lehrerverschnitt muss ich mich bewerten lassen«, murmelte ich missmutig.

»Was hast du denn? Ich finde seine Benotung gut.«

Ich sah zu Lilly, die ein zufriedenes Gesicht machte. »Na, eine Zwei?«, fragte ich sie.

Ohne einen Kommentar schob sie mir ihr Heft herüber. Am Fuß der Seite bildeten ein kurzer und ein langer Strich eine Note, die ich in Englisch nicht einmal in Vokabeltests sah.

»Eine Eins? Wie hast du das denn geschafft?« Fassungslos starrte ich sie an.

»Lilly hat eine Eins?«, wunderte sich auch Sam. »Den Spicker brauche ich das nächste Mal auch!«

»Ich habe nicht gespickt«, verteidigte sich Lilly. Allerdings tat sie das nur halbherzig. Sie war die Meisterin der Spickzettel. Auf unsere kritischen Blicke hin wurde sie böse. »Ich habe dieses Mal wirklich nicht geschummelt!«

»Unglaublich, was dieser Mann mit dir anstellt«, flüsterte ich kopfschüttelnd.

In Ausnahmefällen machte Liebe doch nicht blind oder blöd, sondern bewirkte sogar das Gegenteil.

Am Ende der Doppelstunde, in der wir die Klausur gemeinsam korrigierten, erinnerte uns Herr Behrens an den Unterrichtsbesuch, der für die nächste Woche geplant war. »Bringt eure Bücher mit. Wir werden einen Text daraus bearbeiten«, erklärte er. Er überlegte kurz, drehte sich dann zur Tafel und nahm entschlossen die Kreide zur Hand. In Großbuchstaben schrieb er:

ENGLISCHBUCH ZUR NÄCHSTEN
ENGLISCHSTUNDE MITBRINGEN!

»Schreibt euch das auf!«, war die wohlüberlegte Bitte, die dahinter steckte.

Als wenn das jemand tun würde, dachte ich im Stillen.

In der Hoffnung, dass er nicht mehr an das Gespräch dachte, wollte ich Lilly schnell in die große Pause folgen. Natürlich hatte er es nicht vergessen.

»Bleibst du bitte noch einen Moment?«

»Es ist Pause«, erwiderte ich.

»Du hattest selbst angemerkt, dass wir die Dinge, die den Unterricht nicht voranbringen, in die Pause verlegen sollten.« Herr Behrens notierte den in dieser Unterrichtsstunde behandelten Stoff im Klassenbuch. »Du hast also ein Problem mit meiner Unterrichtsweise«, sagte er, als alle den Raum verlassen hatten.

»Nicht direkt«, wich ich einer klaren Antwort aus.

»Aber indirekt.«

»Eventuell«, hielt ich mich weiter bedeckt. »Immerhin sind alle anderen Klassen schon viel weiter.«

»Mir scheint, dass es der Klasse gut tut, dass wir die Grammatik langsamer bearbeiten. Wenn du dennoch das Gefühl hast, dass ich euch nicht gut genug vorbereite, dann …«

»Darum geht es doch gar nicht«, unterbrach ich ihn und bereute es zugleich. Denn nun musste ich sagen, was mich störte.

»Du hast eine Fünf geschrieben und gibst mir dafür die Schuld.«

»Ich bin nicht erst bei Ihnen schlecht in Englisch geworden«, gab ich zu. »Aber ich habe auch keine Hoffnung besser zu werden, so wie es im Moment läuft.«

»Und woran liegt das konkret?« Er schien an meiner Meinung ehrlich interessiert.

Was sollte ich ihm bloß sagen? Dass er sich wie ein Halbstarker benahm, der viel mehr einem Schüler als einem Lehrer glich?

»Na los, raus mit der Sprache«, versuchte er mich zum Reden zu bringen.

Schlechter konnte meine Note ohnehin nicht werden. »Sie sollten sich in der Klasse mehr durchsetzen«, sagte ich und wog dabei jedes Wort genau ab. »Sie sollten nicht auf der gleichen Ebene handeln wie wir.«

Das klang nett und doch bestimmt. Dennoch wusste ich nicht, ob er das genauso auffasste. Unsicher sah ich ihn an.

»Ich habe das Gefühl, dass die anderen es mögen, wenn man lockerer agiert«, erwiderte er.

»Natürlich«, stimmte ich ihm zu. »Wenn man Sie die ganze Zeit in Gespräche verwickelt, dann muss man nichts tun. Hausaufgaben gibt es auch keine. Schauen Sie sich die Klasse an. Dauernd kommt irgendwer zu spät, alle quatschen ständig. Es ist das reinste Schülerparadies!«

Er ließ sich meine Worte offenbar durch den Kopf gehen. Schließlich nickte er. »Wahrscheinlich hast du recht. Aber es wundert mich, dass du vom Unterricht sprichst. Ich dachte, du hättest ein persönliches Problem mit mir. Wir hatten ja nicht gerade den besten Start.«

»Sie sind ein ganz anderes Übel. Aber das würde den Rahmen sprengen«, offenbarte ich ihm die Gedanken, die geradewegs ohne jegliche Abwägung aus mir heraussprudelten. Ich schluckte und zog es vor zu schweigen, als mir bewusst wurde, was ich gesagt hatte.

»Erfrischend direkt wie am ersten Tag«, schmunzelte er.

»Tut mir leid.«

Herr Behrens hatte sich die Musikstunde von Herrn Ehlers geliehen, damit wir Zeit hatten, etwas vorzubereiten, das wir in der folgenden Stunde vortragen sollten. Obwohl er uns zuvor sogar gesagt hatte, was wir machen würden, hatten einige nicht einmal das Buch mitgebracht. Lilly war neben Herrn Behrens die einzige, die sich auf die Stunde vorbereitet hatte – vermutlich besser als er selbst.

»Hat jetzt jeder ein Buch?« Herrn Behrens‹ Stimme klang gereizt »Schaut euch bitte den Text auf Seite zwölf an. Darunter findet ihr drei Aufgaben.«

»Sollen wir uns den nur anschauen oder auch lesen?«, grinste Olli.

»Ihr sollt ihn lesen!«, donnerte er.

Die Klasse zuckte zusammen.

Herr Behrens räusperte sich und fuhr in gemäßigter Lautstärke fort: »Ich werde euch in Gruppen einteilen. Jede Gruppe wird eine Aufgabe ausarbeiten. Gruppe eins – Aufgabe eins, Gruppe zwei – Aufgabe zwei, Gruppe drei – Aufgabe drei.«

Natürlich teilte er uns so ein, dass überall Schüler dabei waren, die den Unterricht ernst nahmen. Alles andere wäre der reinste Selbstmord gewesen.

Ich schlug mein Buch auf und begann zu lesen. Aus den Augenwinkeln bemerkte ich, wie Lilly ihr Buch beiseiteschob und ihre Mappe aufschlug. Ich warf einen Blick auf das obere Blatt. Sorgfältig und in besonders schöner Sonntagsausgehschrift waren dort die drei Aufgaben zu dem Text ausgeführt, die wir erst noch bearbeiten sollten.

Als sie mein erstauntes Gesicht sah, flüsterte sie mir mit Genugtuung zu: »Vorbereitung ist eben alles.«

Die Unterrichtsstunde war milde ausgedrückt ein Desaster. Zwar hatte Lilly alle Gruppen mit ihren Ergebnissen versorgt, doch die anschließende Präsentation ließ zu wünschen übrig. Immer wieder musste Herr Behrens die Vortragenden darauf aufmerksam machen Englisch zu sprechen. Wenn sie es dann tatsächlich taten oder besser gesagt: es versuchten, musste er sie alle drei Wörter lang mit Vokabeln versorgen.

Man sah Lilly an, wie sehr sie mit ihm litt. Um sie etwas aufzuheitern, tat ich, worum sie mich zuvor gebeten hatte. Ich meldete mich, wann ich konnte. Zugegeben, es war nicht wirklich oft und auch nicht zwingend richtig, was ich zum Besten gab, aber ich bemühte mich.

Alles in allem brachten wir die Stunde über die Bühne und Herr Behrens schien froh darüber zu sein, dass zumindest wir ihn nicht im Stich gelassen hatten.

»Fischers Fritz fischt frische Fische. Frische Fische fischt Fischers Fritz«, sagte Herr Ehlers vor.

Wie zu Anfang jeder Chorstunde machten wir einige Sprech- und Atemübungen, um unsere Stimmbänder aufzuwärmen. Wir standen im Kreis, konzentrierten uns auf einen Punkt im Raum und sprachen den Zungenbrecher gemeinsam nach.

Mein Blick schweifte ab und fiel auf Herrn Behrens, der neben Herrn Ehlers stand. Den Kopf hatte er starr geradeaus gerichtet, seine Schultern hingen schlaff herunter. Seine Augen wirkten trüb. Das Gespräch mit seinem Seminarleiter schien alles andere als gut verlaufen zu sein.

Eigentlich hätte ich vor Schadenfreude platzen müssen. Immerhin hatte er einen Denkzettel bekommen, den er sich verdient hatte. Andererseits hatte er es nur gut mit uns gemeint. Vielleicht wusste er es einfach nicht besser. Er hatte gerade erst sein Studium hinter sich gebracht und wurde nun in die Höhle der Schüler geworfen. Referendare waren wirklich nicht zu beneiden.

Dennoch wusste er doch, worauf er sich einließ. Jeder Jahrgang testete die Grenzen eines Lehrers aus und die von Referendaren waren am nachgiebigsten.

»Schau mal, wie traurig er ist«, flüsterte Lilly. »Blaukraut bleibt Blaukraut und Brautkleid breibt Braukreit. Dass diese Idioten ihn aber auch so reinreißen mussten!«

»Er ist selber schuld«, erwiderte ich ungerührt. »Die Katze tritt die Treppe krumm. Die Katze tritt die Trette krumm. Was lässt er sich auf der Nase herumtanzen?«

»Zehn Ziegen zogen zehn Zentner Zucker zum Zoo.«

»Nehmen Sie es nicht so schwer«, spendete Lilly Herrn Behrens nach der AG Trost. »Der nächste Unterrichtsbesuch wird bestimmt besser!«

»Viel schlechter kann er auch nicht laufen«, erwiderte er ungerührt.

»Aber das war doch nicht Ihre Schuld«, sagte Lilly. »Was können Sie denn dafür, wenn die alle zu blöd sind, um ein Buch mitzubringen? Man kann in der elften Klasse erwarten, dass …«

»Lass gut sein, Lilly«, bremste sie Herr Behrens. »Einige werden sich in nächster Zeit ganz schön umgucken.«

# Siebentes Kapitel

In der nächsten Englischstunde erwartete uns ein völlig veränderter Herr Behrens. Seine langen Zotteln waren einem eleganten Kurzhaarschnitt gewichen. Das legere T-Shirt hatte er gegen ein Hemd getauscht und als wenn das noch nicht genug an Seriosität gewesen wäre, trug er einen Dreitagebart, der ihn auf eine positive Art zehn Jahre älter machte. Selbst sein alter Rucksack war einer Ledertasche gewichen. Man musste zweimal hinsehen, um ihn wiederzuerkennen.

Es klopfte. Anna kam mittlerweile genauso lässig hinein wie Tobias. Erst als sie saßen, bemerkten sie, dass Herr Behrens etwas im Klassenbuch notierte.

»Das nächste Mal bitte pünktlich«, sagte er.

»Haben Sie uns gerade ins Klassenbuch eingetragen?«

»So ist es«, sagte er. »Es wird ab heute ein paar Änderungen in eurem Sozial- und Arbeitsverhalten geben.«

»Heißt das, dass wir Sie jetzt auch im Unterricht duzen dürfen?«, flachste Olli.

Meine Mitschüler lachten. Sie hielten es wohl für einen Scherz – die einen, dass manche ihn duzten, die anderen die Veränderungen, die auf sie zukommen sollten.

Herr Behrens überging den Einwurf. »Ich bin neu an diese Schule gekommen und neu in diesem Beruf. Ihr hattet Zeit, um euch auszuprobieren und um mich auszutesten. Diese Phase ist nun beendet.«

Noch immer lachten einige. Ich spürte, dass ihm dieses Benehmen missfiel. »In Zukunft wird jede Verspätung ins Klassenbuch eingetragen«, sagte er bestimmt. »Diejenigen, die ihre Hausaufgaben vergessen, werde ich mir notieren. Sollten sich meine Aufzeichnungen diesbezüglich häufen, wird sich das in eurer Note widerspiegeln.« Er stellte sich hinter das Pult und stützte sich darauf ab. »Da wir im Gegensatz zu den anderen Klassen weit zurückliegen, möchte ich euch vorschlagen, zusätzliche Lerntreffen am Nachmittag zu veranstalten.«

»Warum sollen wir denn nachsitzen? Es ist doch nicht unsere Schuld, wenn Sie Ihren Unterricht falsch vorbereiten«, sagte Olli.

»Es handelt sich auch nicht um Nachsitzen, sondern ein lockeres Treffen, bei dem wir über unser neues Thema philosophieren, das da lautet …«, er ließ eine künstlerische Pause, »William Shakespeare!«

Mein Herz machte einen kleinen Sprung, als ich das hörte.

»*Shakesbier*? Wie viel Prozent hat denn das?«, drang es aus den hinteren Reihen.

»Bist du bescheuert? Du kannst Bier doch nicht schütteln!«, folgte prompt ein Kommentar darauf.

Das Gelächter war groß.

Ich seufzte und senkte fremdbeschämt den Kopf.

»Shakespeare«, sagte Lilly. »War das nicht dieser Detektiv?«

Ich sah sie entsetzt an. »Shakespeare ist einer der berühmtesten Schriftsteller und Dichter der Welt. Er hat unter anderem Romeo und Julia, Ein Sommernachtstraum, Hamlet und Macbeth geschrieben«, zählte ich auf. »Das sagt dir doch etwas, oder?«

»Ja sicher, meine ich doch«, sagte Lilly schnell und tat ihre vermeintliche Verwechslung mit einer raschen Handbewegung ab.

»Wie schön, wir haben bereits eine Expertin in der Klasse«, ging Herr Behrens auf meine Aufzählung ein.

Ich lächelte verschmitzt. Endlich bekam ich meine Chance, um zu zeigen, dass auch ich Interesse an dem Fach haben konnte, das ich eigentlich hasste!

»Wo sollen diese Lerntreffen stattfinden?«, griff Lilly sein Angebot wieder auf.

»Wir werden schon einen geeigneten Raum finden. Besteht denn grundsätzlich Interesse an diesem Vorschlag?«

Lilly nickte eifrig, bevor er überhaupt ausgesprochen hatte.

»Gibt es auch *Shakesbier*?«, fragte Olli und die hintere Reihe brach erneut in Gelächter aus.

»Es gibt tatsächlich so etwas wie *Shakesbier*«, sagte Herr Behrens. »Im *Globe Theatre* in London wird Shakespeare-Bier verkauft.«

»Perfekt«, rief Olli. »Ich bin dabei.«

»Aber finden Sie nicht, dass die Klassenräume eine zu strenge Atmosphäre vermitteln?«, hakte Lilly noch einmal ein. »Im *Socolé* könnte man das besser umsetzen!«

Ich warf Lilly einen flüchtigen Blick zu. Sie plante etwas, da war ich mir sicher.

»Das Eiscafé?«, fragte Herr Behrens.

»Dieser Ort wäre ideal, um sich über diese Macbeth oder wie sie heißt zu unterhalten.«

»Er«, sagten Herr Behrens und ich wie aus einem Mund.

»Hm?« Sie sah mich fragend an.

»Oder wie er heißt«, korrigierte sie Herr Behrens und stimmte ihrem Vorschlag dann zu. »Dann treffen wir uns nächsten Montag alle um halb Vier im *Socolé*.«

»Meinst du, ich kann den Tisch hierhin verschieben, Aurelia?«, fragte Lilly.

»*Certo*! Mach, wie du denkst.«

Während Lilly die gesamte Einrichtung verrückte, standen Aurelia und ich vor der Eistheke und begutachteten Lillys Werk. Sie hatte den Großteil der Tische zu einer Tafel aneinandergereiht und Stühle daran gestellt. Am Kopf der langen Reihe türmte sich ein kleiner Berg von Büchern über Shakespeare, sein Wirken und die Zeit, in der er lebte. Eins davon hatte sie aufgeschlagen und las hin und wieder etwas nach, das sie verinnerlichte, wann immer sie einen neuen Stuhl holte.

»Sie möchte bei einem bestimmten jungen Mann sitzen, wie es scheint.« Aurelia hatte einfach den richtigen Riecher, wenn es um die Liebe ging.

»Vielleicht nicht unbedingt so jung, wie du glaubst«, deutete ich an, als Herr Behrens das Eiscafé betrat.

Lilly bemerkte ihn sofort und zupfte ihr Kleid zurecht. Sie ging auf ihn zu und begrüßte ihn.

»Guten Tag«, sagte Herr Behrens. »Oder besser: *Buongiorno*!«

»*Buongiorno, seniore*. Setzen Sie sich.« Sie geleitete ihn an einen Platz. Doch Lilly schüttelte hinter seinem Rücken stürmisch den Kopf und verwies auf den ihm zugedachten Sitz. Eilig lenkte Aurelia ihn um. »Setzen Sie sich doch hier hin«, sagte sie auf seinen irritierten Blick hin. »Der andere Stuhl ist sehr schäbig.«

Lilly streckte beide Daumen nach oben und ließ sie schnell wieder sinken, als Herr Behrens sich umdrehte.

Ich ging Aurelia bei Herrn Behrens Bestellung zur Hand, damit Lilly sich ungestört mit ihm unterhalten konnte.

»Sam und ich haben versucht, ihr das auszureden«, seufzte ich leise und zuckte ratlos mit den Schultern.

»*Amore non conosce confine*«, sagte sie. Es klang wie eine alte Weisheit.

»Aha?« Trotz meiner italienischen Wurzeln verstand ich kaum ein Wort dieser Sprache.

»Die Liebe kennt keine Grenze.«

»Das Gesetz kennt die Grenze sehr wohl«, sagte ich.

»Das Gesetz kann vielleicht verhindern, dass sie zusammen sind. Aber nicht, dass sie sich lieben.«

Nach und nach trudelten meine Mitschüler ein. Nur Olli kam und kam nicht. Immer wieder sah ich auf die Uhr.

»Wie wir in der letzten Stunde erfahren haben, lebte Shakespeare unter der Herrschaft von Elizabeth der Ersten, Tochter von Henry dem Achten. Habt ihr irgendwelche Fragen zu Henry, die euch bei der Hausaufgabe helfen könnten?«, stieg Herr Behrens zu meiner Überraschung nach einer kurzen Begrüßung ein. Ich hatte nicht damit gerechnet, dass er sein neues Image als Vorzeigelehrer tatsächlich durchzog.

Nur wenige Finger schossen nach oben, darunter der von Lilly. Ehe er sie drannehmen konnte, platzten Olli und Kai herein.

Lilly warf ihrem Bruder einen finsteren Blick zu und plapperte dann drauflos: »Habe ich das richtig verstanden, dass die anglikanische Kirche von der deutschen Reformation inspiriert wurde?«

Herr Behrens zeigte sich beeindruckt. »So ein fundiertes Wissen über diese Zeit verlangt die Hausaufgabe doch gar nicht.«

»Ich habe mich ein wenig in die Thematik eingelesen«, lächelte sie gewollt verlegen.

Ich musste mich abwenden, um mein Lachen zu verbergen. Lilly war ein Fuchs. Ihr Allgemeinwissen hielt sich zwar in Grenzen – sie hatte an vielen Sachen einfach kein Interesse – doch sie wusste, wie sie im richtigen Moment mit wenig Aufwand Eindruck schinden konnte.

»Was wird das hier?«, rief Olli dazwischen. »Wir machen doch nicht wirklich Unterricht, oder?«

»Sieht aber ganz danach aus.« Herr Behrens ließ sich nicht provozieren.

»Im Ernst?«, fragte Sascha entrüstet.

»Was ist denn mit dem Bier?«, wurde eine andere Stimme laut.

»Ich habe gesagt, dass dies ein Lerntreffen wird und kein Saufgelage«, stellte Herr Behrens klar.

»Und woher sollten wir wissen, dass Sie das auch so meinen?«

Empörtes Gemurmel erfüllte den Raum. Stühle wurden gerückt und Jacken von den Lehnen genommen. Löffel kratzten Eisbecher aus und Strohhalme schlürften den letzten Rest vom Boden des Glases. Nach und nach erhoben sich die Schüler und gingen an die Theke, um zu bezahlen. Nur wenige blieben sitzen und betrachteten den plötzlichen Aufbruch. Keiner mich eingeschlossen hatte damit gerechnet, dass Herr Behrens bei den Lerntreffen tatsächlich mit uns lernen wollte.

Olli kam auf uns zu. »Wir gehen an den See. Kommt ihr mit?«

»Nein, ich bleibe hier«, lehnte Lilly entschieden ab.

»Schatz?« Olli sah mich eindringlich an. »Hast du Lust, mir Gesellschaft zu leisten?«

Mein Blick wechselte von Olli zu Lilly und dann zu Herrn Behrens.

Was für eine Zwickmühle! Lilly würde zurecht ewig sauer auf mich sein, wenn ich mich ihnen anschließen würde. Andererseits würde ich meine Zeit viel lieber mit Olli verbringen als hier – ganz gleich, wie viel Mühe sich Herr Behrens gab. »Wie wäre es, wenn du noch bleibst und wir nachher zusammen gehen?«, versuchte ich einen Kompromiss zu finden.

»Bist du verrückt? Ich tue mir die olle Penne doch nicht auch noch in meiner Freizeit an!«

»Ich komme später nach«, sagte ich schließlich.

»Wenn du deine Zeit lieber hier verbringst als mit mir, weiß ich ja, was dir unsere Beziehung bedeutet.«

»Du hast doch nie Zeit, weil du dauernd beim Fußball und mit Kai unterwegs bist!«, erwiderte ich. »Ich komme bald nach, ja?« Ich wollte ihm einen Kuss geben, doch er wich mir aus.

»Wenn wir dann noch da sind«, schnaubte er und ging.

»Dann seid ihr halt nicht mehr da«, rief Lilly ihrem Bruder nach.

Als wieder Ruhe eingekehrt war, machten wir zu acht weiter. Doch da bis auf meine Wenigkeit nur die ohnehin Besseren geblieben waren, machte es kaum mehr Sinn. Dennoch schaffte Lilly es, Herrn Behrens mit weiterführenden Fragen davon abzuhalten, das Lerntreffen zu beenden. Nach und nach gingen aber auch die Letzten, so dass nur noch wir drei übrig blieben.

Unaufhörlich sah ich auf die Uhr. Ob Olli überhaupt noch am See war? Würde es etwas bringen, wenn ich jetzt hinginge? Einen Versuch war es allemal wert. Außerdem konnte Lilly dann ungestört mit Herrn Behrens reden. Ganz gleich, ob es mir gefiel oder nicht, dass sie sich auf derart dünnes Eis begab. Aurelia hatte wahrscheinlich recht, Lilly konnte gar nicht anders, als ihrem Herzen zu folgen – welchen Preis auch immer sie dafür zahlen musste.

»Genug gelernt für heute«, stellte Herr Behrens fest.

Panik leuchtete in Lillys Blick auf. Man konnte beinahe den Rauch aus ihren Ohren steigen sehen, so angestrengt dachte sie über eine Lösung nach. Mit treuen Augen, die plötzlich so groß schienen wie die eines Katzenbabys, flehte sie mich wortlos an.

Ich verstand. Doch womit sollte ausgerechnet ich ihn aufhalten?

»Wussten Sie eigentlich, dass die Theater-AG Shakespeare spielt?«, fragte ich Herrn Behrens.

»Tatsächlich? Welches Stück?«

»Romeo und Julia.«

»Ach, der Klassiker schlechthin«, nickte er.

»Wir können es uns mit der Klasse ansehen«, schlug Lilly vor. Sie schien begeistert, dass ich etwas gefunden hatte, um ihn zu halten.

»Wann ist denn der Termin für die Premiere?«, fragte er.

»Erst zum Ende des Schuljahres.«

»Das ist spät«, fand er. »Zum Halbjahreswechsel wollte ich mit dem Thema durch sein.«

»Im Staatstheater wurde *Ein Sommernachtstraum* für diese Spielzeit angekündigt«, sagte ich.

»Das ist auch eine Möglichkeit«, gab er zu. »Ich habe letztens schon eine Aufführung dort gesehen und die war wirklich beeindruckend.«

Und so kam es, dass wir über das Ensemble und die Umsetzung des letzten Stückes redeten. Wir schweiften ab zu ähnlichen Werken und kamen schließlich wieder bei Shakespeare an.

»Wollten wir nicht noch zu Olli an den See?«, fragte Lilly schließlich.

Als wir bezahlt und uns verabschiedet hatten, brachen wir auf.

»Hast du dich gut unterhalten?« Mir entging nicht der Unterton in Lillys Stimme.

»Habe ich. Du nicht?«

»Wie denn? Ich bin nicht einmal zu Wort gekommen, weil ihr die ganze Zeit übers Theater gequatscht habt«, beschwerte sie sich.

»Gar nicht«, widersprach ich.

Sie bog links ab.

»Zum See geht es hier lang«, sagte ich.

»Glaubst du wirklich, dass Olli jetzt noch am See ist?«

Ich sah auf meine Uhr. »Was? Schon so spät?«

»Du musstest Dominik ja eine Klinke ans Bein labern!«

»Du wolltest doch, dass ich ihn am Gehen hindere«, gab ich zurück. »Das habe ich getan.«

»Ja, aber wie!« Sie wandte sich ab.

»Wo willst du hin?«, rief ich ihr nach.

»Ich gehe nach Hause!« Ohne sich noch einmal umzudrehen ging sie fort.

# Achtes Kapitel

»Oh so vergönne, teure Heil'ge nun, dass auch die Lippen wie die Hände tun. Voll Inbrunst beten sie zu dir: Erhöre, dass Glaube nicht sich in Verzweiflung kehre!« Tommy war mir ganz nah gekommen. Seine Blick fesselte mich.

Doch ich löste mich und schaute scheu weg. »Du weißt, ein Heil'ger pflegt sich nicht zu regen, auch wenn er eine Bitte zugesteht.«

»So reg dich, Holde, nicht, wie Heil'ge pflegen. Derweil mein Mund dir nimmt, was er erfleht.«

Die Ferien waren wie immer viel zu schnell vergangen. Den Großteil hatte ich mit Lilly verbracht, die schnell eingesehen hatte, dass ich ihr Gespräch mit Herrn Behrens nicht sabotieren wollte. Olli hingegen hatte ich so gut wie gar nicht getroffen und außer dem obligatorischen aufgedrückten Kuss, wenn wir uns zusammen mit der Clique trafen, zweifelte ich stark daran, dass wir wirklich eine richtige Beziehung führten. Egal wann ich versuchte, mich allein mit ihm zu verabreden, hatte er immer etwas Wichtigeres zu tun oder eine Ausrede parat. Nichts außer dem Beziehungsstatus bei Facebook ließ vermuten, dass wir wirklich zusammen waren.

Mittlerweile hatte sich der goldene Oktober endgültig verabschiedet und der Schulalltag hatte uns wieder in seinen Klauen. Es war eine unserer bekannten Nachhilfestunden, in denen wir uns eine Menge vornahmen, vom Thema abkamen und uns dem Theater widmeten.

Wir probten das erste Zusammentreffen von Romeo und Julia auf einem Maskenfest von Julias Familie. Keiner von beiden wusste, dass er dem Spross des verhassten Feindes gegenüberstand. Sie waren sich lediglich bewusst, dass sie sich bedingungslos ineinander verliebt hatten und der magischen Anziehungskraft nicht widerstehen konnten.

Obwohl Tommy und ich nur wenige Zentimeter voneinander entfernt standen, kam er immer weiter auf mich zu, bis sich unsere Nasenspitzen berührten. Doch auch das schien ihm nicht genug. Seine Hand fuhr an meinem Hals entlang und schmiegte sich um meinen Nacken. Sanft zog er mich näher zu sich heran.

Mein Herz schlug so heftig, dass er es sicher spüren konnte. »Das ist nur eine Probe«, erinnerte ich ihn und blickte zur offenen Tür.

»Auch die Küsse sollte man einüben, wenn sie später glaubhaft sein sollen«, belehrte er mich. »Aber bitte, ganz wie du willst!« Er klang nicht nur beleidigt, sondern tat schwer erschüttert. »Dann sieht es eben aus wie in diesen Reality-Shows im Fernsehen.«

»Ich lerne mit dir nur den Text. Wir werden nicht gemeinsam auf der Bühne stehen«, machte ich ihm klar.

Tiefe Falten zierten seine Stirn. »Richtig«, sagte er plötzlich, als hätte er es vergessen. »Richtig.«

»Können wir jetzt weiter proben?«

Tommy willigte ein. Wir stellten uns in Position. Er spitzte die Lippen und machte ein lautes Kussgeräusch.

Ich versuchte ein Lachen zu unterdrücken.

»Nun hat dein Mund ihn aller Sünd' entbunden«, sagte er.

»So hat mein Mund zum Lohn Sünd' für die Gunst?«

»Zum Lohn die Sünd'? Oh Vorwurf, süß erfunden! Gebt sie zurück!«

Und ehe ich mich versah, lagen seine Lippen samtweich auf den meinen. Die Überraschung und Intensität seines Kusses machten mich schwindelig. Ich drückte ihn von mir weg.

»Was hast du nicht daran verstanden, dass das eine Probe ist? Ich habe einen Freund!«, machte ich ihm klar.

Tommys Grinsen zog sich von dem einen Ohr bis zu dem anderen. »Dein Text lautet anders«, sagte er.

»Ich finde das überhaupt nicht witzig!« Ich knallte ihm das Textbuch gegen die Brust und schnappte meine Sachen.

»Mach dich mal locker. Das war nur ein Kuss«, sagte er. »Sehen wir uns nächste Woche?«

»Such dir wen anders für deine Proben«, sagte ich und ließ ihn stehen.

»Lilly kommt heute nicht«, teilte ich Herrn Behrens mit, als ich das *Socolé* betrat.

Herr Behrens sah auf die Uhr. Ich selbst war schon spät dran, doch außer uns beiden war niemand hier. Für gewöhnlich waren wir mindestens zu fünft. Vor der Klausur hatten sich noch einige mehr zu uns verirrt. Doch so kurz nach den Ferien hatte niemand Lust zu lernen.

»Haben Sie die Arbeiten schon korrigiert?«, fragte ich.

»Einige«, sagte er. »Deine war dabei.« Sein Blick verriet mir, dass ich meine Note lieber nicht erfahren wollte. »Besonders gut ist sie aber nicht ausgefallen.«

»Hab ich mir gedacht«, murmelte ich.

»Es ist zwar eine Vier, aber da hat dich nur dein Wissen über Shakespeare gerettet. Die Grammatik ist eine Katastrophe.«

»Erfrischend direkt wie am ersten Tag«, griff ich seine Worte auf. »Aber Sie haben ja recht.«

»Hast du schon einmal über Nachhilfe nachgedacht?«

»Ich bekomme welche, aber besonders hilfreich ist die nicht«, gab ich zu.

»Wir können das ein oder andere gern noch bei den Lerntreffen wiederholen. Ich bin mir allerdings nicht sicher, ob noch Interesse daran besteht«, sagte er, als nach zehn Minuten noch immer niemand erschienen war.

»Das war es dann wohl mit der einzigen Möglichkeit, mich auf Kurs zu bringen«, sah ich ein.

»Wir könnten uns darauf konzentrieren, deine Schwächen aufzuarbeiten«, bot er an.

»So wie in einer Nachhilfestunde?«

Er nickte. »Natürlich nur, falls du überhaupt Lust hast, mit Skaterboy zu lernen.«

»Sie wissen, dass ich Sie so nenne?«, fragte ich und senkte meinen Blick.

»Schon okay. Es war ja nicht ganz unberechtigt«, gab er zu. »Also?«

Ich zögerte. Lilly wird mich töten, wenn sie erfährt, dass Herr Behrens und ich allein lernen, schoss es mir durch den Kopf. Vielleicht sollte ich sagen, dass ich einen dringenden Termin vergessen hatte und jetzt sofort los müsse. Andererseits war dies die Chance, endlich vernünftige Nachhilfe zu bekommen und meine Note aufzubessern.

»Wenn du nicht willst, müssen wir das nicht machen«, sagte er.

»Nein, das ist es nicht« Ich beschloss, dass Lilly nie davon erfahren durfte. »Fangen wir an.«

Herr Behrens erklärte mir den Unterschied zwischen den *tenses* sowie deren Gebrauch. Dann pickten wir uns nacheinander einzelne Zeiten heraus, besprachen, wie sie gebildet wurden und welche typischen Signalwörter es gab. Schließlich musste ich das soeben Gelernte in Übungen umsetzen.

Er war wirklich geduldig mit mir und ich hatte zum ersten Mal das Gefühl, dass ich langsam etwas verstand, das ich zuvor nur durch dicke Nebelwolken schemenhaft wahrnehmen konnte.

Gerade war ich dabei einen Lückentext auszufüllen, in dem verschiedene Zeitformen drankamen, als ich bemerkte, dass Herr Behrens mich ansah.

»Was ist?«, fragte ich.

Er zuckte mit den Schultern. Dann stützte er sich auf seine Unterarme und lehnte sich nach vorn. »Du scheinst begabt zu sein«, sagte er. »Also neben der Begabung, dass deine englischen Texte wie spanisch rückwärts klingen.«

»Charmant«, bedankte ich mich. »Aber dass ich Theater spiele und singe, ist doch nichts Weltbewegendes.«

»Willst du später etwas in diese Richtung machen?«

»Sie meinen, ich soll von meinem geplanten Anglistikstudium absehen und mich der Kunst widmen?«

»Ich könnte mir vorstellen, dass das erfolgsversprechender ist. Im Ernst, was hast du nach der Schule vor?«

»Ich bin gerade mal in der Elften. Das Abi ist noch lange hin.«

»Das Abi steht schneller vor der Tür, als du glaubst«, warnte er mich. »Wenn ich dir einen Rat geben darf: Bleib bei der Musik. Soweit ich das bisher beim Chor beurteilen kann, ist deine Stimme wirklich besonders.«

»Besonders?«, lächelte ich.

»Jeder hat doch etwas, das ihn einzigartig macht und ich denke, bei dir ist es deine Stimme.« Mit einem schelmischen Grinsen setzte er hinzu: »Neben deiner impulsiven Art natürlich.«

»Und Sie haben das Talent, jeden netten Satz mit einer kleinen Gemeinheit enden zu lassen.«

»Besser das als gar keine Begabung.«

Ich bedachte ihn mit einem belustigten Kopfschütteln. »Aber Sie machen sich auch ganz gut«, sagte ich. »Das Seriöse steht Ihnen.«

»Danke, aber du bist wohl die einzige, die das so sieht.«

»Sie wollen doch nicht Lehrer werden, um den Schülern zu gefallen, oder?«

Er überlegte kurz. »Hauptsächlich, um es anders zu machen als meine Lehrer damals. An meiner Schule lief alles recht autoritär ab«, erzählte er. »Strenge Benotung, viele Hausaufgaben. Ich dachte, es gibt einen Weg, es besser zu machen. Aber das sieht mein Seminarleiter anders. Und du ja auch.«

»Sie müssen ja kein zweiter Dobby werden. Die Mischung macht es«, sagte ich.

»Gut, dann wechsele ich jetzt wieder zu dem strengen Lehrer, der dir sagt, dass wir hier sind, damit du etwas lernst«, grinste er und ich widmete mich wieder meinen Aufgaben.

»Wusstet ihr eigentlich, dass eine Wissenschaftlerin behauptet, Lady Diana sei die Urururururururur…«, Lilly holte kurz Luft und fuhr dann fort, »Urenkelin von William Shakespeare?«

Sam und ich sahen uns mit hochgezogenen Augenbrauen an.

»Oder dass Shakespeare an seinem zweiundfünfzigsten Geburtstag gestorben ist, nämlich am dreiundzwanzigsten April?«

»Sein Geburtsdatum ist nicht überliefert«, sagte ich. »Man weiß nur, dass er am sechsundzwanzigsten April getauft wurde.«

»Wenn er drei Tage nach seiner Geburt getauft wurde, dann passt das doch«, erwiderte sie.

»Ja«, sagte ich. »Wenn.«

Wir saßen auf dem Schulhof und warteten darauf, dass die erste Stunde begann. Langsam aber sicher würden wir uns einen Platz im Inneren des Gebäudes suchen müssen. Der kalte Wind zerrte die Blätter von den immer kahler werdenden Bäumen. Der Winter würde nicht mehr lange auf sich warten lassen.

Bisher hatte ich Lilly nicht erzählt, dass Herr Behrens und ich allein gelernt hatten.

Als ich zu Sam sah, bemerkte ich, dass sie sehnsüchtig zu den Treppen blickte. Sie wartete auf Nico. Wäre er erst da, würde sie mit ihm gehen und mich zurücklassen. Ich tröstete mich damit, dass diese erste Verliebtheit irgendwann verfliegen würde und sie dann auch endlich wieder Augen für jemand anderen als ihn hätte. Genau genommen meinte ich mich allein – ganz egal, wie egoistisch dies klingen mochte. Sam und ich waren seit unserer Kindheit unzertrennlich. Nico würde langfristig nichts daran ändern können.

Olli und Kai bogen um die Ecke. Olli zog sofort meine Aufmerksamkeit auf sich. Immerhin war er am Tag zuvor mit der Schulauswahl bei einem Fußballturnier, um den Stadtpokal zu verteidigen. Zuletzt hatte ich ihn kurz vor der Nachhilfe mit Tommy gesehen – und das war eine gefühlte Ewigkeit her!

Schnell richtete ich mich auf, strich die Strähne aus meinem Gesicht und versuchte zu lächeln, ohne dabei in ein dämliches Grinsen zu verfallen.

»Guten Morgen«, grüßte ich die beiden.

Doch lediglich Kai grüßte zurück. Olli sah nicht einmal auf. Im Gegenteil, er schien gezielt woanders hinzuschauen.

»Ist alles in Ordnung mit deinem Bruder?«, fragte ich Lilly.

»So in Ordnung, wie es bei so einem komischen Vogel sein kann.«

Als Nico endlich auftauchte und Sam mit ihm ins Schulgebäude verschwand, gingen auch Lilly und ich hinein.

»Woher weißt du eigentlich die ganzen Dinge über Shakespeare? Hast du deine Büchertürme abgearbeitet?«

Lilly errötete. »Bei dem einen bin ich erst zur Hälfte durch und eins habe ich noch nicht angefangen.«

»Die anderen hast du alle gelesen?«

»Alle acht Bücher«, bestätigte sie stolz. »Allerdings habe ich die meisten nur durchgeblättert. Vieles wiederholt sich.«

Wir blieben vor der Klassentür stehen. Lillys Augen begannen zu leuchten, sobald Herr Behrens am Ende des Ganges erschien. Wahrscheinlich konnte sie es gar nicht erwarten, ihm ihr fundiertes Wissen endlich zu demonstrieren.

»Guten Morgen«, sagte sie, als er neben ihr stand, und tat dies mit dem gleichen dümmlichen Grinsen, das ich mir so tunlichst verkniffen hatte.

Herr Behrens wirkte für einen Moment irritiert, wünschte ihr dann jedoch ebenfalls einen guten Morgen und schloss den Klassenraum auf.

Alle strömten in die Klasse und setzten sich auf ihre Plätze. Sie holten ihre Sachen heraus und schlugen die Bücher auf.

Herr Behrens hatte die Kontrolle zurückgewonnen. Zumindest insoweit, dass der Großteil mit dem nötigen Material pünktlich zum Unterricht erschien. Für die regelmäßigen Vokabeltests lernten die meisten noch immer nicht und auch die Unterrichtsbeteiligung ließ zu wünschen übrig.

Der Versuch, seine Schüler wachzurütteln, scheiterte kläglich. »Viele von euch müssen sich im Mündlichen dringend verbessern, wenn sie keine Fünf im Zeugnis haben wollen. Es kann doch nicht so schwierig sein, sich wenigstens einmal pro Stunde zu melden oder sich zehn, zwanzig Vokabeln anzugucken!«

Die meisten zeigten sich unbeeindruckt.

»Ist es nicht egal, ob wir eine Eins oder eine Vier haben?«, fragte Michi. »Das Zeugnis der Elften interessiert eh keinen! Das Abiturzeugnis ist das Entscheidende!«

Lautes Gemurmel pflichtete ihm bei.

»Und was ist, wenn ihr die Elfte nicht schafft oder ihr euch gegen das Abitur entscheidet? Dann müsst ihr euch mit diesem Zeugnis bewerben.«

Michi relativierte seine vorherige Aussage mit einem unschlüssigen Schulterzucken.

»Haltet euch ran, dann kriegen wir eure Noten schon hin. Aber von nichts kommt nichts. Das solltet ihr euch merken.«

»Ist er nicht toll, wenn er so souverän durchgreift?«, schwärmte Lilly leise.

»Mhm«, stimmte ich ihr unbewusst zu. Ich überlegte noch immer, warum Olli mir gegenüber so ablehnend war und mich ignorierte. Wenn ich mich zu ihm umdrehte, zwinkerte er mir nicht mehr zu und versuchte auch nicht, mit kleinen Papierkügelchen meine Aufmerksamkeit auf sich zu ziehen.

»Wenn wir gerade beim Thema sind: Besteht noch Interesse an den Lerntreffen?«, fragte Herr Behrens.

Ich schloss die Augen und betete inständig, dass Lilly einmal nicht an seinen Lippen hing. Vergeblich.

»Natürlich!«, sagte Lilly prompt. »Wieso auch nicht?«

»Es werden zunehmend weniger«, sagte ich schnell, bevor Herr Behrens antworten konnte.

»Wer hat denn nun Interesse, regelmäßig zu diesen Lerntreffen zu kommen?«, wollte er wissen.

Lillys Finger schoss nach oben. Ansonsten Fehlanzeige.

»Jetzt meldet euch schon«, zischelte Lilly. Da sonst niemand ihrer Bitte nachkam, rührte auch ich mich nicht.

»Lilly, deine Leistungen sind ohnehin super«, sagte Herr Behrens. »Es ist wirklich schade, dass ihr diese Chance nicht nutzt.« Er beschloss die Lerntreffen einzustellen, bot aber an, dass wir weiterhin mit allen Fragen zu ihm kommen könnten.

Ich hätte wirklich gern weiterhin mit ihm gelernt. Aber dann würde Olli mich vermutlich für die größte Streberin halten. Das konnte ich nicht riskieren.

»Wussten Sie, dass Lady Di die Urururururenkelin von Shakespeare war?«, fragte Lilly Herrn Behrens, nachdem er uns eine Stillarbeit aufgetragen hatte.

»Tatsächlich? Interessant, wenn das stimmen sollte.« Dann beschäftigte er sich wieder mit seinen Unterlagen.

»Und wussten Sie, dass Shakespeares Wortschatz in etwa doppelt so groß war wie der eines durchschnittlichen Engländers von heute?«

»Das war mir bekannt. Was macht deine Aufgabe?«

»Bin dabei«, antwortete sie, pikiert über sein offensichtliches Desinteresse.

Ich schrieb den Satz zu Ende und legte den Stift beiseite. Unauffällig ließ ich meine Haare nach vorne fallen und drehte meinen Kopf gerade so weit nach hinten, dass ich Olli aus den Augenwinkeln sehen konnte. Er saß da und fixierte stur den Kugelschreiber, den er zwischen seinen Fingern hin und her bewegte.

Was war bloß los mit ihm? Bei dem Turnier hatten sie den Titel als beste Schulfußballmannschaft der Stadt verteidigt. Sein Lieblingsverein hatte am Wochenende auch gewonnen. Ich dachte angestrengt nach, doch ein anderer Grund, der seine Laune trüben konnte, wollte mir partout nicht einfallen.

»Bist du fertig?«, fragte Herr Behrens.

Ertappt drehte ich mich wieder zurück und blickte auf. »Fast«, log ich.

»Spielst du eigentlich auch bei dem Theaterstück mit?«, fragte er. »Ich wollte mir eine Probe ansehen.«

»Leider nicht. Es überschneidet sich mit der Chor-AG.«

»Und das konnte man nicht verschieben?«, wunderte er sich.

»Man hat es verschoben, wenn Sie sich erinnern«, entgegnete ich. »Aber ich lerne mit den Schauspielern den Text, damit ich wenigstens ein bisschen mit von der Partie bin.« Kaum ausgesprochen fiel es mir wie Fleischtomaten von den Augen. Hatte Olli etwa mitbekommen, wie Tommy mich geküsst hatte? Aber wie sollte er? Er ging gleich nach der sechsten Stunde nach Hause, damit er nicht zu spät zum Training kam. Hatte es ihm etwa jemand erzählt? Dieser Kuss war gefühlt ewig her. Andererseits benahm er sich schon länger komisch. Heute hatte es lediglich den Höhepunkt erreicht. Ich sah zu Olli und traf seinen Blick. Schnell wandte er ihn von mir ab.

»Gina?«

»Ja?«

»Ich wollte wissen, wie weit die Schüler mit dem Stück sind«, wiederholte Herr Behrens.

»Bei der ersten Begegnung von Romeo und Julia, also kurz nach dem ersten Kuss.«

Lilly, die so akribisch schrieb, dass ihr Stift fast zu qualmen begann, hatte ihr Werk vollendet und die Kappe aufgesteckt. »Was für eine Szene!« Sie seufzte theatralisch verträumt und zitierte die Stelle aus dem Film.

»Das ist aber nicht die Übersetzung von Schlegel, oder?«, bemerkte Herr Behrens.

Lillys Blick wurde wieder klar. »Von wem?«

Ich befürchtete, dass sie das Stück kein einziges Mal gelesen hatte.

»Was für eine Übersetzung ist das?«, fragte er.

»Aus dem Film«, flüsterte ich ihr zu.

Lilly verstand nicht.

Ich wiederholte es nicht ganz so leise und leider laut genug, dass Herr Behrens es mitbekam. »Die Verfilmung von Franco Zeffirelli?«

»Nein, die von Baz Luhrmann«, sagte ich und auf seinem Gesicht erschien ein Fragezeichen. »Mit Leonardo DiCaprio und Claire Danes", versuchte ich ihm auf die Sprünge zu helfen.

»Es gibt eine Neuverfilmung?«

»Als neu würde ich sie nicht bezeichnen. Die ist von 1996. Die Handlung spielt in der heutigen Zeit mit der Sprache von damals.«

»Genau! Mit Pistolen statt Schwertern und Autos«, steuerte Lilly zu meiner Ausführung bei.

»Ich habe den Film kaum gesehen«, sagte ich schnell. Lüge. »Ein-, höchstens zweimal.« Lüge. »Lilly kann Ihnen viel besser erzählen, wie Luhrmann das umgesetzt hat.« Keine eindeutige Lüge. »Sie liebt dieses Werk.« Sie stand mal auf Leo. Wahrheit.

Bevor Herr Behrens auch nur daran denken konnte, mit dem Unterricht fortzufahren, sprudelten aus Lilly alle unwichtigen Details heraus – von dem traumhaften Engelskostüm über die leidenschaftlichen Küsse im Pool bis zu dem tätowierten Pfarrer und dem Kerzenmeer in der Gruft.

Zum Ende der Doppelstunde fragte Herr Behrens, ob wir Lust zu einer Weihnachtsfeier fernab der Schulveranstaltung vor den Ferien hätten. »Als Friedensangebot nach den Moral-predigten.«

Die Klasse zeigte sich versöhnlich und nahm das Angebot an.

»Habt ihr etwas dagegen, mit den anderen Elften gemeinsam zu feiern?«

Die Idee stieß auf große Begeisterung.

»Wo denn?«, fragte Hannah. »Die Klassenräume liegen viel zu weit auseinander!«

»Warum nicht unten im Freizeitbereich?«, schlug Michi vor.

»Wie willst du denn da vernünftig tanzen?«, gab Jenny ihren Senf dazu.

Herr Behrens hielt sich zurück und ließ die Klasse diskutieren. Letztlich sollte die Feier in der Sporthalle stattfinden.

»Dann müssen wir nur ein Datum finden, an dem keine andere Veranstaltung ist. Ich werde mich darum kümmern«, bot sich Herr Behrens an. »Für die Verpflegung wird der Schulverein sorgen. Wir brauchen nur einige Schüler, die helfen, die Halle weihnachtlich zu schmücken. Aber das besprechen wir nächste Woche.«

Ich konnte es kaum erwarten, dass Herr Behrens die Stunde endlich beendete. Seit mir bewusst geworden war, dass Olli von dem Kuss wissen musste, saß ich auf heißen Kohlen. Ich wollte das Missverständnis so schnell wie möglich aus der Welt räumen.

»Können wir draußen reden?«

»Ich wüsste nicht, dass wir etwas zu bereden hätten«, sagte er ohne mich anzusehen.

Die Ohren um uns herum wurden gespitzt.

»Können wir das bitte draußen klären?«

»Wenn es unbedingt sein muss.«

Wir gingen raus auf den Schulhof und suchten uns eine ruhige Ecke.

Ich hatte keine Ahnung, wie ich dieses Gespräch beginnen sollte.

»Was ist los?«, fragte ich schließlich.

»Was soll denn los sein?«

»Du redest seit Tagen nicht mehr mit mir.«

»Ich rede mit dir«, widersprach er. »Siehst du doch.«

»Du willst also sagen, dass du dich mir gegenüber genauso verhältst wie immer?«

Er zuckte mit den Schultern. »Warum sollte ich mich anders verhalten?« Er wandte den Blick von mir ab.

»Ist es wegen Tommy?«, fragte ich.

»Ich kenne keinen Tommy.«

»Mein Nachhilfelehrer«, erklärte ich.

»Ach, Nachhilfe nennt man das heutzutage.«

»Die Theater-AG spielt Romeo und Julia und ich habe ihm beim Textlernen geholfen, falls du darauf anspielst.«

»Textlernen.« Er schnaubte verächtlich.

»Ich wollte überhaupt nicht, dass er mich küsst. Aber wenn du mir ein bisschen länger nachspioniert hättest, dann wüsstest du das.«

»Ich habe dir nicht nachspioniert!«

»Und was hast du dann um diese Uhrzeit vor dem Oberstufenraum gemacht?«

Er schwieg.

»Ich will überhaupt nicht beschönigen, dass Tommy mich geküsst hat. Das war scheiße und das habe ich ihm auch deutlich zu verstehen gegeben.«

»Hättest du mir das mit dem Kuss auch von dir aus erzählt?«

»Es hat überhaupt nichts bedeutet. Von daher war es für mich auch nicht wichtig.«

»Du hast ja tolle Ansichten von einer Beziehung.« Er verschränkte die Arme vor der Brust und wandte sich von mir ab.

Mein Finger bohrte sich in seine Brust. »Du willst mir erzählen, wie eine Beziehung auszusehen hat? Die einzige Beziehung, die du führst, ist die mit deinem bescheuerten Fußball. Für mich interessierst du dich doch eh nicht. Also spiel dich nicht plötzlich als mein eifersüchtiger Freund auf!«

»Schön, dann beenden wir das hier jetzt einfach. Dann kannst du weiterhin rumknutschen, mit wem du willst, und ich kann mich mit den wichtigen Dingen im Leben beschäftigen.« Er drehte sich um und ging weg.

»Du kannst nicht beenden, was überhaupt nicht angefangen hat!«, rief ich ihm hinterher.

Von dem einen Moment auf den anderen schlug meine Wut in Enttäuschung um. Mir stiegen die Tränen in die Augen und ich spürte das Zittern, dass meine Knie weich machte. Alle gafften mich an. Der halbe Schulhof hatte unseren Streit mitangehört. Und jetzt war alles aus zwischen uns. Ich schüttelte die Blicke ab und eilte zurück in den Klassenraum, um meine Sachen zu holen.

Herr Behrens saß am Pult und notierte sich etwas. »Ihr sollt die Pause draußen verbringen«, sagte er ohne aufzusehen.

»Ich hole nur meine Sachen«, sagte ich und versuchte alles, um meine Stimme nicht abbrechen zu lassen.

Er sah mich an. »Ist alles in Ordnung mit dir?«

»Können Sie mich bitte ins Klassenbuch eintragen? Ich muss nach Hause.«

»Du siehst nicht gut aus. Soll ich dich zum Arzt bringen?«

Mir war heiß und kalt zugleich und ein leises Rauschen legte sich auf meine Ohren. »Es geht schon«, sagte ich und schmiss alles in meine Tasche. Ich schwankte kurz und hielt mich am Tisch fest.

»Hey!« Er sprang auf und lief zu mir. »Setz dich«, sagte er.

Ich versuchte ruhig und tief durchzuatmen. »Es geht schon. Mein Kreislauf spinnt nur etwas.«

»Es sieht aber nicht so aus. Ich sage Sam und Lilly Bescheid, dass sie dich nach Hause bringen sollen.«

»Bloß nicht!« Ich wollte mich einfach nur in mein Zimmer einschließen, Schnulzen hören, mein Kissen vollheulen und die Welt verfluchen. Ich wollte nicht erzählen, was passiert war, nicht getröstet werden und schon gar nicht hören, dass ich selber schuld daran sei.

»Dann fahre ich dich. Meine nächste Stunde ist erst am Nachmittag.« Er nahm seine Sachen.

»Das müssen Sie wirklich nicht. Ich komme klar.«

»Sei nicht immer so ein Sturkopf und komm jetzt.«

Es war noch immer Pause und die Flure wie leergefegt. Wir gingen über den Parkplatz und stiegen in einen alten Golf, der trotz diverser Schrammen und Rostflecken einen gewissen Charme versprühte.

Ich nannte ihm meine Adresse und die restliche Fahrt über schwiegen wir. Als er vor der Einfahrt stoppte, kam der Pädagoge in ihm durch. »Ich weiß nicht, was in der Pause vorgefallen ist und ich bin vielleicht auch nicht der Richtige, mit dem du darüber reden willst, aber du solltest das nicht in dich reinfressen«, sagte er und setzte mit einem Zwinkern hinzu: »Das schadet der Bikinifigur.«

Ob ich wollte oder nicht, er entlockte mir ein Lächeln.

»Und wenn irgendwas ist, dann melde dich ruhig.«

»Danke«, sagte ich, schnallte mich ab und stieg aus. Bevor ich die Tür zuschlug, beugte ich mich noch einmal ins Auto. »Sie werden ein guter Lehrer.«

Zu Hause lief ich meiner Mutter in die Arme. »Warum hast du die Nachhilfe geschmissen?«, fragte sie.

»Weil es nichts bringt. Kann ich bitte in mein Zimmer gehen?«

»Es liegt wohl immer auch an einem selbst, wie viel so etwas bringt. Wieso bist du überhaupt schon zu Hause?«

»Es geht mir nicht gut. Ich möchte mich einfach nur hinlegen, okay?« Ich ging an ihr vorbei und schlurfte die Treppe hoch.

»Über die Nachhilfe reden wir noch!«, rief sie mir hinterher.

»Meinetwegen«, sagte ich matt. Ich ging in mein Zimmer, schloss die Tür ab, machte die Musik gerade so laut, dass man mich nicht heulen hörte und warf mich auf mein Bett, ehe alle Dämme brachen.

»Sei mir nicht böse, aber mir ist gerade echt nicht nach Shoppen zumute.«

»Dir ist nie nach Shopping«, sagte Lilly am anderen Ende der Leitung. »Du kannst nicht den ganzen Tag nur in deinem Zimmer sitzen und dich bemitleiden.«

»Warum nicht? Das hat die letzten Tage wunderbar geklappt«, erwiderte ich, während ich die Taschentücher vom Boden aufhob und zu den anderen in den Mülleimer warf.

»Ich brauche unbedingt ein neues Outfit für die Weihnachtsfeier. Du kannst mich nicht einfach hängenlassen!«

»Und wenn ich es doch tue?«

»Ach komm schon, das wird lustig. Sam kommt auch mit.«

Es war zwecklos, Lilly einen Wunsch abzuschlagen. Also gab ich den Widerstand auf. »Wann treffen wir uns?«

»Jetzt!«

Es klingelte.

»Jetzt?«, fragte ich und schlurfte die Treppe hinunter zur Tür. Als ich sie öffnete, standen Lilly und Sam grinsend vor mir. »Euer Ernst?«

»Sogar unser voller Ernst. Los, zieh dich an!«

»Und ihr seid wirklich nicht mehr zusammen?«, fragte Lilly.

»So ist es«, sagte ich, während ich oberflächlich durch die Auslagen stöberte.

An einem Ständer mit schwarzen, paillettenbestickten Kleidern blieb Lilly stehen. Sie blätterte die Bügel durch auf der Suche nach ihrer Größe und griff sich einen heraus, stellte sich vor den Spiegel und hielt sich das Kleid an.

»Und warum?«, fragte Sam.

»Ich habe immer noch keine Lust, darüber zu reden«, machte ich sie auf einen Umstand aufmerksam, den sie jedes Mal aufs Neue völlig ignorierten.

»Hast du aus deinem Bruder mehr herausbekommen?«, fragte Sam leise.

»Könnt ihr so etwas bitte besprechen, wenn ich nicht neben euch stehe?«

»Ach, sei doch froh. Er wusste eh nicht, was er wollte«, sagte Sam.

»Du hast leicht reden«, sagte ich. »Bei dir und Nico ist ja auch alles top.«

»Sie knutscht ja auch nicht fremd«, piekte Lilly in die Wunde und legte das Kleid über meinen Arm zu den drei anderen.

»Du knutscht fremd?«, fragte Sam. »Wen?«

»Nicht so wichtig«, sagte ich und durchkämmte einen anderen Ständer.

Sam hielt ihre Hand oben auf die Bügel, so dass ich sie nicht mehr bewegen konnte.

»Tommy hat mich geküsst«, erzählte ich kleinlaut und sah, wie ihr die Kinnlade herunterklappte. »Bei der Probe.«

»Ach so«, sagte sie. »Ich dachte schon, bei euch geht was. Aber warum sollte Olli auf so ein kleines Theaterküsschen so übertrieben reagieren?«

Theaterküsschen? Nach dem Kuss hatte ich meine fünf Sinne neu sortieren müssen. Ich entschied mich jedoch dafür, diese Tatsache besser für mich zu behalten.

»Ich habe Tommy deutlich die Meinung gegeigt und es ist mir egal, ob er dein Bruder ist oder nicht. Das einzige, wofür er sich interessiert, ist Fußball und der Kuss war für ihn nur eine willkommene Möglichkeit, mich loszuwerden.«

»Durchaus möglich«, entgegnete Lilly.

Mein Arm wurde schwerer und schwerer. »Willst du irgendetwas von diesen Klamotten anprobieren?«

Sie schnappte sich den Kleiderberg und ging zu den Umkleiden. Im Gegensatz zu Lilly hatte Sam nach Lillys unzähligen Vorschlägen nur ein Teil gefunden. Ich hatte nicht einmal Lust zu dieser Weihnachtsfeier zu gehen, geschweige denn, mich extra für diesen Anlass neu einzukleiden.

Sam und Lilly verzogen sich in jeweils eine Kabine, während ich mich auf einen der bequemen Ledersessel davor niederließ. Lilly schlüpfte in Windeseile von dem einen Kleid ins andere und präsentierte sich mir im Minutentakt. Jedes der sieben Outfits umhüllte ihren Körper, als wäre es ihr auf den Leib geschnitten worden. Beneidenswert.

»Was meinst du, welches wird Dominik am besten gefallen?«

»Ich fürchte, dein Outfit ist ihm egal«, sagte ich.

»Meinst du, er steht mehr auf die inneren Werte?«

Wir wurden von gequältem Ächzen und Stöhnen unterbrochen, das aus Sams Umkleide drang.

»Alles klar bei dir?«, fragte Lilly, die hoffte, ihr Werk bewundern zu können.

»Geht so«, gab diese zu. »Das sitzt irgendwie nicht so, wie es soll.«

»Ich komme mal rein.« Ohne Umschweife verschwand Lilly hinter dem Vorhang. Doch anstatt Sam zu helfen, schien sie die Sache noch zu verkomplizieren. »Das ist aber eng. Nimm mal dein Arm hoch.«

»Wie soll ich denn meinen Arm heben?«

»Wenn du deinen Arm nicht hebst, kann ich das Kleid nicht so hindrehen, dass es richtig… Du hast das hier ja total verdreht! Zieh das noch einmal aus.«

Als Lilly heraustrat, glich sie einem gerupften Huhn.

Ich sah sie mit hochgezogenen Augenbrauen an. »Darf ich fragen, was ihr da drin gemacht habt?«

»Besser nicht«, entgegnete Lilly und atmete lautstark aus. Dann drehte sie sich zum Vorhang. »Und glaub bloß nicht, dass du darunter einen BH tragen kannst!«

»Was denn sonst?«, fragte Sam.

Lilly verdrehte die Augen und verschwand erneut in dem kleinen Kabuff. Und schon begann das Gewimmer und Gezeter von neuem.

»Sieh doch einfach ein, dass es mir nicht passt.«

»Vielleicht hast du recht, aber es ist so schön!«

»Dann zieh du es doch an.«

»Nein, das steht mir nicht.«

»Was ziehst du eigentlich an?«, fragte mich Sam durch den Vorhang.

Ich zuckte mit den Schultern. »Etwas aus meinem Kleiderschrank.«

Lilly kam mit dem Kleid heraus. »Probiere es bitte an«, bettelte Lilly. »Für mich. Du wirst darin so wunderschön aussehen!«

Ich hatte nicht die geringste Lust, mich in das Outfit zu zwängen. Doch Lilly würde nicht aufgeben. Also nahm ich ihr den Bügel aus der Hand, ging in die Umkleide und zog mich um.

»Es sitzt wie angegossen«, jubelte Lilly, als ich wieder herauskam. »Das musst du unbedingt anziehen. Aber wehe, du stiehlst mir die Show bei Dominik!«

»Glaub mir, Herr Behrens ist der Letzte, den ich mit einem Outfit beeindrucken möchte.«

# Neuntes Kapitel

*Hallo Herr Behrens,*
*können Sie mir einige Übungsblätter mit der Grammatik mitbringen, die nächste Woche in der Klausur drankommt?*
*Danke und viele Grüße*
*Gina*

Ich klickte auf *Senden* und schloss das E-Mail-Programm. Falls es überhaupt etwas Positives daran gab, dass ich nicht mehr mit Olli zusammen war, dann, dass ich mich auf die Schule konzentrierte, um nicht an ihn denken zu müssen. Das funktionierte erstaunlich gut und gefiel besonders meinen Eltern. Denn auch wenn sie sich noch immer täglich in die Haare kriegten, erinnerten sie sich gut daran, dass nach den Winterferien die Halbjahreszeugnisse anstanden. Zudem musste ich immer noch beweisen, dass ich keine Nachhilfe brauchte. Sonst hätte ich wieder mit Tommy lernen müssen, der mir den ganzen Schlamassel überhaupt erst eingebrockt hatte.

Ich blickte hinaus auf die weiße Schneelandschaft. Warum konnte nicht einfach alles so sein, wie es sein sollte? Warum konnte es nicht so sein, wie ich es wollte? War es wirklich zu viel verlangt, einen Freund zu haben, der sich aufrichtig für einen interessierte und nicht nur darauf aus war, eine Freundin als Statussymbol vorweisen zu können? Was war falsch daran, wenn man sich Eltern herbeisehnte, die sich nicht jeden Tag die Pest an den Hals wünschten und sich gegenseitig die Augen auskratzten, wenn sie nur könnten?

Das Signal einer eingegangenen E-Mail brachte mich von den trüben Gedanken ab – eine Antwort von Herrn Behrens.

*Hallo Gina,*
*natürlich kann ich dir ein paar Übungsblätter mitbringen. Wenn du willst, kann ich dir die Aufgaben auch erklären. Komm einfach im Lehrerzimmer vorbei.*
*Gruß*
*Dominik Behrens*

Am nächsten Tag ging ich nach der letzten Stunde zum Lehrerzimmer, um mir die Aufgaben abzuholen, die Herr Behrens mir zusammengestellt hatte. Es war mir ganz recht, dass Lilly den Französischunterricht abklemmte, um bei ihrem Pflegepferd vorbeizuschauen. So kam ich nicht in die Verlegenheit, sie anlügen zu müssen.

»Wann wollen wir denn lernen?«, fragte ich leise, damit die umstehenden Lehrer und Schüler nichts mitbekamen.

Auf meine E-Mail, zu welcher Zeit wir uns im *Socolé* treffen wollten, hatte er nicht mehr geantwortet.

»Am besten jetzt gleich«, sagte er. »Ich habe nachher noch einige Besorgungen zu machen.«

»Jetzt gleich?« Ich zog die Augenbrauen hoch.

»Oder passt es dir nicht?«

»Doch, doch«, antwortete ich.

»Gut.« Er setzte sich in Bewegung.

Ich folgte ihm zum Parkplatz.

Erst als der Wagen stoppte und Herr Behrens sich abschnallte, fiel mir auf, dass wir nicht einmal in der Nähe des *Socolés* waren.

»Was machen wir hier?«, fragte ich.

»Also, ich wohne hier«, sagte er. »Und du hattest vor, dir von mir die *gerunds* und Modalverben erklären zu lassen.«

»Warum denn bei Ihnen zu Hause und nicht im *Socolé*?«

»Ich kann meinen neuen Mitbewohner nicht so lange allein lassen«, gab er zu. »Er ist ein lieber Kerl, aber man kann sich ja nie so richtig sicher sein. Außerdem ist es bei mir viel ruhiger und die

Leute kommen nicht auf komische Ideen, wenn sie uns zusammen in der Eisdiele sehen.«

Wir stiegen aus. Der Schnee knarrte unter meinen Füßen, als wir über den Fußweg gingen. Ich warf einen flüchtigen Blick auf die Klingeln, die sich neben der Tür befanden. Ganz oben prangte sein Name: *D. Behrens*. Scheinbar war sein Mitbewohner wirklich erst eingezogen. Er schloss auf und wir traten in den Hausflur.

»Welcher Stock?«, fragte ich in weiser Voraussicht, als er die Treppe ansteuerte.

»Fünfter.«

Ich deutete auf den Fahrstuhl.

»Vergiss es«, winkte er ab. »In dieses Teil bringen mich keine zehn Pferde.«

Ich sah mir den Aufzug genauer an. Er schien zu den neueren Modellen zu gehören. »Bleibt der öfters stecken?«

»Nein«, antwortete er.

»Wo ist dann das Problem?«

»Ich habe kein Problem.«, versicherte er mir. »Treppensteigen hält fit.«

Allein mein Blick sagte ihm, dass ich seinen Worten keinen Glauben schenkte.

»Ich traue diesen Dingern halt nicht«, gab er zu.

»Und ich laufe nicht die ganzen Stufen hoch!«

»Gut, ich laufe, du fährst.«

Während seine Schritte zunehmend leiser wurden, wartete ich auf den Lift.

Er hat Angst vor Fahrstühlen, schmunzelte ich. Dieses Detail hatte Lilly gewiss noch nicht auf ihrer Liste.

Die Türen schoben sich auf und ich drückte die Taste mit der Nummer fünf. Ein leichtes Kribbeln stieg in mir auf, als sich der Fahrstuhl in Gang setzte. Herr Behrens nahm mich mit zu sich nach Hause. Ich würde seine Wohnung sehen. Lilly war noch nicht hier gewesen. Davon hätte sie mir erzählt. Zudem wäre ein maßstabsgetreuer Plan in ihrer Mappe.

Ich war neugierig zu erfahren, wie er wohnte. Dabei hatte ich nicht die geringste Vorstellung, was mich erwartete.

Der Fahrstuhl hielt mit einem Ruck an. Ich trat einen Schritt heraus und blieb stehen, wandte mich nach rechts und links. Da erschien auch schon Herr Behrens am Treppenabsatz. Ein wenig außer Atem ging er an mir vorbei, schloss eine der Wohnungstüren auf und ließ mich eintreten.

»Möchtest du etwas trinken?«

»Gern.«

»Eine heiße Schokolade?«

Ich nickte.

»Du kannst ruhig schon ins Wohnzimmer gehen. Hier links«, sagte er und ging geradeaus in die Küche.

Ich hängte meinen Mantel an die Garderobe und zog die Stiefel aus. Dann trat ich in den chaotischen, aber modern eingerichteten Raum. Mein Blick schweifte durch das Zimmer. In der Ecke stand ein Schreibtisch, der mich mit seinen Papierbergen ziemlich genau an meinen eigenen erinnerte. Das Bücherregal quellte vor Büchern fast über. Ähnlich wie bei seinem Auto war die Einrichtung nicht die Neueste. Dennoch oder gerade deswegen machte sie den Raum gemütlich.

Kurze Zeit später kam Herr Behrens mit zwei Tassen in den Händen wieder, die er vorsichtig auf dem Tisch abstellte.

»Ich habe heute keinen Besuch eingeplant«, sagte er verlegen und räumte einige Sachen zusammen. Dann holte er ein paar Blätter und einen Stift von seinem Schreibtisch und setzte sich zu mir.

»Ist Ihr Mitbewohner gar nicht zu Hause?«, fragte ich. Die Wohnung schien nicht sonderlich groß für zwei Männer.

»Ich habe ihn noch gar nicht gesehen. Er macht sein Nickerchen vermutlich im Schlafzimmer.«

»Im Schlafzimmer?«, fragte ich und sah ihn skeptisch an. »In Ihrem Schlafzimmer?«

»In wessen denn sonst?«, lachte er.

Ich schluckte. War es tatsächlich so, wie ich dachte? Arme Lilly! Das stand ebenfalls nicht in ihrem Hefter. Ich griff nach der Tasse und nippte vorsichtig am heißen Kakao. Offenbar hatte er keine Angst, dass man in der Schule davon erfuhr. Sonst hätte er mich schließlich nicht mit zu sich genommen. Er musste sich früh geoutet haben, wenn er so locker damit umging. Das beeindruckte mich irgendwie. Aber wie sollte ich Lilly das bloß beibringen?

Er begann mit der Nachhilfe. Da er alles so ausführlich erklärte, empfand ich es als nahezu einfach. Er gab mir ein Aufgabenblatt. Ich bemühte mich, keine Fehler zu machen, und überprüfte jeden Satz zweimal. Als ich fast fertig war, bewegte sich plötzlich etwas an der Tür zum Flur. Eine kleine Katze taumelte ins Wohnzimmer.

»Ist die süß!«, quietschte ich, sprang auf und hockte mich neben das grau getigerte Fellknäuel. »Sie haben gar nicht erwähnt, dass sie eine Katze haben!«

»Doch, habe ich.«

»Wirklich?« Ich versuchte, mich an Lillys Mappe zu erinnern. »Wann denn? So alt kann sie ja noch nicht sein.«

»Er«, korrigierte er mich. »So alt kann *er* ja noch nicht sein.«

Plötzlich ging mir ein Licht auf. »Das ist Ihr Mitbewohner?«

»Was dachtest du denn?«, lachte er. »Etwa, dass ich mein Bett mit einem Mann teile?«

»Nein, nein«, versicherte ich ihm, konnte es aber nicht vermeiden, rot anzulaufen. »Natürlich nicht!«

Er sah mich skeptisch an.

»Naja«, stammelte ich, »gutaussehende Männer sind meistens schwul oder vergeben. Oder eben beides.«

»So, so, du findest mich also gutaussehend?«

Mein ohnehin roter Kopf errötete weiter. »Ich denke, dass ein Großteil der Mädchen unserer Schule so denkt«, versuchte ich mich herauszureden. Nach der peinlichen Verwechslung musste ich aufpassen, was ich sagte. »Wie heißt er denn?«

»Bisher hat er noch keinen Namen. Die Katze einer Freundin hat Junge bekommen und da hab ich ihr einen abgenommen. Sie hat ihn gestern erst vorbei gebracht.«

Herr Behrens hockte sich zu mir. Er kratzte mit den Fingern über den Boden. Die blauen Augen blitzten auf. Der Kater setzte zum Sprung an, wobei sein Schwanz hin und her wackelte, und landete auf Herrn Behrens Hand.

»Haben Sie denn eine Idee für einen Namen?«, wollte ich wissen.

»Ach, ich und Ideen. Bei meinem Einfallsreichtum nenne ich ihn vermutlich Kater.«

»Hast du gehört? Kater sollst du heißen«, sagte ich und streichelte dem Kleinen über den Rücken. »Da fällt uns doch bestimmt etwas Besseres ein.«

Zunächst ging ich alle Namen von Trickfilmfiguren durch, die mir in den Sinn kamen. Doch jeder einzelne wurde abgelehnt. Als Nächstes versuchte ich es mit deutschen Vornamen und schließlich mit englischen.

»Sie sind ganz schön wählerisch«, stellte ich nach einiger Zeit fest. »Ihnen selbst fällt nichts ein, aber meine Vorschläge lehnen Sie alle kategorisch ab.«

»Nicht kategorisch«, sagte er. »Aber ganz ehrlich, wie klingt das denn, wenn ich einen kleinen Kater *Goofy* nenne? Deine anderen Ideen waren auch nicht umwerfend. *Winnetou* oder *Old Shatterhand* – das sind doch keine Katzennamen!«

»*Kater* ist natürlich der Name überhaupt!«

»In *Shrek* nennen sie das Kind auch beim Namen. Wie wäre es denn mit Charly?«

»Charly wie Prinz Charles?«, fragte ich empört. »Das ist ja eine Beleidigung! So große Ohren hast du gar nicht. Hm, wie wäre es denn mit Harry?«

»Damit er auch ein verzogener Raufbold wird, der ständig eskaliert?«

»Oder mit William. Genau, Master William Shakespeare!« Ich beugte mich zu dem Katzenbaby hinunter. »Na, wie findest du das, Master Will?«

»Miau«, machte der Kleine und sah mich mit seinen großen Augen an.

»Ich glaube, der Name gefällt ihm«, sagte ich. »Komm her, Will«, rief ich.

»Du scheinst Katzen zu mögen.«

»Ich hatte früher auch mal einen Kater. Er hieß Muffin.«

»Wie originell«, lachte er. »Aber vielleicht kannst du mir ja ein paar Tipps geben, was ich noch alles besorgen muss.«

»Klar, kein Problem.«

Nachdem wir die Nachhilfestunde beendet hatten, schrieb ich ihm alles auf, was mir einfiel.

»Mylady, ich möchte Euch auch im Namen von Master Will meinen besonderen Dank aussprechen«, sagte er, als ich ihm den Zettel gab.

»Stets zu Diensten«, sagte ich und machte einen kleinen Knicks.

Er brachte mich zur Tür und half mir in den Mantel.

»Das war es dann wohl für heute«, sagte ich und ertappte mich dabei, dass ich es schade fand, mich jetzt schon von ihm verabschieden zu müssen.

»Hast du die Arbeitsblätter?«

»Hätte ich fast vergessen.«

»So leicht kommst du mir nicht davon.« Er verschwand kurz im Wohnzimmer und kam mit dem dünnen Papierstapel wieder. »Wenn die nächste Klausur nicht mindestens eine Drei wird, nehme ich das persönlich«, flachste er.

Ich griff nach den Blättern und berührte dabei seine Hand. Ein kleiner Stromschlag durchzuckte mich.

»Du bist ganz schön geladen«, sagte er und ich hatte das Gefühl, zum ersten Mal in seine Augen zu sehen. Leuchteten sie schon immer so intensiv? Und seit wann hatte er dieses Grübchen, wenn er lächelte? Nur mühsam konnte ich mich losreißen.

»Sorry … Tut mir leid«, stammelte ich.

»Ist ja nicht so schlimm.«

Er öffnete die Tür. »Bis Dienstag und ein schönes Wochenende!«

»Danke, Ihnen auch«, sagte ich und ging wie in Trance die Treppe hinunter.

Den ganzen Weg nach Hause fragte ich mich, warum es mich überhaupt interessierte, ob seine Augen leuchteten. Das waren Fragen, die Lilly sich stellte. Ich hingegen sollte mich fragen, wie ich meine Beziehung zu Olli kitten sollte und ob ich das überhaupt noch wollte.

Als ich unser Haus betrat, hörte ich die zornige Stimme meiner Mutter.

»Geh doch, wohin du willst! In meinem Haus bleibst du nicht!«, keifte sie.

»Dein Haus?«, brüllte mein Vater zurück. »Dass ich nicht lache! Ohne mein Geld könntest du es dir gar nicht leisten, hier zu wohnen!«

Ich ging ins Wohnzimmer, dem Kriegsschauplatz. Mittendrin saß meine Schwester und sah von meinem Vater zu meiner Mutter und wieder zurück.

»Komm, Sofia«, sagte ich und streckte meine Hand nach ihr aus. »Wir gehen etwas spielen.«

Sie würde den Streit so oder so mitbekommen, aber sie musste nicht anwesend sein, wenn meine Eltern sich die wüstesten Beschimpfungen an den Kopf schmissen.

Sofia kam zu mir gelaufen und ergriff meine Hand. Zusammen gingen wir in ihr Zimmer.

Ich schloss die Tür, dämpfen konnte sie die Lautstärke jedoch nur bedingt. Sie stritten sich öfters heftig. Doch so weit wie heute waren sie noch nie gegangen. Jemand trampelte die Treppe hoch und stampfte an der Tür vorbei.

»Such dir ein Spiel aus«, ermunterte ich meine Schwester, woraufhin sie an das Regal ging und mir eins brachte. Wir packten das Spielbrett aus und stellten die Figuren auf. Nacheinander würfelten wir und schoben die Männchen in Richtung Ziel.

Die Schritte kamen zurück und polterten die Stufen wieder hinunter.

»Ich bin gleich wieder da«, sagte ich. »Nicht schummeln!«

»Mach ich nicht«, gluckste sie.

Leise öffnete ich die Zimmertür, schlich mich ans Treppengeländer und spähte nach unten.

Mein Vater stand mit einem Koffer in der Hand am Schlüsselbrett und nahm seinen Autoschlüssel.

Als die Haustür zuschlug, ging ich zurück ins Zimmer. Sofia war aufgesprungen und zum Fenster gelaufen. Sie kletterte auf ihren Sitzsack und schaute hinaus.

»Wo fährt Papa hin?«, fragte sie.

»Ich weiß es nicht.«

»Kommt Papa wieder?« Sie drehte sich zu mir um und blickte mich hilflos an.

»Er kommt wieder«, versprach ich ihr. Er musste einfach wiederkommen! Was sollten wir bloß ohne ihn tun?

# Zehntes Kapitel

Die Weihnachtsfeier war für achtzehn Uhr geplant. Um kurz nach fünf hatten Lilly und ich uns verabredet. Doch was Lilly sah, als sie um halb sechs mein Zimmer betrat, verschlug ihr den Atem.

Mit schreckgeweiteten Augen starrte sie mich an, wie ich inmitten eines Kleidermeeres saß.

»Oh – mein – Gott«, sagte sie langsam. »Was ist denn hier passiert?«

»Ich glaube, ich komme nicht mit.«

»Das ist jetzt nicht dein Ernst, oder?« Flink kam sie in ihren schwindelerregend hohen Schuhen zu mir geeilt. Sie setzte sich zu mir aufs Bett und legte ihren Arm um mich. »Was ist denn passiert?«, wiederholte sie.

»Ich habe einen ganzen Schrank voll nichts zum Anziehen«, heulte ich. »Entweder ist das Teil zu kurz oder nicht schick oder zu schick!« Ich griff wahllos in den Kleiderhaufen neben mir und hielt ein blaues Top hoch. »Soll ich Olli damit etwa beeindrucken?« Deprimiert ließ ich es sinken.

»Ach Süße«, sagte sie, »was ist denn mit dem Kleid, das wir gekauft haben?«

»Ist das nicht viel zu schick?«

»Wenn du jemanden beeindrucken willst, dann musst du aus der Menge herausstechen.«

»Wenn du dich blamieren willst auch«, sagte ich niedergeschlagen.

»Warum solltest du dich blamieren? Mein Outfit ist auch nicht 0815.«

»Aber du läufst ständig so schick herum. Mich kennt man nur in Jeans.«

»Olli findet dich selbst in einem Lumpensack toll. Immer noch«, machte sie mir Mut. »Du bist fünftausend Schritte weiter als ich bei Dominik je sein werde.« Zum ersten Mal hatte ich das

Gefühl, dass sie ihre Lage realistisch einschätzte. »Aber gebe ich deshalb auf? Nein! Du solltest dich darauf freuen, den ganzen Abend mit deinem Schatz verbringen zu können und am Ende des Abend seid ihr wieder zusammen.«

»Wenn ich das wirklich will.«

Lilly sah mich verwundert an. »Und ich dachte, du hättest dich endlich entschieden.«

Unschlüssig zuckte ich mit den Schultern. »Es würde sich doch nichts ändern. Er hängt die ganze Zeit nur mit seinen Kumpels ab. Wir sehen uns nicht einmal in der Schule allein und nachmittags erst recht nicht. Entweder hat er Training oder er trifft sich mit Kai und den anderen.«

»Ihr wart nur ein paar Wochen zusammen«, merkte sie an.

»Umso schlimmer! Gerade am Anfang will man keine Minute ohne den anderen sein.«

»Gib euch Zeit. Das ist seine erste richtige Beziehung.«

»Meine auch«, sagte ich. »Also die erste richtig richtige«, relativierte ich, um neben Lillys Beziehungserfahrung nicht allzu dumm da zu stehen.

»Das wird schon«, munterte sie mich auf. »Aber jetzt müssen wir dich erst einmal fertigmachen.«

Ich wollte widersprechen, doch Lilly strich mir eine Strähne aus dem Gesicht und streichelte meine Wange.

Zögerlich nickte ich.

Während ich mich umzog, stöberte sie in meinen Haar- und Schminkutensilien. Immer wieder nahm sie etwas in die Hand. Dann sah sie mich prüfend an, als würde sie überlegen, ob mir die Idee in ihrem Kopf stünde. Schließlich schien sie das Richtige gefunden zu haben und machte sich daran, meine Frisur und mein Gesicht meinem Outfit anzugleichen.

Beinahe pünktlich kamen wir an. Schon von draußen hörte man das Dröhnen der Musik. Sobald wir die Tür öffneten, tauchten wir in bunt leuchtende Nebelschwaden ein.

In der Mitte der Halle trennte eine große Theke aus Tischen den Tanzbereich von einer Art Lounge, die Sitzmöglichkeiten bot. Langsam tasteten wir uns vor, bis wir Herrn Behrens sahen.

Natürlich hatte Lilly ihr persönliches Ziel sofort fixiert. »Sieh zu und lerne«, rief sie den Satz, den sie mir schon oft gesagt hatte. Sie steuerte geradewegs auf ihn zu, als sich plötzlich unsere Französischlehrerin Frau Lambère zu ihm gesellte. Sie knüpften an ein scheinbar unterbrochenes Gespräch an. Lilly ging an ihnen vorbei in die Lounge, machte es sich in einem der Sessel bequem und schlug gekonnt ihre langen Beine übereinander.

Ich folgte ihr. »Wolltest du nicht zu ihm gehen?«

»Wollte ich«, knirschte sie. »Aber ich habe es mir ganz spontan anders überlegt.«

»Französisch-spontan?«, hakte ich nach.

Sie antwortete nicht, sondern funkelte mich an. »Meine Gelegenheit kommt schon noch.« Ihr Blick ruhte wenige Sekunden auf mir, ehe sie sich Herrn Behrens zuwandte. Eine ausgehungerte Katze, die eine wohlgenährte Maus beobachtete, konnte nicht aufmerksamer sein. Lillys Blick schien nichts zu entgehen – weder die braune, seidenglatte Haarsträhne, die Frau Lambère sich auffällig oft zurückstrich, noch ihre perfekt geschminkten Lider, die sie immer wieder scheu lächelnd niederschlug, nur um Herrn Behrens kurze Zeit später mit ihrem Augenaufschlag zu verzaubern.

Lillys Fingernägel krallten sich in die Sessellehne, als sie mit ansehen musste, dass Herr Behrens auf Frau Lambères offensichtliche Flirtversuche einging.

Ich schaute mich um, ob abgesehen von den Computerfreaks und den Bastlern andere Mitschüler hierher gefunden hatten, mit denen ich ein bisschen mehr als gar nichts gemein hatte. In Wahrheit hielt ich Ausschau nach Olli. Doch weder ihn und Kai noch Sam und Nico konnte ich zwischen all den Nerds ausmachen.

»Hat Olli gesagt, dass er zur Party kommt?«, fragte ich Lilly nach einer Weile.

»Er wollte sich mit ein paar anderen vorher treffen«, sagte sie und rollte mit den Augen. »Zum Vorglühen.«

»Warum dreht sich bei denen eigentlich alles um Alkohol?«

»Ich verstehe es auch nicht«, sagte Lilly und zuckte mit den Schultern. »Vermutlich wollen sie sich cool fühlen.«

»Wenn Betrunkene cool sind, bleibe ich lieber uncool«, sagte ich.

»Dito!«

Wir lachten.

»Soll ich uns was zu trinken holen?«, bot ich an.

»Ich komme mit.«

Wir bahnten uns unseren Weg durch die sich füllende Halle. Hin und wieder trafen wir auf Klassenkameraden, mit denen wir uns unterhielten. Als Lilly bemerkte, dass Herr Behrens und Frau Lambère ihr Gespräch beendet hatten, hatte sie es eilig, an die Bar zu kommen. Ich bedeutete ihr allein zu Herrn Behrens zu gehen.

Als ich mich endlich loseisen konnte und an der Theke ankam, konnte ich weder Lilly noch Herrn Behrens entdecken. Dennoch kaufte ich zwei Getränke und steuerte die Lounge an. Selbst wenn sie ihn zu etwas überreden konnte, das ich mir gar nicht ausmalen wollte, würde sie irgendwann wieder zurückkommen und Durst haben.

Ich setzte mich an einen der Tische und wartete.

»Guck dir mal an, wie die sich an ihn ranschmeißt!« Einige Gesprächsfetzen fing ich trotz der lauten Musik auf. Ich folgte den Blicken der Mädchen und sah, wie sich Lilly mit Herrn Behrens auf der Tanzfläche vergnügte.

Ich wollte ihr gewiss nicht den Abend verderben. Doch angesichts der Tratscherei, die sie auf sich zog, hielt ich es für besser, sie vor dieser weitreichenden Dummheit zu bewahren.

»Lilly?« Ich schrie fast, damit sie mich hörte. Dann stupste ich sie mit dem Ellbogen an. »Hier, deine Bowle.« Als sie sich umdrehte, stieß sie mit ihrem Arm gegen den meinen. Das Glas glitt mir aus der Hand, die Bowle breitete sich auf Herrn Behrens' Hemd aus.

Lilly lief sofort los, um Tücher zu holen. Ich stand da und musste mich zusammenreißen, um nicht loszulachen. Zu komisch sah es aus, wie seine Augen den rosaroten Fleck fixierten.

Sobald ich mich wieder unter Kontrolle hatte, setzte ich zu einer Entschuldigung an. Weit kam ich nicht. Herr Behrens war verschwunden. Aber wohin?

Ich sah mich in der Halle um, doch ich konnte ihn nirgends finden. Vielleicht war er in einem der Waschräume, um sein Hemd wieder in Ordnung zu bringen. Ich ging in Richtung der Jungenumkleiden und stahl mich unbeachtet an Lilly vorbei, die einen Monatsvorrat an Papiertüchern zur Tanzfläche brachte.

Lautlos öffnete ich die Tür und sah in den Waschraum. Dort stand Herr Behrens mit freiem Oberkörper vor einem der Waschbecken und versuchte, den Fleck auszuwaschen. Ein Jammer, dass man ihn nicht öfter so sah. Ich schüttelte den Gedanken sofort ab. Ich verbrachte eindeutig zu viel Zeit mit Lilly! »Es war nur Saft, das müssten Sie mit kaltem Wasser wieder rauskriegen«, merkte ich mit schlechtem Gewissens an.

»Na, hast du dich wieder eingekriegt?«

»Ich habe das nicht absichtlich getan!«

»Amüsiert hat es dich trotzdem.«

»Aber nur, weil Sie so lustig geschaut haben.«

»War das die Revanche für die Qualen bei der Nachhilfe?«

Ich zuckte mit den Schultern. »Verdient hätten Sie es!«

Er lachte. Dann wuschelte er mir durch meine Haare und ruinierte Lillys Kunstwerk.

»Hey!«, rief ich und flüchtete zum Spiegel. »Was soll das?«

»Das war meine Revanche. Wenn ich heute Abend schon nicht gut aussehe, dann muss ich deine Chancen leider auch schmälern«, grinste er und sah mir zu, wie ich die Spange herausnahm, das Haar glattstrich und sie wieder hineinschob. »Vielleicht hole ich mir später auch eine Bowle. Macht sich auf deinem hübschen Kleid sicher auch gut.«

»Ihnen gefällt mein Kleid?«, lächelte ich.

»Sonst bist du ja eher der sportlich-legere Typ, aber das Feminine steht dir auch.«

»Dankeschön.« Das bedeutete, dass Lilly ihm mit ihrem Stil sicher auch gefiel. Aber wie würde ich ihr das sagen können, ohne ihr sagen zu müssen, dass ich ihn oberkörperfrei in der Umkleide getroffen habe?

Plötzlich schallte Ollis Stimme durch den Gang. »Weiß' du, wo Gina is'?«, fragte er jemanden.

»Gina?«

»Meine Freundin! So groß, braune Haare, Knackarsch ...«

»Keine Ahnung.«

Sollte ich mich jetzt geschmeichelt fühlen oder erbost sein, dass er mich über meinen Hintern definierte? Und hatte er mich gerade seine Freundin genannt?

»Alter, das ist die Jungenumkleide«, meinte der andere. »Da drin wird sie wohl nicht sein.«

Olli war da – und er suchte mich! Ich wollte zu ihm, doch Herr Behrens hielt mich davon ab. »Glaubst du nicht, dass man diese Situation falsch verstehen könnte?«

»Warum?«, fragte ich naiv.

Mit hochgezogenen Augenbrauen deutete er auf seinen nackten Oberkörper und meine zerrupfte Frisur.

Olli würde mit seiner Eifersucht sonst etwas in diese Situation hineininterpretieren. Und dann würde er es Lilly erzählen und am Ende würde die ganze Schule denken, dass Herr Behrens und ich in der Umkleide ...!

»Ich gucke trotzdem nach«, hörte ich Olli sagen.

»Und was jetzt?«, flüsterte ich und blickte abwechselnd zur Tür und wieder zurück zu Herrn Behrens.

Schnell drehte er den Wasserhahn zu und zeigte auf die Duschen, die vom Waschraum abgetrennt waren.

Ohne lange zu überlegen, nickte ich und folgte ihm auf Zehenspitzen in die Ecke, die man von der Umkleide aus nicht sehen konnte. Herr Behrens presste sich mit dem Rücken an die Wand und ich stellte mich so dicht zu ihm, dass kaum ein Blatt Papier zwischen uns gepasst hätte. Ich hatte keine Ahnung, wohin mit meinen Armen und Händen, weil ich mich scheute, seinen Oberkörper zu berühren.

Die Tür ging auf. Olli betrat den Raum. Seine Schritte kamen näher.

Herr Behrens umfasste meine Taille und zog mich noch ein Stück näher an sich heran.

Mein Herz hämmerte in meiner Brust. Wenn Olli uns sehen würde, wäre alles vorbei. Denn diese Situation war noch viel verfänglicher als die zuvor!

Ein Wassertropfen löste sich aus dem verkalkten Duschkopf und fiel auf meinen nackten Rücken. Ich erschauerte, gab jedoch keinen Mucks von mir.

»Gina? Bis‘ du hier?« Olli war im Waschraum. Schon von weitem hatte er seltsam geklungen. Nun nahm ich das Lallen ganz deutlich wahr.

Herr Behrens sah mich an. Selbst im gedämpften Licht, das aus der Umkleide drang, leuchteten seine Augen. Ich wagte kaum mehr zu atmen und doch war ich mir sicher, dass mein Herz so laut schlug, dass man es hören konnte. Wir standen so eng zusammen, dass er es vermutlich sogar spürte. Und er roch so gut! In der Steinzeit wäre ich vermutlich längst tot gewesen, wenn ich mich in einer solchen Gefahrensituation von Nebensächlichkeiten wie einem intensiven Duft oder definierten Oberarmen ablenken lassen hätte.

»Wo is‘ die denn bloß?«, rief Olli. »Da drin ist keiner.« Ollis Schritte entfernten sich.

»Habe ich es nicht gleich gesagt?«

»Aber wo is‘ sie dann?« Die Tür rastete ins Schloss ein.

Erleichtert rückte ich von Herrn Behrens ab. »Das war knapp«, sagte ich. »Was für ein Glück, dass Olli so ein blindes Huhn ist.«

»Das wäre ein gefundenes Fressen für die Gerüchteküche gewesen«, bestätigte er.

Viel mehr hatte ich mich um meine Beziehung gesorgt. Warum Olli mich wohl suchte? Vielleicht wollte er mit mir tanzen und mich dann später draußen bei einem Spaziergang …

»Weißt du eigentlich, dass das meinen Ruf ruiniert hätte?«, holte Herr Behrens mich aus meinen Träumen zurück. Er zog sein Hemd an und begann es zuzuknöpfen. »Wenn er uns zusammen gesehen hätte, wären Fragen über Fragen auf mich zugekommen!«

Verdattert sah ich ihn an. »Aber ich … was kann ich …?«, stammelte ich.

»Warum bist du mir überhaupt nachgekommen?«

»Ich wollte mich bei Ihnen entschuldigen«, sagte ich. »Und so angeregt, wie Sie sich mit Frau Lambère unterhalten haben, kocht die Gerüchteküche ein ganz anderes Süppchen.«

»Julie und ich?«, fragte er und lachte. Er schob den letzten Knopf durch das dazugehörige Loch. »Bleibt es bei Montag?«

Ich konnte seinem Themensprung nicht folgen. »Montag?«

»Das Lerntreffen.«

»Bis auf Lilly wollte niemand mehr daran teilnehmen.«

»Ich dachte, du hast dich nur nicht getraut, dich zu melden.«

Ertappt! Ich wich seinem Blick aus.

»Ich hatte das Gefühl, dass es das letzte Mal ganz gut funktioniert hat. Aber wenn du natürlich nicht willst …«

»Doch«, widersprach ich. »Wie viel bekommen Sie eigentlich für die letzte Stunde?«

Er winkte ab. »Ich nehme kein Geld. Das ist schließlich mein Beruf.«

»Ihr Beruf ist es, in der Schule zu unterrichten, nicht private Nachhilfe zu geben.«

Er wich nicht von seinem Standpunkt ab. »Also Montag um drei bei mir?«

Ich gab mich geschlagen. »Montag um drei bei Ihnen.«

Nachdem ich mich unbemerkt aus der Jungenumkleide herausgeschlichen hatte, suchte ich Olli. Als ich ihn fand, wünschte ich mir, ich hätte nie nach ihm gesucht. Er stand mit ein paar anderen draußen vor der Sporthalle.

»Du hast mich gesucht?«, fragte ich und stellte mich zu ihm.

»Da bis' du ja, du Luder«, sagte er und hauchte mir Zigarettenqualm ins Gesicht.

Ich hustete. »Was tust du da?« Entsetzt deutete ich auf die Zigarette in seiner Hand.

»Na, von Mami erwischt?«, lachte ein anderer aus der Runde.

»Hab dich nich' so«, lallte Olli. »Was'n schon dabei? Trink lieber mal 'nen Schluck.« Er nahm die offene Wodkaflasche, die zwischen seinen Beinen stand, und reichte sie mir.

»Nein, danke«, lehnte ich entschieden ab.

»Hier nur ein kleines Schlückchen …« Er legte den Arm um mich und führte mir die Flasche an den Mund.

»Ich will das Zeug nicht!« Ich machte mich von ihm los und ging auf Abstand.

»Haste dein Weib nicht unter Kontrolle?«

Die anderen stimmten in das Lachen mit ein.

»Scheiß Weiber«, rief Olli und hing sich die Pulle an den Hals. Dann setzte er sie ab und hielt sie hoch. »Auf meine Freundin, die Spielverderberin!«

»Ex-Freundin«, sagte ich entschieden.

Unter dem Johlen seiner Saufkumpanen rauschte ich wütend ab. In der Sporthalle stieß ich auf Kai.

»Olli sucht dich«, teilte er mir mit. Im Gegensatz zu meinem Freund schien er nahezu nüchtern.

»Er hat mich schon gefunden«, sagte ich sauer.

»Ich habe es befürchtet«, sagte er. »Was auch immer er gerade gesagt hat, er meint es nicht so. Er ist betrunken.«

»Soll das etwa eine Entschuldigung sein?«

»Nein, aber die Leute aus meinem alten Jahrgang sind halt …«

»Es ist mir egal, wie du ihn da raushauen willst«, würgte ich ihn ab. »Für mich ist der Abend gelaufen.«

Ich ließ ihn stehen. In der Lounge fand ich Lilly, die sich mit Mädchen aus der Parallelklasse unterhielt.

»Was ist denn passiert?« Lilly sprang auf.

»Nichts«, sagte ich und wischte mir die Tränen aus dem Gesicht. »Ich gehe nach Hause.«

»Aber warum?« Sie legte den Arm um mich und führte mich in den angrenzenden Gymnastikraum. Hier war es um einiges ruhiger. »Erzähl mir, was passiert ist!«

Ich schilderte ihr die Katastrophe draußen vor der Sporthalle.

»So ein … so ein … *argh*!« Lilly platzte fast vor Wut. »Wir gehen jetzt sofort zu diesem Vollidioten und …«

»Lass, Lilly. Ich will nicht.«

»Aber du kannst ihm das doch nicht einfach durchgehen lassen!«

»Ich will ihn heute nicht mehr sehen! Ich will ihn nie mehr sehen.«

»Verstehe.« Sie schaute betroffen drein. Vermutlich hatte sie sich schon gefreut, ihrem Bruder den Kopf zu waschen. »Komm, wir gehen.«

»Und was ist mit Herrn Behrens?«, fragte ich.

»Der ist zu Hause und zieht sich um«, winkte Lilly ab.

»Tut mir leid«, sagte ich. »Aber er kommt doch bestimmt wieder.«

»Das glaube ich nicht und wenn, dann hat er eh nur Augen für die Lambère.«

Ich wollte ihr widersprechen, doch dann hätte ich so vieles erklären müssen und der Abend wäre ein noch viel größeres Desaster gewesen als er es ohnehin schon war.

»Komm jetzt«, sagte sie und brachte mich nach Hause.

»Damit haben wir die verschiedenen Zukunftsformen auch erledigt«, schloss Herr Behrens die letzte Nachhilfestunde für dieses Jahr.

Freitagabend hatte ich noch ewig wach gelegen und über Herrn Behrens nachgedacht. Das Ganze kam mir so surreal vor, dass ich gar nicht glauben konnte, dass es tatsächlich passiert war. Lilly hatte ich erneut kein Sterbenswörtchen davon erzählt und es machte mich wahnsinnig, das alles für mich behalten zu müssen und sie so zu hintergehen. Wenn sie wüsste, wie schwierig es war, allein so eine banale Sache geheimzuhalten, würde sie um keinen Preis der Welt mit ihm zusammenkommen wollen.

»Haben Sie den Fleck aus dem Hemd herausbekommen?«, fragte ich schuldbewusst. »Oder habe ich es ganz ruiniert?«

»Ich habe es in die Reinigung gebracht. Alles restlos sauber«, beruhigte er mich.

»Das freut mich«, sagte ich erleichtert. »Es ist mir wirklich peinlich.« Ich rührte in meinem Kakao und trank einen Schluck.

»Das braucht es nicht. Einigen wir uns einfach drauf, dass du dein Getränk das nächste Mal nicht mit mir teilst«, zwinkerte er mir zu. »Hatte es denn wenigstens ein gutes Ende, dass Olli dich gesucht hat?«

»Ein Ende ja, aber kein Gutes«, antwortete ich. »Aber ist vielleicht auch besser so.«

»Ich kann dich trösten: Das mit der Liebe wird im Alter nicht besser«, sagte er.

»Das merke ich bei meinen Eltern tagtäglich. Sie trennen sich auch. Mein Vater ist schon zu meinem Onkel gezogen.«

»Das ist schade, vor allem an Weihnachten.«

»Trösten zählt nicht gerade zu Ihren Stärken, oder?«, bemerkte ich.

»Tut mir leid. Eigentlich sollte ich …«

»Es ist, wie es ist. Was machen Sie denn in den Ferien?«, wechselte ich das Thema.

»Ich bin über Weihnachten bei meiner Schwester in England.«

»In der Weihnachtszeit ist es bestimmt schön dort«, sagte ich und dachte dabei an Mr. Bean. »Die geben sich wenigstens noch Mühe. Hier ist es ja höchstens auf dem Weihnachtsmarkt ein wenig geschmückt.«

»Die Traditionen sind dort anders. Vor allem die Bescherung am Weihnachtsmorgen.«

»Apropos Bescherung!« Ich durchwühlte meine Tasche und zog ein mit Schleifen umwickeltes Päckchen heraus.

»Ich habe dir doch gesagt, dass ich nichts für die Nachhilfe nehme.«

»Sie sagten nur, dass Sie kein Geld haben wollen.«

Er zog eine Augenbraue hoch und bedachte mich mit einem verständnislosen Blick.

»Es ist nur eine Kleinigkeit«, sagte ich und schob es über den Tisch. »Aber das dürfen Sie erst an Weihnachten aufmachen!«

# Elftes Kapitel

Während meine Mutter nach der Gans im Backofen sah, deckte ich mit meiner kleinen Schwester den Tisch. Wehmütig nahm ich drei statt wie früher vier Teller aus dem Schrank.

Sofia hatte im Kindergarten Papierengel gebastelt, mit denen sie den Tisch schmückte. Einer blieb übrig. Bedrückt legte sie ihn auf den Platz meines Vaters.

Obwohl sich Sofia eben noch quietschfidel auf die Bescherung gefreut hatte, schien sie nun nachdenklich. »Feiert Papa auch Weihnachten?«, fragte sie.

»Natürlich feiert Papa Weihnachten«, sagte ich. »Nicht mit uns, aber mit Onkel Rainer. Sei nicht traurig. Morgen besuchen wir Oma. Papa kommt auch und dann feiern wir alle zusammen«, versprach ich.

Ihr Gesicht erhellte sich ein wenig.

Ich suchte nach einer CD mit Weihnachtsliedern und legte sie ein. Als die Musik erklang, lächelte Sofia und sang mit.

Als ich meiner Mutter helfen wollte, die Platte mit der Gans sowie die mit Klößen und Rotkohl gefüllten Schalen ins Esszimmer zu tragen, hielt sie mich auf. »Lass uns ins Wohnzimmer gehen«, sagte sie. »Ich habe alles abgedeckt. Wir essen nach der Bescherung.«

Zwar war mir nicht danach zumute, froh und munter Päckchen auszupacken, doch für meine kleine Schwester riss ich mich zusammen.

Sofia öffnete die Wohnzimmertür und betrat den dunklen Raum. Der Becher mit der Milch war ausgetrunken und auf dem Keksteller befanden sich nur noch ein paar Krümel.

»Der Weihnachtsmann war da«, freute sie sich und lief zum Baum, unter dem sich viele Geschenke häuften. Mir sprang sofort das riesige Paket ins Auge, das an der Wand lehnte. Auch Sofia war es aufgefallen.

»Das ist für mich!«, bestimmte sie vorweg.

»Nein, das ist für euch beide«, sagte meine Mutter.

Vorsichtig legte ich das große Paket auf den Boden. Es war unerwartet schwer. Sofia stürzte sich darauf und riss das Papier auf. Zum Vorschein kam braunes Leder.

»Ein Koffer?«, fragte ich verwundert. »Wozu um alles in der Welt einen …«

»Das ist Papas Koffer!«, rief Sofia.

Zeitgleich sprang mein Vater zur Tür hinein. Sofort lief ich auf ihn zu und fiel ihm um den Hals. Er ging in die Hocke, nahm meine Schwester, die sich an sein Bein geklammert hatte, hoch und schloss uns in seine Arme.

»Alles ist gut«, beruhigte er mich.

Ich war so glücklich, dass er wieder bei uns war. Und wie es schien, würde er auch bleiben. Denn während Sofia und ich nun voller Freude die Bescherung fortführten, umarmten und küssten sich unsere Eltern und tauschten Geschenke aus.

Noch bevor Sofia alle Päckchen ausgepackt hatte, sprang sie auf und zog an meiner Hand. »Komm, Gina«, flüsterte sie. »Wir müssen Papa einen Teller holen!«

Ich ging mit ihr ins Esszimmer, um ihr das fehlende Gedeck herauszugeben. Dann brachten wir das Essen hinüber, zündeten die Kerzen an und schenkten für meine Eltern den Wein sowie für uns roten Traubensaft ein.

Nach dem Festmahl saßen wir alle zusammen um den Christbaum herum und sangen Weihnachtslieder. Endlich schien alles wieder wie früher zu sein – mit einer kleinen Veränderung: Das sonst so langweilige Beisammensein, dem ich seit meinem zwölften Lebensjahr jedes Mal aufs Neue zu entkommen versuchte, erfüllte mich plötzlich.

Allerdings gab es eine Sache, die mich noch ein wenig glücklicher gemacht hätte: Olli hätte dabei sein können.

Am Tag nach der Weihnachtsfeier hatte er mich angerufen und für sein Benehmen um Verzeihung gebeten. Auch wenn Lilly es nicht zugab, ich wusste, dass sie ihm den Kopf gewaschen hatte. Er selbst konnte sich schließlich nur schemenhaft an den Abend erinnern. Wie sollte er darauf kommen, sich für etwas zu entschuldigen, von dem er gar nichts wusste?

»Kann ich kurz bei Lilly anrufen?«, fragte ich meine Eltern.

»Bei Lilly oder bei Olli?«, wollte mein Vater wissen.

»Lass sie«, stupste ihn meine Mutter in die Seite.

Es war mir ein Rätsel, woher die beiden von uns wussten. Augenscheinlich interessierten sie sich doch für mehr als nur meine Noten.

»Bei beiden«, gab ich zu.

»Geh ruhig«, sagte mein Vater.

»Aber nicht zu lange!«

Ich war bereits mit dem Telefon in der Hand die Treppe hinaufgelaufen. Während ich wählte, ging ich in mein Zimmer und setzte mich im Schneidersitz auf mein Bett.

»Wagner«, meldete sich Lilly am anderen Ende. Im Hintergrund dudelte die Weihnachtsmusik.

»Frohe Weihnachten, Süße«, wünschte ich ihr.

»Das wünsche ich dir auch!«

»Stell dir vor, meine Eltern haben sich vertragen«, berichtete ich ihr die Neuigkeiten.

»Heißt das, dein Vater ist wieder bei euch eingezogen?«

»Das ist das beste Weihnachtsgeschenk überhaupt!«

»Das glaube ich dir gern. Ich hoffe, das bleibt so. Eine Scheidung ist echt scheiße«, gestand sie. Sie wusste, wovon sie sprach. Ihre Eltern hatten sich schon vor einigen Jahren getrennt.

»Ist Olli auch da?«

»Also …«

»Ist er bei eurem Vater?«, fragte ich. »Ich dachte, ihr feiert zusammen.«

»Das dachten wir auch.«

»Aber?«

Lilly seufzte. Ich spürte, dass sie es mir eigentlich gar nicht erzählen wollte. »Aber dann hat er sich mit irgendwelchen Typen für die Disko verabredet.«

Ich schwieg. Was hätte ich dazu auch sagen sollen? Ich hatte ihn gefragt, wann wir uns sehen würden. Die Weihnachtszeit sei furchtbar stressig, hatte er mir erzählt, mit all den Besuchen bei Verwandten.

Lilly bemerkte, wie geknickt ich war, und versuchte mich aufzumuntern. »Olli kennt das noch nicht, dass da jemand ist, der jede Minute bei ihm sein will. Er will seine Zeit mit seinen Freunden verbringen.«

»Und ich zähle nicht dazu?«

»Doch, aber anders.«

»Verstehe«, sagte ich. Doch in Wirklichkeit verstand ich gar nichts.

Es war der letzte Tag im Jahr und der erste seit Beginn der Weihnachtsferien, an dem ich Olli wiedersehen würde. Unsere Clique feierte die Jahreswende im Dali.

Ich zog meine Stiefel an und nahm den Mantel von der Garderobe, als meine Mutter nach mir rief.

»Was denn?«, fragte ich.

»Wir werden morgen gegen zwölf von Rainer und Sabine zurück sein«, erklärte sie mir zum hundertsten Mal.

»Ich weiß.«

»Ich will nicht, dass du sturzbetrunken irgendwelche Kerle anschleppst. Wenn Lillien oder Samantha hier schlafen wollen, ist das in Ordnung.«

»Auch das hast du bereits erwähnt.« Noch viel, viel öfter. »Sonst noch was?«

»Für dich lag eine Weihnachtskarte in der Post«, sagte sie und deutete auf die Kommode.

»Die hat Zeit bis morgen«, entgegnete ich und knöpfte den Mantel zu.

»Aus England.«

»Aus England?«, stutzte ich. Ich nahm die Karte in die Hand und sah auf das weihnachtliche Motiv. Dann drehte ich sie um.

*Dear Gina,*
*I wish you a merry Christmas and a very happy New Year. I hope that you got many presents you like. Thanks a lot for the DVD of Romeo & Juliet by Baz Luhrmann. I can't wait to watch his interpretation.*
*Enjoy your holidays and have a good time!*
*D. B.*

Erneut wendete ich die Karte und schaute mir das Motiv an. Es war wirklich eine nette Geste. Und doch konnte ich mich nur halbherzig über diese Weihnachtsgrüße freuen. Denn selbst mein Englischlehrer wünschte mir auf viel nettere Art und Weise ein frohes Weihnachtsfest, als mein eigener On-Off-Freund es mit einer lausigen WhatsApp getan hatte. Was war das nur für eine verkehrte Welt?

»Fünf vor swölf«, lallte Tommy. »Nehmt den Schampus mit, wir jehen böllern!«

Alle sprangen auf und suchten ihre Knaller und Feuerzeuge zusammen.

Das Jahr nahm sein Ende. Die halbe Schule war im *Dali* versammelt.

Die Stimmung war locker und ich fühlte mich leicht. Längst hatte ich mich ganz eng an Olli gekuschelt und er ließ es zu. Wie einfach sich das elende Gefühl, nichts Halbes und nichts Ganzes zu haben, mit ein paar Gläsern Sekt ausblenden ließ! In diesem Moment war es gut, so wie es war. Morgen würde mein Herz wieder bluten, wenn ich nur an ihn und diese verzwickte Situation dachte. Doch morgen war ein anderer Tag, ein anderer Monat, ein anderes Jahr ...

»Nun kommt schon, ihr Turteltäubchen«, rief Kai. »Ihr verpasst noch das neue Jahr!«

Als wir unsere Mäntel angezogen hatten, legte Olli seinen Arm um mich und wir schlenderten hinaus. Die Kellnerinnen verteilten Sektgläser.

Der Countdown lief. »Zehn … neun … acht …«

Olli nahm zwei Gläser vom Tablett und reichte mir eins.

»Fünf … Vier … drei …«

Ich kuschelte mich wieder in seinen Arm, und als die ersten Raketen in die Luft schossen, legten sich seine Lippen auf die meinen. Genauso hatte ich es mir immer vorgestellt und jetzt war es so. Es musste so bleiben. Es würde so bleiben. Das neue Jahr musste einfach toll werden!

# Zwölftes Kapitel

Natürlich blieb es nicht so. Vier Tage waren seit Silvester ins Land gezogen, ohne dass sich Olli auch nur einmal selbst gemeldet hatte. Dabei hatte ich auf nichts anderes gewartet. Er würde mich nie vermissen. Wenn ich da war, war es gut. War ich weg, so war es nicht allzu tragisch. Sollte ich mich damit abfinden?

Allerdings war er nicht der einzige Schatten, der sich über den Beginn des neuen Jahres zog. Der Weihnachtszauber zwischen meinen Eltern hatte nicht lange angehalten. Er war mit dem Tannenbaum verschwunden. Alles war nach dem Fest der Liebe fort und ich war es leid, das einfach so hinzunehmen!

Kurz entschlossen polterte ich die Treppe hinunter und stellte mich zwischen die Fronten. »Hört jetzt endlich auf, euch ständig zu streiten!«

Keine Reaktion.

»Es reicht mir! Könnt ihr euch nicht wie zwei erwachsene Menschen benehmen?«

Meine Eltern ließen sich davon nicht stören. Sie übergingen mich einfach.

»Das war keine Bitte«, sagte ich nachdrücklich.

»Schön, dass auch du mir etwas vorzuschreiben hast! Hab ich in meinem Haus überhaupt noch was zu sagen?«, brüllte mein Vater.

»Schrei das Kind nicht so an«, keifte meine Mutter.

»Wann ich das Kind anschreie und wann nicht, bestimme immer noch ich!«

»Wisst ihr eigentlich, was ihr uns damit antut?«, schrie ich nun vollkommen aufgelöst. »Ihr seid so egoistisch! Euch ist es doch egal, was mit Sofia und mir ist! Alles, was euch interessiert, ist euer scheiß Streit!«

*Woom*! Die Hand meines Vaters traf mich mit voller Wucht. Ich taumelte einige Schritte zurück. Meine Mutter stieß einen spitzen

Schrei aus. Benommen fasste ich an meine pochende Wange. Der Blick meines Vaters verriet nur zu deutlich, wie erschrocken er über seine Tat war.

Mit einem Schleier vor den Augen stieg ich in meine Stiefel, riss den Mantel von der Garderobe und flüchtete hinaus in die kalte Nacht. Heiße Tränen rannen mir über das Gesicht, während ich so schnell ich konnte über die vereisten Straßen schlitterte. Meine Lunge schmerzte von der eisigen Luft, doch ich lief unbeirrt weiter.

An einer Straßenecke blieb ich stehen. Ich wollte nicht mehr zurück. Nicht wegen der Ohrfeige, sondern wegen des endlosen Zanks. Es war hoffnungslos. Sie würden niemals damit aufhören. Was konnte ich schon dagegen ausrichten, wenn die Liebe zwischen ihnen nicht mehr ausreichte – wenn nicht einmal die Liebe zu uns ausreichte, um sie vom ständigen Streit abzuhalten? Vielleicht war es wirklich besser, wenn sie sich trennten. Vielleicht war es auch das Beste, wenn ich unter die Beziehung mit Olli einen konsequenten Schlussstrich zog. Es würde sich nichts ändern. Es änderte sich nie etwas.

Es begann zu regnen – Schnee und Wasser. Der Wind wurde stärker. Die Tropfen vermischten sich mit meinen Tränen. Eine Welle der Hilflosigkeit schüttelte mich.

Mein Freund vergaß mich, sobald ich aus den Augen war. Meine Familie würde sich lieber heute als morgen auflösen. Selbst die Freundschaft zu Sam ging in die Brüche. Ich hatte kaum noch Hoffnung, dass ich je wieder die erste Geige spielen würde, solange sie mit Nico zusammen war. Lilly war die einzige, auf die ich mich wirklich verlassen konnte. Doch auch sie konnte mir heute Nacht nicht helfen. Sie verbrachte die restlichen Ferien bei ihrem Vater. Ziellos irrte ich weiter durch die Nacht, schlurfte quer durch die Stadt auf der Suche nach ein wenig Hoffnung. Doch alles, was ich fand, war eine unmenschliche Kälte. Ich schloss den obersten Knopf meines Mantels und stemmte mich gegen den Wind. An der nächsten Kreuzung bog ich rechts ab. Ich erkannte den alten

Golf mit den Schrammen sofort im faden Schein der Laterne. Vor seinem Haus blieb ich stehen. Im Wohnzimmer brannte Licht.

Ich sah auf die Uhr: halb elf. Ich konnte doch nicht um diese Uhrzeit bei ihm klingeln! Warum war ich überhaupt hier?

Der Schneeregen hatte sich in Hagel verwandelt. Schutzsuchend drängte ich mich unter den schmalen Vorsprung des Daches. Vermutlich wäre ich am nächsten Tag ein Eisblock, wenn ich nicht bald einen Unterschlupf finden würde. Ohne länger darüber nachzudenken, klingelte ich.

»Hallo?«, drang eine verwunderte Stimme aus dem Lautsprecher.

»Ich bin es, Gina.« Ich bemühte mich, gefasst zu klingen – vergeblich.

»Gina?« Stille. »Komm hoch.« Ein Summen ertönte.

Ich drückte die Tür auf. Statt ewig lange auf den Fahrstuhl zu warten, nahm ich die Treppe. Auf dem Weg nach oben wischte ich mir die Tränen aus den Augen.

Als ich im fünften Stock ankam, lehnte Herr Behrens in der Tür und sah mich an.

Unschlüssig blieb ich vor ihm stehen. »Vielen Dank für die Karte«, hörte ich mich sagen.

Er runzelte die Stirn. »Du kommst bei Wind und Wetter zu mir, um dich für eine Postkarte zu bedanken?«

Hilflos zuckte ich mit den Schultern und fuhr mir durch das nasse Haar.

»Was ist denn mit deiner Wange passiert?«, fragte er erschrocken.

Schnell kämmte ich meine Haare ins Gesicht.

Doch er strich sie vorsichtig zur Seite und betrachtete mich besorgt.

»Sieht es so schlimm aus, wie es sich anfühlt?«, fragte ich mit verzogener Miene.

»Vermutlich noch schlimmer. Komm herein. Ich hole dir etwas zum Kühlen.«

Während Herr Behrens in die Küche eilte, trat ich ein, schloss die Tür und hängte meinen Mantel an die Garderobe. Dann setzte ich mich ins Wohnzimmer. Master Will krabbelte aus seinem Körbchen und sprang auf die Couch. Sofort schob er seinen Kopf unter meine Hand, damit ich ihn streichelte. Er krallte sich in meinen feuchten Pulli, kletterte an mir hoch und kuschelte sich an meine Schulter.

Wenig später kam Herr Behrens mit einem Kühlpad und einem Tuch. Er wickelte es ein und hielt es vorsichtig an meine Wange. Im ersten Moment schmerzte die Kälte mehr als dass sie half. Doch bald linderte sie das Pochen.

Plötzlich wurde mir bewusst, dass ich spät abends auf der Couch meines Lehrers saß. Ich trug die Unstimmigkeiten in meiner Familie hinaus in alle Welt, anstatt mich in meinem Zimmer zu verschanzen und mein beschissenes Leben still und heimlich zu beweinen.

Ich nahm den Beutel von der Wange und legte ihn beiseite. »Ich muss jetzt gehen«, sagte ich.

»Bist du dir sicher?« Er sah mich aufmerksam an.

»Es ist schon besser. Tut kaum noch weh.« In Wahrheit dröhnte mein Schädel wie die Lautsprecher in der Disko.

»Willst du mir nicht erzählen, was passiert ist?«

Ich schüttelte den Kopf.

»Gehst du nach Hause?«

Ich zuckte mit den Schultern, schloss es insgeheim aber kategorisch aus. »Es war blöd von mir hierherzukommen«, sagte ich. »Tut mir leid.«

»Nein, nein, es ist nur …«

»Ich weiß«, unterbrach ich ihn. »Ich wusste nur nicht, wohin ich gehen soll.«

»Mach dir keine Sorgen. Erst einmal müssen wir dich wieder trocken kriegen, damit du nicht den ganzen Januar krank im Bett liegst und meinen tollen Unterricht verpasst.« Er grinste und auch ich musste schmunzeln. »Immerhin lächelst du schon wieder. Das ist gut. Das Bad ist hinten rechts. Der Fön ist im Schrank unter dem Waschbecken.« Er griff neben sich in den Wäschekorb und zog einen zusammengelegten Hoodie heraus. »Falls du dir noch etwas Trockenes überziehen willst«, sagte er und reichte ihn mir.

Er war so fürsorglich und ich wusste nicht, was ich sagen sollte. Also wählte ich das Naheliegende: »Danke.« Ich nahm den Hoodie, ging ins Bad und schloss die Tür. Im Spiegel sah ich, dass sich ein feines, rot-weißes Muster über meine Wange zog. Vorsichtig berührte ich sie und zuckte zusammen. Mein Blick fiel auf die kleinen Fläschchen, die sich auf der Ablage unter dem Spiegel aufreihten. Ich nahm das Aftershave, drehte den Deckel ab und roch daran. Sofort fühlte ich mich an den Abend der Weihnachtsfeier zurückversetzt. Ein warmes Gefühl breitete sich in meinem Bauch aus und strahlte bis in die Fingerspitzen, sodass ich eine Gänsehaut bekam. Ich schüttelte mich. Was tue ich hier? Schnell schraubte ich die Flasche zu und stellte sie zurück. Ich befreite mich von meinem klammen Pulli und holte den Fön aus dem Schrank. Während ich meine Haare trocknete, tauchten immer wieder Bilder vor meinem geistigen Auge auf. Ich sah, wie mir der Papierstapel aus der Hand glitt, als er meine Hand berührte, spürte, wie er mich in der Dusche näher an sich zog und wie er mir die Strähne aus dem Gesicht strich. Ich stellte den Fön aus und ließ mich auf den Badewannenrand sinken. Hatten Olli und meine Eltern mich so verkorkst, dass sich mein Hirn nun sogar auf irgendwelche pseudoromantischen Situationen mit einem Lehrer stürzte? Ich würde nichts darauf geben, dass mein Herz klopfte und ich das Verlangen verspürte, mich in seinen Pullover zu kuscheln. Das war einzig und allein das völlig verständliche Bedürfnis nach Geborgenheit und hatte nichts mit Liebe zu tun. Ich zog den Hoodie über und verließ das Bad, wie ich es vorgefunden hatte.

»Ich habe uns Kakao gemacht und eine Pizza in den Ofen geschoben. Ich hoffe, du magst Hawaii.«

»Ich liebe Hawaii«, gestand ich.

»Perfekt. Wollen wir uns einen Film ansehen?«

»Was denn für einen?«

»Wie wäre es mit *Walt Disney*?«, schlug er vor.

»Gerne.«

Er ging zum Regal und griff wahllos nach einer DVD. »Oliver und Co.«

Eine rührende Geschichte über einen kleinen Kater, der sich nichts sehnlicher wünschte, als eine Familie zu haben.

»Vielleicht nehmen wir doch einen anderen«, meinte ich.

»Verstehe«, sagte er nachdenklich. »Eine Liebesgeschichte?«, fragte er vorsichtig.

Als ich die Nase rümpfte, war klar, dass es auch in diesem Bereich meines Lebens nicht allzu rosig aussah.

»Sag mir einfach, was du schauen möchtest, bevor ich in noch mehr Fettnäpfchen trete.«

Ich ging zu ihm und sah durch die Reihen. Sämtliche Disneyfilme tummelten sich in seiner Sammlung.

»Sie haben bestimmt das Motto für das Konzert ausgesucht, oder? Sie scheinen Disney zu mögen.«

»Ich kann eine gewisse Affinität nicht leugnen«, gestand er.

»Welches ist ihr Lieblingsfilm?«

»*Herkules*.« Er suchte nach einer DVD und zeigte sie mir.

»Mein Lied ist aus *Herkules*.«

»Deshalb bin ich wirklich froh, dass du es singst und nicht jemand von den … sagen wir … weniger Begabten.«

Der Timer für die Pizza war abgelaufen. Während Herr Behrens in die Küche ging, nahm ich die DVD und schob sie in den Player.

Der schwarze Hintergrund färbte sich blau. Nach und nach erschien ein Schloss. Dazu spielte die unverkennbare Melodie und schließlich tauchte der Schriftzug auf: *Walt Disney Pictures*.

»Vor langer, langer Zeit«, begann der Erzähler und führte durch einen antiken, griechischen Tempel voller Statuen.

Wir machten es uns auf der Couch bequem, während die Musen, Göttinnen der Künste und Besinger von Helden, Herkules' Geschichte erzählten.

Wir zerkrümelten Pizza und Kekse und nippten hin und wieder an unserer heißen Schokolade. Die Ablenkung tat wirklich gut. Dennoch war es total verrückt, dass ich hier war.

»Gleich kommt dein Lied«, sagte er.

»Ich bin gespannt!«

Meg leugnete unaufhörlich, in Herkules verliebt zu sein aus Angst verletzt zu werden. Doch die Musen sahen ihr nur zu deutlich an, dass sie ihr Herz an Zeus' Sohn verloren hatte und forderten sie auf, es sich endlich einzugestehen.

Ich hörte, wie Herr Behrens leise mitsang. Herr Behrens war definitiv nicht mehr wie der viel zu alte Schüler, der sich durch den Verzicht auf Hausaufgaben beliebt machen wollte. Er half den Schülern, so wie es ein richtiger Lehrer tat. Dabei wirkte er auf mich nicht nur wie ein Lehrer. Er war viel mehr eine Art Freund geworden.

Ich schlug die Augen auf. Der Tag war bereits angebrochen und ich lag noch immer auf der Couch. Herr Behrens musste mich zugedeckt haben. Neben mir auf der Decke lag Master Will. Ich sah auf die Uhr: kurz nach halb neun. Schnell setzte ich mich auf und rieb mir den Schlaf aus den Augen. Ich strich mir die Haare aus dem Gesicht und sah hinüber zum Schreibtisch, an dem Herr Behrens vermutlich die Arbeiten korrigierte, die wir vor den Ferien geschrieben hatten.

»Du bist schon wach«, bemerkte er, als ich aufstand.

»Schon ist gut«, sagte ich. »Ich wollte gar nicht einschlafen.«

»Vielleicht sieht die Welt heute ganz anders aus als gestern.«

Ich zuckte mit den Schultern. »Wer weiß.«

»Möchtest du frühstücken?«

»Ich glaube, es ist besser, wenn ich jetzt nach Hause gehe«, lehnte ich das Angebot ab. »Danke, dass Sie sich um mich gekümmert haben und ich hier schlafen durfte.« Ich ging in den Flur. Dort zog ich mich an und verabschiedete mich von ihm.

»Aber du gehst wirklich nach Hause«, wies er mich an. »Deine Eltern werden sich sicher Sorgen machen.«

»Mhm.«

»Das ist mein Ernst, Gina«, sagte er, als er merkte, dass ich überlegte, wo ich die nächste Nacht verbringen würde. »Sonst bringe ich dich persönlich bis vor die Haustür.«

»Ist ja in Ordnung«, sagte ich pikiert. »Ich wusste gar nicht, dass Sie so hartnäckig sein können.«

»Gehst du nach Hause?«, fragte er mich noch einmal.

Erst nachdem ich ihm glaubhaft versichert hatte, dass ich direkt nach Hause gehen würde, ließ er mich fort.

»Ich habe Ihren Pullover noch an.«

»Du kannst ihn mir das nächste Mal, wenn wir uns sehen geben. Ich brauche ihn nicht so dringend.«

Auf dem Weg rechnete ich damit, dass meine Eltern mir Hausarrest geben würden, bis ich achtzehn war, oder dass sie liebevoll und aufmerksam mit mir umgehen würden. Vielleicht haben sie alle möglichen Leute angerufen, die ganze Nacht vor Angst gezittert oder sogar eine Vermisstenanzeige bei der Polizei aufgegeben, dachte ich.

Und tatsächlich! Als ich die Haustür aufschloss, kamen mein Vater und meine Mutter in den Flur gelaufen.

»Da bist du ja!«, rief meine Mutter.

Ich spürte, wie erleichtert sie war.

»Sieht so aus«, sagte ich und schloss die Tür.

»Wo warst du die ganze Nacht? Warum hast du dich nicht gemeldet?«, fragte mein Vater.

Ich schlupfte aus meinen Stiefeln und stellte sie zum Abtropfen auf die dafür vorgesehene Ablage.

»Würdest du dich bei jemandem melden, vor dem du flüchtest?«, entgegnete meine Mutter spitz.

Ich ging an ihnen vorbei.

»Es tut mir leid, Gina«, sagte mein Vater. »Das hätte einfach nicht passieren dürfen.«

»Schon gut«, sagte ich matt.

»Meinst du, damit ist es getan?« Meine Mutter sah ihn eindringlich an.

»Was soll ich denn anderes tun, außer mich zu entschuldigen?«

»Das ist ja wieder typisch für euch Männer«, giftete sie.

»Soll ich etwa in die Vergangenheit reisen und alles ungeschehen machen?«

Mit hängenden Schultern schlurfte ich die Treppe hinauf ins Badezimmer und schloss die Welt um mich herum aus. Ich ließ mir ein Bad ein und zog mich aus. Mit den Zehenspitzen voran stieg ich in das heiße Wasser. Entspannt lehnte ich mich zurück und blendete den neu entbrannten Streit eine Etage unter mir einfach aus.

# Dreizehntes Kapitel

Endlich waren die Ferien vorbei. Meine Freunde hatten den Winterurlaub und die Weihnachtsbesuche hinter sich gebracht. Ich war wieder täglich für mindestens sieben Stunden aus dem Haus. Nicht zuletzt bekam ich wieder Nachhilfe. Wer hätte gedacht, dass ich mich auf Nachhilfestunden freuen würde? Wer hätte sich vorstellen können, dass ich mich auf Herrn Behrens freuen würde?

Und doch war es so. Es machte Spaß, mit ihm zu lernen. Es war großartig, endlich zu kapieren, was ich nie zuvor begriffen hatte. Schließlich war die englische Grammatik gar nicht so schwer. Zwar machte ich noch immer unzählige, dumme Fehler, aber ich war auf dem Weg der Besserung.

»Wenn du das verstanden hast, kannst du die Übungen auf dem Arbeitsblatt machen«, sagte Herr Behrens.

»Ich brauche erst einmal eine Pause«, gestand ich.

»Die hast du dir verdient«, lobte er mich. »Wenn du im Unterricht die gleiche Leistung zeigst, dann kriegst du im nächsten Halbjahr auf alle Fälle eine Drei und dann brauchst du auch keine Angst mehr vor deinen Eltern zu haben.«

»Ich habe keine Angst vor meinen Eltern«, widersprach ich prompt. »Schon gar nicht wegen irgendeiner Schulnote!«

Er setzte sich auf und blickte mich aufmerksam an. »Eigentlich hätte ich den Vorfall in den Ferien melden müssen. Das zählt zu meinen Pflichten«, klärte er mich mit ernster Stimme auf. »Ganz davon abgesehen, dass man Frauen nicht schlägt – egal wie alt oder jung sie sein mögen!«

»Vielen Dank für Ihre Sorge, aber sie ist unangebracht«, sagte ich. »Es geht mir gut.«

Er musterte mich misstrauisch. »Und deiner Wange?«

»Der geht es auch gut«, antwortete ich knapp und drängte darauf, das Thema zu wechseln. »Wenn Sie es hätten melden wollen, dann doch schon vor zwei Wochen und nicht erst jetzt. Können wir weitermachen?«

Ungläubig schüttelte er den Kopf und schob mir das Arbeitsblatt zu.

Ich bearbeitete nach und nach alle Aufgaben und gab es ihm zur Korrektur zurück. Er strich mir die Fehler an und hakte die richtigen Lösungen ab. Ich beseitigte die letzten Irrtümer und dann saßen wir schweigend da. Die Stille breitete sich im ganzen Raum aus und wurde lediglich durch das leise Atmen von Will durchbrochen, der in seinem Körbchen schlief.

Das schlechte Gewissen nagte an mir. »Es ist nett von Ihnen, dass Sie sich um mich sorgen. Aber glauben Sie wirklich, dass ich vollkommen aufgelöst ausgerechnet zu Ihnen gelaufen wäre, wenn das schon öfters vorgekommen wäre? Es war eine nicht ganz ungerechtfertigte Ohrfeige. Also, machen Sie bitte nicht mehr draus.«

»Gewalt ist nie gerechtfertigt«, beharrte er.

»Gibt es eine Rechtfertigung dafür, dass Sie sich mit Schülern betrunken haben?«, konterte ich.

Er wollte etwas erwidern, zog es dann jedoch vor zu schweigen.

»Jeder macht es so, wie er es für richtig hält«, sagte ich und fügte hinzu: »Ich lasse mir helfen, wenn ich Hilfe brauche.«

»Meinetwegen.« Mir entging nicht die Unzufriedenheit in seiner Stimme. »Belassen wir es dabei.«

Und wieder saßen wir da, ließen unsere Blicke durch den Raum schweifen und schwiegen. Ich hätte einfach meine Sachen einpacken und gehen können. Wir waren mit dem Stoff durch. Aber ich wollte noch nicht gehen. Womit konnte ich diese drückende Stille bloß durchbrechen?

»Habe ich schon erzählt, dass ich euch nächstes Halbjahr in Musik übernehme?«, kam er mir zuvor.

»Wirklich?« Obwohl ich Herrn Ehlers als Lehrer sehr schätzte, freute ich mich ungewollt. »Gibt es dafür einen speziellen Grund?«

»Herr Ehlers geht in Altersteilzeit.«

»Und was wird aus der Chor-AG?«

»Keine Sorge, die leitet er weiterhin. Ich will ja nicht, dass ihr so schnell genug von mir habt«, lachte Herr Behrens.

»Dafür ist es schon zu spät«, grinste ich.

»Ich muss ja nicht darunter leiden«, konterte er ebenfalls mit einem Grinsen.

»Was ist eigentlich mit dem Theaterstück nächste Woche? Haben wir eine Uhrzeit abgesprochen, wann wir uns treffen?«

»Um sieben Uhr fängt es an. Eine halbe Stunde vor Beginn sollte vollkommen ausreichen«, sagte er. »Hast du *Ein Sommernachtstraum* schon gelesen?«

»Ich habe den Film von Michael Hoffman im Fernsehen gesehen«, antwortete ich. »Aber so toll fand ich den nicht.«

»Die Verfilmung aus dem Jahr 1935 von Dieterle und Reinhardt ist tausendmal besser als die von Hoffman.«

»Ist das die, aus der Sie uns Ausschnitte im Unterricht gezeigt haben?«

Er nickte.

»Kann ich mir die DVD ausleihen?«

»Schaffst du es, den Film zu schauen, ohne dabei einzuschlafen?«, neckte er mich. Er ging zum Regal, fuhr mit dem Finger an den Hüllen entlang und zog die richtige heraus. Dann gab er sie mir.

»Ich werde mich auf den Weg machen«, sagte ich und stand auf. »Sie müssen bestimmt Unterricht vorbereiten und Tests korrigieren.«

»Für heute steht nichts mehr an.«

Wollte er etwa, dass ich noch bliebe oder hatte er lediglich meine Aussage berichtigt? Warum waren Männer bloß so schwer zu durchschauen? Ich verharrte und blickte ihn abwartend an. Anstatt mich hinauszubegleiten, tat er es mir gleich. Warum wollte er nicht, dass ich ging? Oder wollte er mich bloß nicht hinausschmeißen?

Ich löste mich aus der Starre und stand auf. »Bis morgen!«

»Sind jetzt alle da?«, fragte Herr Behrens. Er nahm etwas Abstand von unserer Gruppe und zählte die Schüler.

Wir warteten im Foyer des Theaters auf den Beginn des Stückes. Nach und nach waren alle mehr oder minder begeistert von der anstehenden Vorstellung eingetrudelt.

Wir gingen die wenigen Treppenstufen hinauf, die in den Saal führten, und besetzten unsere Plätze. Lilly ergatterte den Sitz neben Herrn Behrens. Unsere Clique füllte die Reihe auf.

Ich nahm das Programm aus meiner Tasche. Das Deckblatt verriet in verschnörkelter Schrift den Titel: *Ein Sommernachtstraum*. Darunter versprach man eine überraschende Neuinszenierung des Klassikers. Die Rollen waren überschaubar. Es gab kaum Doppelbesetzungen. Daraus konnte man schließen, dass viel gekürzt worden war.

»Freust du dich?«, fragte Olli mich.

»Und wie!«, antwortete ich.

»Ich freue mich auch.«

»Wirklich?« Ich beäugte ihn skeptisch. »Du interessierst dich doch gar nicht für das Theater.«

»Ich bin total gespannt, wie dämlich die Typen in ihren Strumpfhosen aussehen werden«, lachte er.

»Vielleicht meinen die mit der überraschenden Neuinszenierung, dass sie Strapse tragen werden«, grölte Michi eine Reihe hinter uns.

Genervt rollte ich mit den Augen. Ich sah hinüber zu Lilly und Herrn Behrens, die sich angeregt über ein Thema unterhielten, dem ich nicht folgen konnte. Also begnügte ich mich damit, meine Vorfreude auszukosten und die Kleinkinder unserer Klasse einfach auszublenden.

Endlich wurde das Licht gedämpft, bis es völlig erlosch. Der rote Vorhang schob sich auseinander und gab die Sicht auf einen Saal frei. Eingehüllt in edlen, griechischen Gewändern traten Theseus und seine Verlobte Hippolyta auf.

Egeus erschien mit seiner Tochter Hermia, deren Liebsten Lysander und dem ersehnten Schwiegersohn Demetrius, um sein Leid zu beklagen. Nicht Lysander, sondern Demetrius sollte Hermia lieben und ehelichen. Natürlich stand Theseus auf Seiten des Vaters.

Was war ich froh, dass ich mir aussuchen konnte, wem ich mein Herz schenkte. Früher war es zweifelsfrei üblich, nicht den zu heiraten, den man liebte. Doch wem sollte man heutzutage in der westlichen Welt so etwas vorschreiben können?

Mein Blick fiel auf Lilly und ich stellte fest, dass man noch immer nicht den lieben konnte, den man wollte. Wieder sah sie aus den Augenwinkeln zu Herrn Behrens. Wäre er nicht ihr Lehrer, würde sie eine wirklich gute Partie mit ihm machen.

Herr Behrens bemerkte meinen Blick. Er deutete mit dem Kopf zur Bühne und nickte mir zu, als wollte er fragen, wie mir das Stück gefiel.

Ich zuckte mit den Schultern. Viel hatte ich schließlich noch nicht gesehen. Dann tat ich es ihm gleich. Auch er antwortete mit einem Schulterzucken. Schmunzelnd wandte ich mich wieder dem Geschehen auf der Bühne zu. Noch immer spürte ich Herrn Behrens Blick auf mir ruhen. Doch als ich meinen Kopf zu ihm drehte, blickte er gebannt zur Bühne. Hatte ich mir etwa nur eingebildet, dass er mich angesehen hatte?

In der Pause gingen die meisten hinunter ins Foyer. Lilly und ich folgten Herrn Behrens unauffällig, als dieser sich ein Getränk holte.

»Findest du den Begriff Neuinszenierung wirklich gerechtfertigt?«, fragte mich Lilly und sprach dabei extra laut, um Herrn Behrens Aufmerksamkeit zu erregen.

»Es gibt schon einige Kürzungen«, sagte ich. »Dadurch wird die Handlung beschleunigt.«

Lilly ließ die Schultern sinken und sah genervt an die Decke. »Kannst du mir nicht einmal zustimmen?«, zischte sie.

»Sorry«, murmelte ich.

»Na, wie gefällt euch die Vorstellung bisher?« Herr Behrens gesellte sich zu uns.

»Also, ich finde gut, dass das Stück durch die Kürzungen nicht so langatmig ist wie das Original«, sagte Lilly.

»Stimmt. Die Handlung wurde ziemlich gerafft«, pflichtete er ihr bei. »Und was sagt die Expertin dazu?« Er sah mich erwartungsvoll an.

»Ich finde die Raffungen etwas unglücklich. Das Ausschweifende ist doch gerade das Besondere an Shakespeare und seiner Sprache. Geschichten schreiben kann jeder. Das Leben schildern ist die wahre Kunst.«

»Hört, hört«, sagte Herr Behrens und hob sein Glas. Ein kleines Lächeln umspielte seine Mundwinkel, als er merkte, dass ich auf die klare Flüssigkeit im Inneren blickte. »In deiner Gegenwart trinke ich nur noch Wasser«, zog er mich auf.

»Wie aufmerksam von Ihnen.«

Ein Gong ertönte, der dem Publikum mitteilte, dass die Aufführung in wenigen Minuten fortgesetzt würde.

»Ich bringe mal mein Glas zurück«, sagte Herr Behrens und trank aus.

»Toll«, sagte Lilly und stapfte missmutig die Treppe hinauf. »Warum bist du eigentlich der Theatercrack und nicht ich?«

»Wieso?«

»Weil Dominik sich dann für mich und nicht für dich interessieren würde.«

»Herr Behrens interessiert sich doch nicht für mich!«

»Doch und wie!«, beharrte sie. »Dauernd fragt er dich nach deiner Meinung und flirtet mit dir!«

Ich musste lachen. »Lilly, du bist doch nicht etwa eifersüchtig auf mich?«

»Dominik schenkt dir viel mehr Beachtung als mir und das, obwohl du nicht einmal etwas dafür tust«, beschwerte sie sich.

»Das bildest du dir nur ein. Wenn er mit mir flirten würde, wüsste ich das«, sagte ich und versuchte sie zu beruhigen. »Mach dir keine Sorgen. Bevor ich etwas mit dem Behrens anfange, sehen wir Kai und Olli in Strumpfhosen auf der Bühne.«

Nach der großen Verwirrung korrigierte der Elf Puck die Verwechslungen, jeder fand zu seinem Liebsten und selbst der Haussegen bei Oberon und Titania wurde zurechtgerückt.

Mit den Worten »Nun gute Nacht! Das Spiel zu enden – Begrüßt uns mit gewognen Händen!« entfachte Puck einen tosenden Applaus, der kein Ende nehmen wollte. Selbst die meisten aus meiner Klasse klatschten Beifall, wobei einige von ihnen vermutlich erst dadurch aus ihrem eigenen Sommernachtstraum im tiefsten Winter erwacht waren.

»Sollen wir dich nach Hause bringen?«, fragte Lilly, als wir uns vor dem Eingang verabschiedeten.

»Quatsch, das ist doch der totale Umweg für euch.«

»Na gut, aber klingel' kurz an, wenn du angekommen bist«, bat sie mich.

Wir umarmten uns.

»Ich bin eben fast eingepennt«, sagte Olli. »Ich haue mich gleich in die Koje.«

Niedergeschlagen wandte ich mich ab. War es wirklich zu viel verlangt, dass er wenigstens so tat, als hätte es ihm ein wenig gefallen?

»Schlaft gut«, sagte ich und ging zur Straßenbahnhaltestelle. Nach hundert Metern hörte ich meinen Namen. Überrascht drehte ich mich um und stockte.

»Du hast deinen Schal vergessen«, erklärte Herr Behrens.

»Oh«, sagte ich. »Danke.« Ich legte ihn mir um den Hals, stopfte die Enden in meinen Mantel und zog den Reißverschluss bis zum Anschlag hinauf.

»Soll ich dich mitnehmen?«, fragte er und zeigte auf sein Auto, das am Straßenrand parkte.

»Danke, aber ich fahre mit der Straßenbahn.«

»Es ist kurz vor zehn und es ist kalt. Außerdem fahre ich keinen Umweg, wenn ich dich nach Hause bringe.«

»Aber ich …«

»Keine Widerrede«, unterband er meinen Anflug von Protest.

»Na gut«, gab ich mich geschlagen und wollte mich in Bewegung setzen.

Herr Behrens blieb stehen.

»Festgefroren?«, fragte ich.

»Nein, ich warte.«

»Auf den Frühling?«

»Auch.«

Dann sah ich Jenny im Minirock auf ihren High Heels durch den Schnee stöckeln. Darauf wartete er also.

Jennys Augen verengten sich, als sie bemerkte, dass sie nicht allein mit Herrn Behrens fahren würde. Warum hatte ich mich bloß überreden lassen?

Wir gingen zum Golf. Jenny machte die Tür auf und wartete, bis ich den Sitz umklappte. Noch ehe ich saß, hatte sie ihn zurückgeklappt und sich darauf geschmissen. Ich schnallte mich an, ließ mich in den Sitz sinken und sah hinaus in die Nacht.

»Das war ja so ein tolles Stück«, schleimte sie. »Das haben Sie wirklich super ausgesucht.«

»Es war das einzige von Shakespeare, das zurzeit hier in der Nähe aufgeführt wird.«

»Trotzdem«, beharrte sie und ich hatte das Gefühl, dass ihre Schleimspur bereits durch den Sitz triefte. »Man muss ja erst einmal auf die Idee kommen, ins Theater zu gehen.«

Herr Behrens warf mir einen belustigten Blick durch den Rückspiegel zu, den ich mit einem Augenrollen erwiderte. Er fragte Jenny nach ihrer Adresse.

Sie antwortete ihm und setzte schnell hinzu: »Aber Ginas Haus liegt näher.«

Das stimmte sogar, wobei ich mir sicher war, dass sie ihn quer durch Deutschland geschickt hätte, nur um mit ihm allein zu sein. Trotzdem fuhr Herr Behrens erst sie nach Hause.

»Oh, da sind wir ja schon«, sagte sie erstaunt. Ich konnte die Verärgerung in ihrer Stimme deutlich heraushören. »Schlafen Sie gut und träumen Sie etwas Schönes«, flötete sie beim Aussteigen.

»Danke, ebenso.« Dann drehte er sich zu mir. »Willst du nach vorne kommen?«

Ich zuckte von dem lauten Türschlagen zusammen. »Ich glaube, da hätte jemand was dagegen.«

»Und wenn schon«, sagte er und lehnte sich über den Sitz, um die Tür zu öffnen.

Ich setzte mich um, schloss die Tür und schnallte mich an.

»Ich kann diese Mädchen einfach nicht verstehen, die sich mit tiefen Ausschnitten ihre Noten kaufen wollen.« Er schüttelte verständnislos den Kopf. »Haben die das wirklich nötig?«

»Die meisten Lehrer lernen das so ab fünfzig zu schätzen.«

»Dann habe ich ja noch etwas Zeit, mich daran zu gewöhnen. Trotzdem werden mir mein Leben lang die Mädchen lieber sein, die mit aufrichtigen Beleidigungen an ihrer Zensur feilen.« Er zwinkerte mir zu.

»Masochist«, schmunzelte ich.

Die restliche Fahrt schwiegen wir.

»So, da wären wir«, sagte er, als wir vor meinem Zuhause angekommen waren.

Ich schnallte mich ab. »Danke fürs Bringen. Auch wenn es nicht nötig gewesen wäre.«

»Es war nötig«, erwiderte er bestimmt.

Ich sah ihn an und lächelte und er sah mich an und lächelte. Sah er die anderen Mädchen auch so an, wie er mich ansah? Hatte Lilly womöglich recht, dass er mir und meiner Meinung mehr Beachtung schenkte als den anderen? Mein pochendes Herz machte mich darauf aufmerksam, dass ich schleunigst aussteigen sollte. »Gute Nacht.« Ich eilte aus dem Wagen und lief ohne mich noch einmal umzudrehen die Einfahrt hinauf. Als ich hörte, wie er wegfuhr, hielt ich inne. Lillys Eifersucht war unsinnig. Herr Behrens war einfach nur ein aufmerksamer Lehrer, der meine Leidenschaft fürs Theater teilte. Er würde sich mit jedem, der sich für das Darstellende Spiel interessierte so angeregt darüber unterhalten wie mit mir. Doch würde ich mich auch mit jedem Lehrer so gut verstehen wie mit ihm?

Mitte Februar stand der zweite Unterrichtsbesuch für Herrn Behrens an. Dieser war genauso gut vorbereitet wie der erste – wenn auch diesmal nur von Herrn Behrens und nicht mehr von Lilly. Aus den alten Fehlern hatte er gelernt und so hatte er alles Nötige selbst mitgebracht. Den Text aus unserer derzeitigen Lektüre sowie die dazugehörigen Aufgaben hatte er kopiert. Außerdem standen für jede Gruppe mindestens zwei Wörterbücher zur Verfügung. Als kleinen Leistungsanreiz sollte es bei entsprechender Mitarbeit keine Hausaufgaben geben. Dadurch, dass er seit dem letzten Besuch immer welche aufgegeben hatte, zog dieses Mittel wie kaum ein anderes.

Er machte eine außerordentlich gute Figur. In dieser Stunde reichten Blicke, um die quatschenden Schüler zu ermahnen. Bei Fragen, die sich aus dem Text ergaben, gab er so geschickte Hilfestellungen, dass man sie selbst beantworten konnten.

Das Pausenklingeln beendete die Stunde. Ich war unglaublich froh, dass alles nahezu reibungslos abgelaufen war. Auch Herrn Behrens war die Erleichterung anzumerken. Dieses Mal würde er kein vernichtendes Urteil von seinem Seminarleiter bekommen. Da war ich mir sicher.

»Er hat sich echt gewandelt«, stellte ich in der nächsten Musikstunde fest, als Herr Behrens sich souverän gegen die Schüler durchsetzte und auf Theorie statt Musizieren bestand.

»Leider«, meinte Lilly. »Jetzt ist er genauso spießig wie all die anderen Pauker.«

»Er benimmt sich endlich wie ein Erwachsener und nicht mehr wie ein postpubertärer Schüler.«

»Spießig und langweilig«, setzte Lilly noch einen drauf.

»Wenn du meinst«, gab ich beleidigt zurück. Ich konnte nicht verstehen, warum ihn alle plötzlich ätzend fanden. Selbst Lilly hatte ihre Meinung über ihn geändert. Ich war mir nicht einmal sicher, ob sie überhaupt noch mit ihm zusammen sein wollte.

»Lilly, würdest du bitte G-Dur an die Tafel zeichnen?«, forderte Herr Behrens sie auf.

Schwerfällig erhob sie sich und schlurfte nach vorn.

»Ich hoffe, du weißt, was du tust«, warnte mich Sam leise.

»Keine Ahnung, wovon du sprichst.«

»Du bist auf dem besten Wege, dich in ihn zu verlieben«, klärte sie mich auf.

»Ich? In den Behrens?«, flüsterte ich. »Ich fürchte, du verwechselst mich mit Lilly.«

»Wie du ihn immer ansiehst und von ihm schwärmst. Glaubst du, ich merke das nicht?«

»Ehrlich gesagt denke ich, dass du überhaupt nichts mehr wahrnimmst, was nicht mit Nico zu tun hat.«

Sam schien getroffen. »Vielleicht verbringen wir im Moment nicht so viel Zeit miteinander, aber dennoch will ich nicht, dass du dich in etwas reinziehen lässt, wodurch du von der Schule fliegen kannst.«

»Das klingt ja gerade so, als würde er mich verführen.«

»Er ist noch nicht so lange Lehrer und du hast selbst gesagt, dass er sich wie ein Schüler benimmt.«

»Das war im Sommer. Schau dir doch an, was aus ihm geworden ist«, sagte ich. »Jedenfalls kann ich dich beruhigen. Ich will nichts von ihm und er auch nichts von mir. Können wir das Thema jetzt beenden?« Ich schrieb die Tonart von der Tafel ab. Dann sah ich zu Herrn Behrens und traf seinen Blick. Wortlos forderte er mich auf, an die Tafel zu gehen. Ich schüttelte kurz den Kopf. Er lächelte und nahm jemand anders dran, was Sam mit ihrem »Habe ich es nicht gesagt?«-Blick kommentierte.

Ich sollte in Herrn Behrens verliebt sein? Und Herr Behrens sollte sich für mich interessieren? Ausgerechnet für mich? Das war absurd!

»Wo ist eigentlich Sam?«

Lilly und ich verbrachten unsere Freistunde in der Cafeteria.

»Bei ihrem Nico«, behauptete ich genervt.

Lilly riss das Papier ihres Schokoriegels auf und biss hinein.

Unauffällig sah ich zu Herrn Behrens, der mit Frau Lambère an einem Nebentisch zu Mittag aß. Er sah zu uns herüber und nickte mir zu. Ich grüßte zurück und wandte mich schnell ab. Sollte Sam etwa recht haben mit ihrer lächerlichen Vermutung?

»Du Lilly?« Ich senkte meine Stimme. »Wie hast du eigentlich gespürt, dass du dich in ihn verliebt hast? Woran hast du gemerkt, dass es was Ernstes ist und keine Schwärmerei?«

»In wen?«

Ich deutete mit den Augen zum Nachbartisch.

»Ach, in *ihn*.« Lilly zuckte mit den Schultern. »So was merkt man halt«, sagte sie. »Du kennst das doch von Olli.«

»Richtig«, stellte ich konsterniert fest. In meinem Herzen war kein Platz für einen Mann und in meinem Leben kein Platz für noch mehr Probleme. Schon gar nicht für einen Lehrer und erst recht nicht für Dominik Behrens!

# Vierzehntes Kapitel

»Was meint Orwell mit dem Satz: *All animals are equal, but some animals are more equal than others*?«

Ich hörte auf mit dem Löffel in der Tasse zu rühren, sah auf und traf Herrn Behrens fragenden Blick.

»Du bist mit deinen Gedanken ganz woanders, oder?«, stellte er fest.

»Ich habe Ihnen zugehört«, versicherte ich ihm. »Ich habe nur den letzten Satz nicht mitbekommen.«

Er blätterte in der Lektüre einige Seiten zurück. »Dann wiederhole doch bitte, was …«

»Schon gut«, gab ich mich geschlagen. »Ich habe keine Ahnung, wovon Sie reden.«

Ich stellte die Tasse auf dem Couchtisch ab und ließ mich zurückfallen.

»Ich nehme nicht an, dass du mir erzählen willst, was dich bedrückt?«

Unschlüssig zuckte ich mit den Schultern. »Ich weiß selbst nicht wirklich, was gerade los ist.« Und das war die Wahrheit. Ich konnte noch so tief in mich hineinhören, mein Inneres ließ sich nichts entlocken. Selbst wenn ich Sams absurde Theorie verfolgte, konnte ich nicht sagen, dass ich in Herrn Behrens verliebt war. Ich genoss seine Anwesenheit, aber ich war unabhängig von ihm gut oder schlecht drauf. Ich lauerte ihm nirgends auf und ich hatte kein Herzklopfen, wenn ich an seiner Tür klingelte.

»Wenn ich dir irgendwie helfen kann, dann sag es mir.«

»Ablenkung wäre toll.«

»Die schulische Ablenkung hat ja nicht so gut geklappt.«

»Nur weil es so ein Interpretationszeug ist. Haben Sie nicht noch ein Arbeitsblatt, bei dem man nur stumpf etwas einsetzen muss?«

»Ich schau mal nach«, sagte er und ging zu seinem Schreibtisch. Er durchwühlte die Stapel, bis er eine Mappe gefunden hatte, aus der er einen Zettel herauszog.

»Das Genie beherrscht das Chaos«, kommentierte ich.

Er besah sich seinen Schreibtisch und kratzte sich am Hinterkopf. »So in der Art.« Er setzte sich zu mir und schob mir die Aufgaben über den Tisch.

Diese bestanden aus einem schwarz-weißen Buchstabensalat, einigen deutschen Wörtern und Bildern.

»Ich sagte doch nichts Anspruchsvolles!«

»Versuch es einfach. Es sind ja nur Rätsel.«

»Nur Rätsel.« Ich fischte einen Bleistift aus meinem Etui. Zuerst versuchte ich die Wörter mit Hilfe der nebenstehenden Bildchen zu übersetzen und sie später in dem Buchstabengitter zu finden. Es klappte erstaunlich gut, viel besser als ich es erwartet hatte. Zwei Wörter konnte ich jedoch nicht finden.

»Lass mal sehen.« Herr Behrens rutschte zu mir auf. Als er das Blatt näher zu sich heranzog, streifte er meinen Arm. »Hier ist der Fehler«, sagte er. »Du hast Radiergummi nicht mit *rubber*, sondern mit *eraser* übersetzt.«

Er drehte seinen Kopf zu mir, unsere Blicke trafen sich. Die Aufregung strömte bis in meine Fingerspitzen. Ich las in seinen Augen wie in einem Buch, dessen Sprache ich nicht verstand. Was wollte mir sein Blick nur sagen? Und was glaubte er in meinem zu lesen?

Abrupt brach ich den viel zu intensiven Blickkontakt ab und atmete tief durch. »*Rubber* hast du gesagt?« Ich bemühte mich um eine feste Stimme. Stur fixierte ich die Buchstabenreihen. »Da ist es ja!« Ich schraffierte das Wort. »Aber was ist mit dem anderen Wort?«

Er reagierte nicht.

Als ich zu ihm sah, schaute er mich noch immer an. »Warum gucken Sie denn so?«

»Springst du gerne zwischen *Du* und *Sie*?«

Ich stockte und spürte sogleich, wie mir die Scham ein zartes Rot ins Gesicht malte. »Habe ich Sie etwa geduzt? Das tut mir leid. Ich wollte nicht …«

»Schon in Ordnung«, sagte er. »Außerhalb des Unterrichts ist das okay.«

Ich runzelte die Stirn. »Meinen Sie … also … meinst du wirklich?«

»Ja, wirklich.« Dabei musste er über meine Scheu schmunzeln.

Ich konnte es nicht vermeiden, mich geschmeichelt zu fühlen. Natürlich durften auch andere Schüler ihn schon Monate vor mir duzen und doch war es etwas Besonderes für mich.

»Hast du zu Hause schon ausprobiert, was ich dir das letzte Mal beim Chor gesagt habe?«

»Meinst du, dass ich beim Singen mehr aus mir herausgehen soll? Bislang noch nicht. Ich kam diese Woche noch nicht zum Üben«, sagte ich. Ehrlich gesagt hatte ich einfach keine Lust. Beim Singen wurde ich immer emotional. Und ich war in der letzten Zeit für meine Verhältnisse emotional genug.

»Falls du Lust hast, können wir es zusammen austesten.«

Damit mich meine unterdrückten Gefühle an Ort und Stelle überwältigten? »Klar, gerne«, wurde ich von meinen eigenen Worten überrascht.

Er holte sein Keyboard vom Schrank und stellte es auf den Ständer. Er klimperte ein wenig darauf herum und korrigierte ein paar Einstellungen.

Fasziniert sah ich ihm dabei zu.

»Willst du deine Stimme nicht aufwärmen?«

»Oh ja, klar.« Ich machte ein paar Übungen und hoffte, dass diese mich beruhigen würden. Ich hatte keine Ahnung, warum ich so aufgeregt war. Er hatte mich schon oft singen gehört und doch fühlte ich mich wie vor einem verdammt wichtigen Casting.

»Bist du bereit?«

Ich war so bereit, wie eine schwangere 13-jährige. »Denke schon«, sagte ich.

Er spielte die erste Note und ich verpatzte meinen Einsatz. Beim zweiten Versuch brach meine Stimme gleich bei der ersten Zeile ab und ich musste mich räuspern.

»Tut mir leid«, sagte ich. Was war denn bloß los mit mir? Ich hatte doch seinetwegen kein Lampenfieber! Ich musste mich zusammenreißen. Das hier war nichts Besonderes.

»Alles in Ordnung?«

»Klar«, sagte ich schnell. »Ich … hatte nur einen Frosch im Hals.« Demonstrativ räusperte ich mich noch einmal. Ich spannte jeden noch so kleinen Teil meines Körpers an und konzentrierte mich. Und endlich klappte es. Bis zu dem Punkt, als im Original die Musen einsetzten und Dominik ihren Part mit Kopfstimme sang.

Ich lachte. »Ist das dein Ernst?«

»Irgendwer muss den Part singen, wenn kein Chor da ist.«

»Aber doch nicht so hoch«, giggelte ich.

»Wie denn sonst?«

Ich zuckte mit den Schultern. »Normal halt.«

Wir begannen von vorn. Und auch dieses Mal stockte ich kurz, als er einsetzte, weil sich mir eine Gänsehaut über die Arme zog. Dennoch konzentrierte ich mich darauf, das Lied bis zum Ende zu singen.

»Warum willst du Lehrer werden?«, fragte ich. »Deine Stimme ist der Hammer!«

»Anscheinend nicht Hammer genug. Außerdem ist so eine Musikkarriere doch viel zu unsicher.«

»Ich würde am liebsten nichts anderes tun als zu singen. Am coolsten wäre natürlich ein Engagement als Musicaldarsteller.«

»Wenn du wirklich dafür brennst, dann solltest du es durchziehen«, sagte er. »Wenn du ein Schisser wie ich bist, dann studierst du Musik auf Lehramt.«

»Ein bisschen Realismus hat noch niemandem geschadet«, sagte ich. »Wollen wir weitermachen?«

Am Ende des Tages fuhr Dominik mich nach Hause.

»Das Lied klingt jetzt tausendmal besser«, sagte ich und schnallte mich ab. »Dankeschön.«

»Dank nicht mir dafür. Das ist deine tolle Stimme.«

»Aber ohne deine Tipps würde sie nicht so toll klingen.«

»Unentschieden«, urteilte er und wir lachten.

Er strich mit seinem Finger über das Lenkrad. »Falls du mit mir noch die anderen Songs durchgehen möchtest, ich habe das ganze Wochenende Zeit«, sagte er zögerlich. Sein Blick ließ mich nicht los.

»Gern.« Es war kaum lauter als ein Flüstern.

Ich nahm seinen Duft umso intensiver wahr, je näher wir uns kamen. Warm legte sich sein Atem auf meine Lippen.

Die Stimme in meinem Kopf schrie immer lauter, dass ich das Unvermeidliche nicht zulassen dürfe. So laut, dass auch er es hörte.

Er hielt inne und schluckte. Wir verharrten einen Moment lang so. Langsam öffnete ich die Augen und presste meine Lippen aufeinander.

»Ich fürchte, ich habe einen Termin vergessen«, sagte er ruhig. »Das mit dem Üben dieses Wochenende wird leider nichts.«

»Verstehe«, sagte ich leise. »Ich gehe jetzt besser.«

Er hielt mich nicht auf. Ich stieg aus und ging die Einfahrt hoch. Oben an der Tür drehte ich mich um und bemerkte, wie er mir nachsah, ehe er den Motor startete und davonfuhr.

# Fünfzehntes Kapitel

Mein Kopf schien beruhigt, dass Dominik das einzig Richtige getan hatte. Doch mein Herz schrie mit jedem geheimen Blick lauter.

Ich konnte nicht länger leugnen, dass ich mich in ihn verliebt hatte. Jeder meiner Gedanken kreiste um ihn und ich fürchtete, dass alle es mir nur zu deutlich ansahen. Ich scheute jeden Kontakt mit ihm, in der Hoffnung, dass diese Gefühle einfach sterben würden, wenn sie nur lang genug hungern mussten. Im Unterricht meldete ich mich kein einziges Mal. Während der Chor-AG sprach ich kein Wort mit ihm und auch die Nachhilfestunden ließ ich ins Wasser fallen.

Doch obwohl Dominik und ich nur das Nötigste miteinander sprachen, gab es diese stillen Momente, die lautlosen Blicke voll von Sorge und Sehnsucht, die mich jeden Tag aufs Neue verunsicherten. Ich konnte mich kaum konzentrieren, ich konnte nichts essen, und wenn ich nach stundenlangem Wachliegen in einen unruhigen Schlaf fiel, so träumte ich von ihm. Ich versuchte alles, um nicht mehr an ihn denken zu müssen. Dennoch tauchte er immer wieder vor meinem geistigen Auge auf. Ich sah, wie wir ineinander liefen, fühlte, wie meine Hände an seinem nackten Oberkörper Halt suchten, und spürte seinen Atem auf meinen Lippen.

So vergingen die Wochen. Es wurde Frühling. Der März ging und der April hielt Einzug. Ebenso unbeständig wie das Wetter waren auch meine Noten. Ich sammelte fleißig Vieren und brachte es in Englisch sogar auf Fünfen und Sechsen.

Dominik sagte weder bei der Sechs im Vokabeltest noch bei der Fünf in den benoteten Wiederholungsübungen etwas. Erst als ich auch in Musik absackte, bat er mich, nach der Stunde noch zu bleiben.

»Kommst du denn heute mit zu den Anderen auf den Schulhof?«, fragte Lilly, als wir nach vorne gingen.

»Ich denke nicht«, sagte ich.

»Habe ich mir schon gedacht«, sagte sie und ging. Natürlich entging mir die Traurigkeit in ihrer Stimme nicht. Aber ich wollte nicht immerzu die Maske tragen, die keinem verriet, wie es in mir aussah. Ich wollte nicht über Kais banale Witze lachen oder hören, wie Sam sich über Nicos Macken aufregte. Ich wollte nicht ständig unter Ollis Beobachtung stehen. Ich wollte einfach allein sein.

Peinlichst genau darauf bedacht, Dominik nicht in die Augen zu sehen, sprach ich ihn am Ende der Stunde an: »Sie wollten mit mir reden?«

Er wartete, bis alle Schüler in die Pause gegangen waren, und schloss die Tür hinter dem letzten. Dann wandte er sich mir mit ernstem Blick zu. »Ich weiß, dass es zwischen uns nicht so lief, wie es zwischen einem Lehrer und seiner Schülerin laufen sollte – weder am Anfang noch zuletzt. Aber das ist kein Grund, dass du deine Noten derart schleifen lässt«, tadelte er mich.

»Ich war schon immer schlecht in Englisch«, gab ich zurück.

»Gina, das ist nicht mehr schlecht, das grenzt an Arbeitsverweigerung! Und das nicht nur in Englisch. Oder willst du mir wirklich weismachen, dass du glaubst, nicht Mozart, sondern Salieri habe *Figaros Hochzeit* und *Die Zauberflöte* komponiert?«

Ich zuckte mit den Schultern. »Da habe ich wohl etwas verwechselt.«

Er zog eine Augenbraue hoch. Sein Blick verriet, dass er es mir nicht abkaufte. »Es läuft nicht nur in meinen Fächern so schlecht, oder? Ich habe das Gefühl, du kommst nur noch in die Schule, um die Stunden abzusitzen.«

»Und wenn schon? Was interessiert Sie das?« Je unbeliebter ich mich bei ihm machte, desto eher ließ er mich in Ruhe. Dann müsste ich mich auch nicht mehr verstellen, damit er nicht sah, wie ich mich wirklich fühlte. Innerlich schrie jede einzelne Faser meines Körpers nach ihm. Äußerlich blieb ich kühl.

»Es interessiert mich mehr, als es das eigentlich sollte«, sagte er leise. »Ich will nicht, dass du dir meinetwegen deine ganze Zukunft verbaust.«

»Meine Eltern stehen kurz vor der Trennung, meine letzte Beziehung war ein Fiasko und meine Noten gehen den Bach runter«, platzte ich heraus. »Es ist wirklich mein kleinstes Problem, dass ich mich in dich …« Entsetzt brach ich ab.

Dominik überging meinen Gefühlsausbruch. »Es hat doch vorher auch in Englisch geklappt. Warum also jetzt nicht? Du hast die Grundlagen drauf.«

Hatte er es tatsächlich nicht gehört oder tat er nur so, weil es alles noch viel komplizierter machen würde?

»Kannst du nicht wieder bei diesem Schüler aus der Oberstufe Nachhilfe nehmen?«, fragte er.

»Und was soll das bringen? Das Einzige, was mir in Englisch bisher geholfen hat, waren die Stunden mit dir«, sagte ich.

»Du machst es mir nicht einfach.«

»Als wenn es für mich einfach wäre.«

Was wohl gerade in seinem Kopf vorging? Gab er sich die Schuld für meine Noten? Hätte ich bessere, wenn er standhaft geblieben und wir uns nicht so nah gekommen wären? Wer konnte sicher sein, dass es anders geworden wäre? Niemand konnte das und trotzdem ließen wir uns auf einen neuen Versuch ein.

»Hey«, begrüßte mich Dominik, als ich ankam. Mit jeder Stufe hatte ich das Unglück ein wenig hinausgezögert. Dennoch war ich irgendwann oben angelangt.

»Hey«, sagte ich leise. Unsicher folgte ich ihm ins Wohnzimmer.

»Möchtest du etwas trinken?«

»Cola, wenn du hast.« Ich sank auf die Couch und lehnte mich an. Ruckartig setzte ich mich auf und holte meinen Block und das Etui aus der Tasche. Erneut fiel ich zurück. Immer wieder glitten meine feuchten Hände an meinen Oberschenkeln entlang.

Dominik kam mit zwei Gläsern und einer Flasche zurück. Er schenkte uns ein und ließ sich neben mir nieder.

Ich rutschte ein Stück von ihm ab. Wie sollte ich mich bloß konzentrieren können, wenn er mir so nah war?

»Ich habe mir überlegt, dass wir uns im Hinblick auf die Arbeit am Montag mit dem Textaufbau beschäftigen sollten«, sagte er und reichte mir ein Arbeitsblatt.

»Schau dir den Aufbau bei diesem Text an. Du hast eine klare Trennung von ...«

Fasziniert lauschte ich seiner Stimme. Klang sie schon immer so warm und weich?

»Siehst du? Hier«, sagte er und zeigte auf einen Abschnitt.

Wovon hatte er gerade gesprochen? Ich begutachtete die Wörter auf dem Blatt. »Mhm«, machte ich und hoffte inständig, dass er keine ausführlichere Antwort erwartete.

»Wenn du dich an diese Einteilung hältst und zwischendurch ein paar *connectives* einwirfst, dann hast du die halbe Miete.«

Ich setzte den Stift an, um mir Notizen zu machen. Dabei hatte ich keinen blassen Schimmer, was ich schreiben sollte. Ich biss mir auf die Lippe. »Welche Einteilung genau?«

»*Introduction, main body and conclusion* oder auch: Einleitung, Hauptteil und Schluss«, wiederholte er.

Ich schrieb die deutschen und englischen Begriffe neben den jeweiligen Abschnitt. Dann unterstrich ich die von dem Verfasser verwendeten Konjunktionen.

»Als Nächstes ist es wichtig, dass du die entscheidenden Wörter übersetzt, die du nicht kennst. Nicht jedes einzelne, aber man weiß ja in etwa, was elementar ist. Der Rest ergibt sich aus dem Kontext.« Dominik schob mir das Wörterbuch zu und ließ mich alle Vokabeln heraussuchen, die ich als bedeutsam erachtete.

Während ich hauptsächlich nach Nomen Ausschau hielt und die Übersetzung klein über das Wort im Text notierte, bemerkte ich seinen Blick. Als ich aufsah, sah er schnell weg, nur um mich wieder anzusehen, als ich ins Buch schaute.

Es beruhigte mich ungemein, dass es nicht nur für mich, sondern auch für ihn schwierig war, sich auf das Wesentliche zu konzentrieren.

Ein Schmunzeln lag mir auf den Lippen, als ich meine Haare hinters Ohr strich und ihn aus den Augenwinkeln beobachtete. Es dauerte ziemlich lange, bis er mich ertappte.

»Du sollst schreiben«, sagte er.

»Und du sollst mich nicht anstarren.«

»Ich habe geguckt, was du schreibst.«

»Und ich bin die Kaiserin von China.«

»So dann, eure Majestät, fahrt fort.«

Ich machte mich wieder an die Arbeit. Als ich zu Ende geschrieben hatte, steckte ich die Kappe auf den Stift.

»Schauen wir uns an, wie viel du von dem Text verstanden hast.« Er zog das Blatt zu sich. Seine Augen verengten sich und auf seiner Stirn bildeten sich Falten. Er zog es näher heran, zeigte kurz auf ein Wort und sah mich fragend an. »Was soll denn das heißen?«

Ich beugte mich über den Tisch, um mein winziges Gekritzel zu entziffern. »Das Wort hier?«

»Nein, das.« Er legte seinen Finger auf das Wort und berührte dabei meine Hand.

Mein Herz schlug kräftiger, doch keineswegs schneller. Das nervöse Kribbeln in meinem Bauch flachte meinen Atem ab. Dennoch sah ich vollkommen ruhig auf unsere Hände, die regungslos beieinander lagen. Zögerlich strich ich mit meinem Finger über seinen und er ließ es geschehen. Unsere Finger schmiegten sich aneinander, umschlangen und verflochten sich, bis sich unsere Hände fanden und sie sich fest umschlossen.

Langsam wandte ich meinen Blick von ihnen ab und sah ihn an. Mein Herz schlug mir bis zum Hals, als ich es wagte, meine Hand zu seinem Gesicht zu führen. Zögernd legte ich sie an seine Wange und strich über die kurzen Stoppeln seines Dreitagebartes. Sein Blick löste sich und fand den meinen. Die Anspannung in mir wuchs ins Unermessliche. Ich musste meiner Sehnsucht einfach nachgeben. Schüchtern, beinahe zaghaft küsste ich ihn. Er regte sich nicht. Ich zog meinen Kopf zurück. Regungslos saß er da und starrte mich an.

Aus Scham und Enttäuschung drehte ich mich weg, als ich plötzlich seine Hand in meinem Nacken spürte. Und ehe ich mich versah, legten sich seine Lippen weich auf die meinen.

»Nun hat dein Mund ihn aller Sünd' entbunden«, zitierte er Shakespeare.

»So hat mein Mund zum Lohn sie für die Gunst?«

»Zum Lohn die Sünd'? O Vorwurf, süß erfunden! Gebt sie zurück!« Er zog mich auf seinen Schoß und küsste mich.

In meinem Kopf tobte ein Feuerwerk, das die Vernunft mit den schönsten Farben übermalte, während wir uns wieder und wieder küssten.

»Ihr küsst recht nach der Kunst«, wisperte ich. Atemlos lächelte ich ihn an. »Das war viel besser, als ich es mir vorgestellt habe.«

Er strich mir eine Strähne hinters Ohr und streichelte meine Wange. »Du stellst dir also vor, wie du deinen Lehrer verführst«, sagte er.

»Ist das wieder dein Talent, alles negativ klingen zu lassen?«

»Klingt es für dich negativ?«

»Einen Lehrer zu verführen bedeutet für mich, mit ihm zu schlafen, um sich bessere Noten zu erkaufen. Wenn ich das wollte, gäbe es dafür sicher einfachere Wege.«

»Da könntest du recht haben.«

Die Sonne war längst untergegangen. Noch immer lagen wir eng aneinander gekuschelt auf dem Sofa. Dominik hatte seine Arme um mich gelegt und streichelte meinen Rücken. Ich lauschte seinem Herzschlag. Ich wusste nicht, ob ich wachte oder träumte. Aber das war auch nicht wichtig. Denn selbst wenn es nur ein Traum war, so war es der schönste, den Morpheus je für mich gewebt hatte.

Dominik drückte mich an sich und küsste meine Stirn. »Kannst du dich an unsere erste Begegnung erinnern?«, fragte er mit leiser Stimme.

Bei dem Gedanken daran musste ich schmunzeln. »Nur zu gut«, wisperte ich. »Vor allem an unser zweites Treffen in der Schule.«

»Dass du immer so negativ auffallen musst.« Er schüttelte tadelnd den Kopf.

»Wer von uns beiden ist denn der Schülerschleimer?«, neckte ich ihn.

»Einen Schülerschleimer nennst du mich?« Seine Hand rutschte an meinem Rücken herunter und pikste mich in die Seite.

Umständlich versuchte ich mich von ihm zu befreien. »Nicht, lass das«, kicherte ich.

»Nimmst du das zurück?«

»Ja!«

Er hielt inne und ich atmete durch.

»Oder doch nicht?«

Eine erneute Kitzelattacke brach über mich hinein. Ich hielt seine Arme fest und legte mich auf ihn.

Er hörte auf mich zu kitzeln und strich mit seinen Händen an meinen Seiten entlang. Wortlos blickten wir uns an.

»Es ist schön, hier bei dir zu sein.«

»Es ist schön, dass du hier bist«, flüsterte er und küsste mich.

Wir lagen noch ewig einfach nur eng aneinander gekuschelt auf der Couch und erzählten uns Geschichten, ehe ich auf die Uhr sah und feststellte, dass ich längt zu Hause sein müsste. Nur ungern setzte ich mich auf.

»Musst du los?«, fragte er.

»Schon vor einer Stunde«, gestand ich.

»Warum hast du nichts gesagt?«

Ich zuckte mit den Schultern. »Weil mir diese eine Stunde mit dir eine Woche Hausarrest wert ist«, sagte ich und grinste.

Ich ging in den Flur und nahm meine Jacke. »Sehen wir uns Montag?«

»Vielleicht tauscht ja ein Kollege die Pausenaufsicht.«

»Und wenn nicht?«

»Kein Lehrer schlägt so ein Angebot aus«, lachte er. »Bis dann.«

Er küsste mich noch einmal, bevor ich beschwingt die Treppen hinuntertanzte. Ich konnte es nicht glauben. Dominik und ich hatten uns geküsst. Wir hatten uns wirklich geküsst! Und als wäre dieser Kuss an sich nicht schon wunderschön gewesen, fühlte ich mich nicht nur wie ein Mädchen, das geküsst wurde, sondern wie ein Mädchen, dass es wert war, seinen Job dafür zu riskieren. Oh Mann, wir hatten uns wirklich geküsst. Wenn jemand davon erfuhr, konnte er entlassen werden! Und nachdem er eine Nacht darüber geschlafen hätte, würde auch ihm das klar werden. Mein Tänzeln verwandelte sich in schwermütige Schritte. So fühlte sich also der Aufprall nach dem Absturz von Wolke sieben an. Ich wischte die trüben Gedanken an die Realität beiseite. Unser erster Kuss war fantastisch gewesen und wenn wir uns ein zweites Mal küssen würden, dann wäre bewiesen, dass es nicht nur ein schwacher Moment, sondern Liebe war!

»Huhu«, begrüßte ich Lilly am frühen Montagmorgen. »Alles klar bei dir?«

Sie schaute mich misstrauisch an.

»Erde an Lilly«, rief ich und fuchtelte mit meiner Hand vor ihren Augen herum.

»Wer bist und was hast du mit meiner miesepetrigen Freundin gemacht?«, fragte sie.

Ich hopste von der Tischtennisplatte. »Vielleicht wurde ich ja von Aliens entführt.«

»Jetzt mal im Ernst«, sagte sie. »Was war los mit dir? Wochenlang redest du mit keinem ein Wort, hast nie Zeit und hockst selbst hier die ganze Zeit nur alleine herum. Und plötzlich strahlst du wie ein Atomkraftwerk!« Ihr Blick wanderte zu meinem

Bauch. »Du bist doch nicht etwa schwanger, oder?«, flüsterte sie aufgeregt.

»Quatsch«, erwiderte ich. »Ich bin einfach gut drauf.«

Wir gingen zu unserem Klassenraum.

»Haben sich deine Eltern vertragen?«

Ich schüttelte den Kopf.

»Oder vielleicht ganz getrennt? Klingt jetzt hart, aber bei meinen Eltern war es das Beste, was sie tun konnten. Sie kommen jetzt viel besser miteinander klar.«

»Es ist nichts passiert«, sagte ich und grinste in mich hinein.

»Jetzt hab ich's! Du hast jemanden kennengelernt!«

»Nein«, sagte ich einen Hauch zu schnell. »Ich saß den ganzen Tag nur zu Hause. Da lernt man niemanden kennen.«

»Vielleicht im Internet?«, spekulierte sie.

Ich lachte. »Etwa in einer Singlebörse?«

»Kann doch sein.« Sie zuckte mit den Schultern. Dann legte sie den Arm um mich. »Ist aber auch egal. Hauptsache es geht dir wieder gut.«

Auf dem Flur hielt ich unauffällig nach Dominik Ausschau. Seine erste Stunde hatte er auf dem gleichen Gang wie wir. Vor unserer Klasse blieb ich stehen.

»Hast du dir dein Trauergesicht endlich abgewaschen?« Sam war sauer, weil ich ihr nicht erzählte, was mit mir los war.

»Es gibt jemanden Neues in Ginas Leben«, flüsterte Lilly ihr zu.

»Wen denn?«, fragte Sam. »Kenne ich ihn? Wo habt ihr euch kennengelernt?«

Olli hatte unser Gespräch mitbekommen und sah zu uns herüber.

»Ich habe überhaupt niemanden kennengelernt!«

Zwischen Sam und Lilly hindurch sah ich, wie Dominik zum schräg gegenüberliegenden Klassenraum ging und die Tür aufschloss. Er öffnete sie und ließ die Schüler vorangehen. Unauffällig sah er zu mir herüber.

»Wenn du mich fragst, ist Gina bis über beide Ohren verliebt«, sagte Lilly und ging in die Klasse, als Dobby aufgeschlossen hatte.

»Dann hat sich das mit dem Behrens bei dir ja zum Glück auch erledigt«, raunte Sam mir ins Ohr.

»Auch?«, fragte ich. »Davon abgesehen, dass bei mir nie etwas war.«

Sam deutete zu Lilly, die an Kais Tisch stand.

»Dann bis später«, hörte ich sie sagen und freute mich.

»Gina, wischt du bitte die Tafel, bevor du in die Pause gehst?«, sagte Dominik nach der Englischstunde.

»Wieso denn ich schon wieder?«, motzte ich. »Ich hätte gerne auch mal eine vollständige Pause.«

»Machst du es bitte?«

»Der hat dich ja immer noch auf dem Kieker«, flüsterte Lilly mir zu.

»Ätzend«, flüsterte ich zurück.

»Ich warte unten auf dich«, sagte sie und folgte Kai und den anderen.

Ich ging nach vorne und nahm den Schwamm. Als ich zum Waschbecken ging, linste ich durch den Türspalt. Es war niemand auf dem Flur. Schnell schloss ich die Tür. Wir waren das erste Mal seit Freitag alleine und dazu auch noch in der Schule. Die Endorphine rauschten durch meine Blutbahnen, während ich auf Dominik zuging.

Ich legte den Schwamm beiseite, setzte mich auf seinen Schoß und legte meine Arme um seinen Nacken.

»Solltest du nicht die Tafel wischen?«, fragte er.

»Als wenn du mich deshalb hierbehalten hast.«

»Erwischt«, flüsterte er mir ins Ohr. Seine Lippen streiften mein Ohrläppchen und die kurzen Bartstoppeln kratzten über meine Wange, ehe sich unsere Lippen berührten. Er strich meine Haare zurück. »Kommst du nach der AG mit zu mir?«

»Und was ist mit unseren Klausuren?«

»Die können auch einen Tag länger liegen.«

»Das gibt aber Abzüge in Ihrem Arbeitsverhalten, Herr Lehrer«, neckte ich ihn und wollte ihn küssen, als es plötzlich an der Tür ruckelte.

Überstürzt rutschte ich von seinem Schoß und griff nach dem Schwamm.

Erneut ruckelte es.

Ich sah zum Fenster und atmete erleichtert aus. Es war nur der Wind.

Dominik grinste. »Hast du dich etwa erschreckt?«

»Als wenn du dich nicht erschreckt hättest!«, hielt ich dagegen. »Du bist immer noch ganz blass.«

»Ich glaube, wir verschieben solche Dinge besser auf nach der Schule.«

»Oder auf die Ferien! Wir können irgendwohin fahren. *Last Minute* gibt es bestimmt etwas Günstiges.«

»Das mit dem Urlaub wird leider nichts.«

»Aber es sind doch Ferien!«

»Ihr habt Ferien. Ich muss einen ganzen Stapel Klausuren korrigieren, Unterricht vorbereiten und noch ein paar Dinge für das Konzert organisieren.«

Enttäuscht wischte ich die Kreide von der Tafel. »Und das kannst du nicht vom Hotel aus?«

»Sei nicht traurig. Wir holen das nach«, versprach er. »Ich muss meine Note aufpolieren. Es besteht eh jedes Halbjahr die Gefahr, dass ich ans Ende der Welt versetzt werde, da will ich denen nicht auch noch einen Grund geben, das zu tun.«

»Das verstehe ich ja auch. Ich bin trotzdem traurig, dass es nicht klappt.« Ich legte den Schwamm beiseite und wusch mir die Hände.

»Ich wäre enttäuscht, wenn du es nicht wärst«, sagte er. »Lass uns nachher etwas Schönes für den Sommer heraussuchen.«

»Ehrlich? Für den Sommer?«, strahlte ich.

»Ja, wieso?«

»Nur so«, sagte ich und freute mich.

»Ich rufe dich nachher von zu Hause aus an, ja?« Ich stand auf dem Toilettengang im *Dali* und telefonierte mit Dominik. »Ich weiß aber nicht, wie spät es wird«, setzte ich hinzu.

»Mach dir keinen Stress«, beruhigte er mich. »Ich habe eh noch zu tun.«

»Ich vermisse dich«, sagte ich leise.

»Ich vermisse dich auch, aber wenn wir uns zu oft sehen, fällt das irgendwann auf.«

»Du hast ja recht«, seufzte ich. »Bis dann.« Ich legte auf. Ich atmete noch einmal tief durch und ging dann wieder zu den anderen.

»Na, hast du Mami noch einen Gute-Nacht-Kuss gegeben?«, flachste Kai.

»So in der Art. Ich darf noch länger bleiben«, sagte ich.

»Das wäre die Höhe gewesen! Sonst lassen sie dich kaum aus dem Haus und wenn, musst du schon so früh gehen.« Verständnislos schüttelte Lilly den Kopf.

Ich hatte mir sowohl für meine Freunde als auch für meine Eltern eine Ausrede einfallen lassen müssen, damit sie nicht erfuhren, mit wem ich in Wirklichkeit meine Zeit verbrachte. Meinen Freunden hatte ich erzählt, dass meine Eltern plötzlich viel strenger geworden waren und mich nur selten ausgehen ließen. Meine Eltern hingegen glaubten, dass ich wieder mit Olli zusammen war und mich deshalb kaum zu Hause blicken ließ. Bisher hatte niemand Verdacht geschöpft, aber Dominik und ich wussten, dass wir uns besser früher als später etwas einfallen lassen mussten, damit uns niemand auf die Schliche kam.

Das größte Problem dabei war Olli. Seit Lilly und Sam davon überzeugt waren, dass ich einen neuen Freund hatte, beobachtete er mich auf Schritt und Tritt. Ich konnte gar nicht anders, als alle paar Tage meine Passwörter zu ändern, aus Angst, er könnte auch nur eine Nachricht von Dominik lesen, bevor ich sie löschte.

»Möchtest du noch etwas?«, fragte Kai Lilly und deutete auf ihr leeres Glas.

»Gern«, lächelte sie.

»Was denn?«

Sie beugte sich über den Tisch und sah Kai tief in die Augen. Ein keckes Lächeln lag ihr auf den Lippen. »*Sex on the Beach*.«

»Und was möchtest du trinken?«, entgegnete er provokant.

Die beiden warfen sich einen vielsagenden Blick zu. Dann ging Kai an die Bar.

»Was war denn das?«, fragte ich Lilly.

Sie mimte die Ahnungslose. »Was denn?«

»Das weißt du ganz genau!«

»Ach, das mit Kai meinst du?« Sie tat es mit einer raschen Handbewegung ab. »Nur ein kleiner Flirt.«

Ich zog eine Augenbraue hoch. »Bestimmt«, sagte ich. »Los, raus mit der Sprache: Was geht da bei euch?«

»Noch gar nichts«, bremste sie mich, gab sich jedoch optimistisch. »Aber was nicht ist, kann ja noch werden.«

Wenn Lilly so dachte, dann war sie mit Sicherheit über Dominik hinweg. Das wiederum bedeutete, dass ich sie nicht hinterging, sondern ihr nur etwas verheimlichte. Und auch wenn es die Sache an sich nicht besser machte, beruhigte es mein Gewissen ungemein.

# Sechzehntes Kapitel

»Fangen?«

»*To catch, caught, caught*«, antwortete ich und bekam von Dominik als Belohnung ein Gummibärchen.

»Sprechen?«

»*To speak* …« Ich zögerte einen Moment. »… *spoke, spoken*?«

»Richtig.«

Dominik und ich picknickten in dem Park eines gut hundert Kilometer entfernten Dorfes. Nachdem ich ein paar Stationen mit dem Zug gefahren war, hatte Dominik mich am Bahnhof abgeholt und uns hierher gebracht. Nun lag ich in seinen Armen, genoss die Aprilsonne und ließ die unregelmäßigen Verben über mich ergehen.

»Gehen?«

»*To go, went, gone.*«

»Schwimmen?«

»Meinst du nicht, dass ich für heute genug gelernt habe?«

»Ehrlich gesagt nicht«, antwortete er ungerührt. »Also?«

»Ich denke schon«, widersprach ich. Ich nahm ihm das Buch aus der Hand, packte es beiseite und legte mich bäuchlings auf ihn drauf. »Können wir den Tag nicht wie ein ganz normales, frischverliebtes Paar genießen? Das bisschen Zeit, das wir allein miteinander verbringen können, müssen wir doch nicht auch noch mit Lernen verschwenden!« Ich kuschelte mich an ihn und er schloss seine Arme um mich. »Ständig korrigierst du Klausuren und bereitest Unterricht vor. Du kannst doch nicht den ganzen Tag nur arbeiten!«

»Wenn ich an deine Englischnote denke, dann dürftest du nichts anderes tun, als zu lernen«, hielt er mir vor.

Enttäuscht ließ ich den Kopf sinken. »Du klingst wie meine Eltern«, grummelte ich. »Die interessieren sich auch nur für meine Zensuren und nicht für mich.«

»Ach Gina«, sagte er und strich mir durchs Haar. »Glaubst du wirklich, dass ich nur mit dir zusammen bin, um deine Englischnote zu retten?«

»So fühlt es sich manchmal an.« Ich warf ihm einen verärgerten Blick zu.

Er löste die Umarmung und zeichnete meine harten Gesichtszüge weich. »Das ist Quatsch und das weißt du auch. Ich bin mir dir zusammen, weil du mir das Gefühl gibst, dass nichts unmöglich ist.« Er nahm eine meiner Strähnen und wickelte sie um seinen Finger. »Ich meine, es ist verrückt, was wir hier tun. Und doch fühlt es sich so an, als wäre es ganz natürlich.«

Glücklich schmiegte ich mich an ihn.

Wer brauchte schon ein schwülstiges *Ich liebe Dich*, wenn man stattdessen so etwas Schönes hören konnte?

»Hast du an Walpurgis schon etwas geplant?«, warf er plötzlich ein.

Ich überlegte kurz. »Nichts Konkretes. Vermutlich sehen wir uns wieder das Hexenspektakel im Wald an, Kai und Olli werden wie üblich zu viel trinken und dann eskalieren. Warum?«

»Ich habe einen Auftritt in meiner Heimatstadt«, antwortete er. Zögerlich, beinahe schüchtern fuhr er fort: »Ich wollte dich fragen, ob du vielleicht Lust hast, mitzukommen.«

»Du fragst mich, ob ich mitkomme?«

»Es war nur so eine Idee. Wenn du nicht willst, dann musst du nicht.«

»Was ist das für eine Frage? Natürlich will ich mitkommen!«

Er schien verunsichert. »Ernsthaft?«, vergewisserte er sich. Mit so einer klaren Antwort hatte er wohl nicht gerechnet.

»Na sicher«, rief ich und küsste ihn überschwänglich. »Wer will nicht einem Rockstar zujubeln und hinterher mit aufs Hotelzimmer genommen werden?«.

»Du wirst mit meinem Kinderzimmer Vorlieb nehmen müssen.« Damit bremste er meine Euphorie wie der Asphalt einen Bungeejumper.

Ich schluckte. »Heißt das, ich werde deine Eltern kennenlernen?«

Er wartete noch einen Moment, ehe er mich erlöste. »Keine Sorge, sie sind das Wochenende über verreist.«

»Du Blödmann«, rief ich und stürzte ich mich auf ihn.

»Du hättest deinen Blick sehen müssen!«

»Ich kann dich ja gerne meinen Eltern vorstellen.«

»Das lassen wir besser«, sagte er. »Oder hast du jetzt schon genug von mir?«

»Ich werde niemals genug von dir haben«, sagte ich.

Er sah mich prüfend an. »Sicher?«

Ich nickte. »Niemalsnie«, sagte ich.

»Na dann«, sagte er und griff nach dem Englischbuch. »Schwimmen?«

»Ist das dein Ernst?«

»Du sagtest niemalsnie.«

Ich gab mich geschlagen und ließ die weiteren Lerneinheiten über mich ergehen. »*To swim, swam, swum.*«

Es war Samstagmorgen und scheinbar kamen ausgerechnet heute alle aus dem Osterurlaub zurück. Dominik und ich vertrieben uns die Zeit, indem wir uns alte CDs, die irgendwo in seinem Auto herumflogen, anhörten und durchsangen. Seit knapp einer Stunde kamen wir nur mühsam voran. Davon ließen wir uns jedoch nicht entmutigen. Bis zum Beginn des Konzertes war noch genug Zeit.

Nichtsdestotrotz: Je näher wir unserem Ziel kamen, desto unruhiger wurde ich. Wie seine Freunde wohl reagieren würden, wenn sie erfuhren, dass Dominik mit einer seiner Schülerinnen zusammen war? Vielleicht würde er mich einfach nur als seine Freundin vorstellen ohne unser Verhältnis zueinander zu erwähnen. Dennoch lag zwischen uns ein Altersunterschied von neun Jahren. Aber was waren heutzutage schon neun Jahre? Außerdem konnte man mich locker für Anfang zwanzig halten. Wenn ich mein Abitur bereits in der Tasche hätte und wir uns nach der Schule kennengelernt hätten, wäre kaum etwas an unserer Beziehung auszusetzen. *Es wird schon werden*, beruhigte ich mich, und wenn nicht, so war es auch nicht sonderlich schlimm. Immerhin lebten sie zweihundert Kilometer weit weg.

Wir betraten das Gelände, auf dem das Konzert in einer knappen Stunde beginnen würde. Viele Leute hatten sich schon eingefunden, um die vorigen Bands spielen zu hören. Wir schlängelten uns durch die Grüppchen hindurch.

»Wir wollten uns an der Bierbude neben der Bühne treffen«, sagte Dominik und schlug diese Richtung ein.

Schon von weitem erkannte ein Mann Dominik und winkte ihm zu. Dominik grüßte zurück. Neben ihm standen drei weitere Männer und zwei Frauen.

Es erschien mir kindisch, nervös zu sein, wenn man eine Band traf, die außerhalb dieses Ortes nahezu niemand kannte. Vielleicht war ich auch aufgeregt, weil ich Freunden von Dominik begegnete. Neben all seinen Bekannten aus der Schule handelte es sich hierbei um normale Menschen und nicht um Lehrer.

»Da seid ihr ja endlich«, sagte der Winker.

»Wir standen im Stau«, entgegnete er und sagte dann den Anderen Hallo.

»Darf ich vorstellen? Das sind Marc, unser Gitarrist, Martin, seines Zeichens Bassist, seine Freundin Nina, Christoph, unser Drummer, Alex, der Leadsänger unserer Band …«

Nacheinander reichte ich ihnen die Hand.

»… und seine Freundin Anna.«

»Verlobte«, korrigierte diese mit einem Lächeln und zeigte uns ihren Ring.

»Herzlichen Glückwunsch«, sagte Dominik und auch ich gratulierte den beiden.

Dann streckte er den Arm nach mir aus und zog mich zu sich heran. »Und das ist Gina«, verkündete er und ich glaubte, einen gewissen Stolz in seiner Stimme zu hören.

»Schön dich kennenzulernen«, sagte Marc, während die anderen nickten. »Hast aus ihm ja einen richtigen Mann gemacht, was?«

Unauffällig verglich ich Dominik mit seinen Freunden und musste feststellen, dass er wirklich um einiges reifer wirkte, als noch zu Beginn seines Referendariats. Reifer … erwachsener … attraktiver.

»Hätte ich gewusst, dass an den Unis so hübsche Mädchen herumlaufen, dann hätte ich auch studiert«, grinste er.

Er hatte seinen Freunden also erzählt, dass ich studierte ohne es mit mir abzusprechen. Dominik tat meinen verärgerten Blick mit einer beruhigenden Geste ab. Dann fragte er in die Runde, wer was trinken möchte und bestellte anschließend das Gewünschte.

Schule oder Studium – bis auf das Alter, Semester statt Halbjahre, Hörsäle statt Klassenräume und Professoren statt Lehrer konnte es ja nicht so viele Unterschiede geben. Und wer von den Leuten hier würde mich schon über mein Studium ausfragen?

»Und, wie läuft dein Studium? Domme hat erzählt, dass du Biochemie studierst?«, riss mich Marc aus meinen Gedanken.

»Ach, hat er das?« Ich warf ihm einen finsteren Blick zu, den die anderen nicht bemerkten.

Er zuckte entschuldigend mit den Schultern.

Zögerlich wandte ich mich wieder Marc zu. »Es läuft ganz gut«, sagte ich und nestelte an meinem Plastikbecher herum.

»Und in welchem Semester bist du jetzt?«

»Im dritten«, antwortete ich wie aus der Pistole geschossen.

»Dann hast du ja zum Sommersemester angefangen. Recht ungewöhnlich, oder?«

Ich schluckte. Der hilfesuchende Blick erreichte Dominik nicht, der gerade selbst ein Gespräch begonnen hatte. Also musste ich da allein durch. »Es hat sich so ergeben«, war meine ausweichende

Antwort. Ich betete inständig, dass er nicht auf mein Studienfach zurückkam. Ich wäre verloren!

»Aber ist das nicht unheimlich kompliziert?«, frage Anna. »Ich meine, da fließt doch auch Mathe mit rein, oder?«

»Wahnsinnig kompliziert«, bestätigte ich. »Das kann man ohne Fremdwörter kaum erklären. Aber ich will euch ja nicht langweilen.«

»Also ich finde das interessant. Wo arbeitest du dann später?«

Gute Frage. Was machten Biochemiker überhaupt? »Im Labor«, antwortete ich und hoffte, dass sie endlich Ruhe geben würden.

»Tut mir leid, dass ich euch unterbrechen muss, aber wir müssen uns langsam fertig machen.« Alex wusste mit Sicherheit nicht, wie dankbar ich ihm war.

»Viel Spaß«, sagte Dominik und gab mir einen Kuss.

Zugegeben, ich hätte es um einiges spannender gefunden, wenn ich mit ihm hinter die Bühne gedurft hätte. Aber man konnte nicht alles haben. Immerhin war ich hier und konnte zusehen, wie er die Bühne rockte. Das war zehntausendmal besser als Ollis langweilige Fußballspiele.

Nach dem Auftritt dauerte es nicht lange, bis Dominik, gefolgt von den anderen Mitgliedern der Band, aus der Dunkelheit auftauchte.

»Das war echt klasse«, lobte ich sie. Anna und Nina stimmten mir zu.

Die Jungs bedankten sich und bestellten eine Runde Bier.

Glücklicherweise wollte niemand mehr etwas über mein vermeintliches Studienfach wissen. Und so verfolgte ich still die Plauderei von Freunden, die sich eine gefühlte Ewigkeit nicht mehr gesehen hatten.

»Du wirst Vater? Reife Leistung!«, nickte mein Freund Martin anerkennend zu.

»Davon hast du ja noch gar nichts erzählt!« Die anderen schienen genauso überrascht wie erfreut. Sie sprachen über Familienplanung, über die Schul- und Studienzeit ebenso wie über die Arbeitswelt. Ich nippte an meiner Cola, sah ab und zu auf mein Handy und zwang mich dazu, eine ganze Reihe von Gähnkrämpfen mühsam zu unterdrücken. Wer konnte ahnen, dass das Leben mit Ende zwanzig bereits so öde sein würde?

»Was hast du dir bloß dabei gedacht, mich zu einer Biochemiestudentin zu machen ohne mir auch nur ein Wort davon zu sagen?«

Nachdem ich mir bis ein Uhr die Beine in den Bauch gestanden und erfolglos gegen die Langeweile angekämpft hatte, begann es plötzlich zu nieseln. Die Runde löste sich schnell auf und so machten auch wir uns auf den Weg.

»Biochemie ist eins der wenigen Themen, über das niemand freiwillig etwas hören will«, erklärte er, während wir die Straße entlang gingen.

»Mir scheint es, als würde sich die ganze Welt dafür interessieren!«

»Du hättest ja sagen können, dass du ihnen nicht den Abend verderben willst.«

Der Regen wurde stärker. Schnellen Schrittes bogen wir in die Straße ein, in der er früher gewohnt hatte.

»Ich habe es versucht! Aber im Gegensatz zu euren Themen ist Biochemie nahezu aufregend.«

»Läster du nur. Irgendwann bist du auch so alt«, prophezeite er mir.

Die letzten Meter rannten wir. Dominik schloss eilig die Tür auf und ließ erst mich eintreten, um sie dann hinter sich zu schließen. Er nahm mir die Jacke ab, während ich meine klitschnassen Chucks auszog. Neugierig sah ich mich um. Überall im Flur hingen Fotos von Dominiks Familie. »Ist das deine Schwester?«, fragte ich, als er aus dem Gästebad kam.

»Mit ihrem Mann und meinem Neffen.« Er reichte mir ein Handtuch.

»Das ist dein Neffe? Der ist doch mindestens zwanzig«, sagte ich.

»Er müsste so alt wie du sein«, sagte er. »Meine Schwester ist über zehn Jahre älter als ich.«

Zum Wohnzimmer hin hingen immer ältere Fotos, auf denen er dennoch aussah wie zu Beginn des Schuljahres.

Ich strubbelte meine Haare trocken. »Zeigst du mir dein Zimmer?«

Er ging die Treppe hoch und ich folgte ihm. Gespannt linste ich durch die Tür. Es war nicht viel größer als mein eigenes. Poster mit Rockbands aus den 80ern und 90ern zierten seine Wände und in der Ecke stand eine abgegriffene Gitarre. Ich ging zu seinem CD-Regal, das nur noch grob bestückt war.

»Gar keine Disney-Soundtracks?«

»Du glaubst doch nicht, dass man sich als Junge dazu bekennen kann, Disneyfilme zu mögen ohne mit dem Kopf im Klo zu landen.«

»Da ist etwas Wahres dran.« Ich ging zu seinem CD-Player und schaltete ihn ein. Sanfte Gitarrenklänge untermalten Bryan Adams rauchige Stimme. »Wen hast du denn damit verführt?«

Er stand dicht hinter mir und legte seine Arme um mich. »Viel wichtiger ist doch, wen ich damit verführen werde«, hauchte er in mein Ohr. Er drehte mich zu sich herum. Seine Lippen wanderten meinen Hals hinauf und fanden ihren Weg zu den meinen. Er drückt mich an sich. Der klamme Stoff auf meiner Haut machte mir eine Gänsehaut. Ich zog mein Shirt über den Kopf und er tat es mir gleich. Im Takt der Musik bewegten wir uns zum Bett. Er ließ sich darauf sinken und zog mich auf sich. Seine Hände streichelten meine Taille, während wir uns küssten. Zärtlich strich er über meine Brüste, durch mein Haar, über meinen Rücken. Seine Hände und Lippen waren überall, streichelten und liebkosten mich. Sie erweckten ein Verlangen in mir, das seine Berührungen und seine Küsse nicht zu stillen vermochten.

Einzig unsere Haut hielt uns davon ab, eins zu sein. Die Aufregung ließ mich schwerer atmen. Doch seine Wärme gab mir das beruhigende Gefühl von Geborgenheit. Fragend schaute er mich an. Ich zog ihn zu mir und küsste seine Bedenken hinfort. Eine Welle voller neuer Eindrücke spülte alle Einwände sofort hinweg. Alles um uns herum versank in Bedeutungslosigkeit. Seinen Duft einzuatmen, seine Lippen zu schmecken, ihn so nah zu spüren – das war das Einzige, was in dieser Nacht zählte.

Am nächsten Morgen traten wir den Heimweg an, noch ehe Dominiks Eltern wieder zu Hause waren. Dadurch blieb uns etwas mehr Zeit zusammen, bevor der Schulalltag uns wieder zu Lehrer und Schülerin zwingen würde.

Schon seit dem ersten Ferientag stellte sich mir die Frage, wie wir jemals wieder so miteinander umgehen könnten, wie es sich in unserer eigentlichen Beziehung gehörte. Davor hatte ich die Frage aufgeschoben. Ich hatte sie bewusst in die hinterste Ecke meines Bewusstseins verdrängt.

»Wie soll das ab morgen mit uns weitergehen?«, fragte ich.

Er sah mich kurz an, blickte aber sogleich wieder aus der Frontscheibe. »So wie vor den Ferien«, antwortete er abgeklärt. »Keine Anrufe, keine E-Mails, keine Nachrichten. Nichts, was auf mehr als ein intaktes Lehrer-Schüler-Verhältnis schließen lässt.«

Ich drehte meinen Kopf nach rechts und richtete meinen Blick auf die vorbeiziehende Landschaft, um die leise nagende Enttäuschung zu verbergen. Er hatte recht, natürlich hatte er recht – und doch brachte mich allein der Gedanke an unzählige Wochen ohne seine Nähe fast um den Verstand.

Ich spürte seine Hand auf meinem Knie. Zärtlich streichelte er über die Innenseite meines Oberschenkels. »Es dauert nicht mehr lange bis zu den Sommerferien«, versuchte er mich aufzumuntern. »Dann können wir uns wieder so nah sein, wie wir wollen.«

»Und danach geht das Versteckspiel von vorne los«, seufzte ich desillusioniert.

»Bis zu deinem Abi sind es nur noch zwei Jahre. Danach steht wirklich nichts mehr zwischen uns. Zwei Jahre vergehen wie im Flug.«

»Zwei Jahre sind vierundzwanzig Monate, einhundertvier Wochen oder meinetwegen auch …« Ich versuchte es umzurechnen, gab jedoch schnell wieder auf. »Wer weiß, was in der Zeit alles passiert!«

Still starrte er auf die Rücklichter des blauen Opels vor uns.

»Was ist denn so schlimm daran, dass wir uns lieben? Wir tun doch keinem damit weh!«

»Dieses Gesetz hat seinen Grund, Gina.« Dominiks Stimme klang unerwartet hart. »Es gibt genug Lehrer und auch Schüler, die solch eine Abhängigkeit ausnutzen würden.«

»Aber wir …«

»Es gibt nichts zu diskutieren«, unterband er jeden Protest. »Wir legen unsere Beziehung bis zu den Sommerferien auf Eis!«

# Siebzehntes Kapitel

Doch so einfach, wie er dachte, war es weder für mich noch für ihn. Drei Wochen voll von sehnsüchtigen Blicken und stummen Liebesbotschaften hatte es gedauert, ehe er mich bei einer unserer sittsamen Nachhilfestunden unverhofft küsste. Vergeblich hatten wir versucht uns einzureden, dass dieser Kuss nur ein Ausrutscher war, und so blieb ich das Wochenende bei ihm.

Master Will weckte mich, indem er mit seinem beachtlich gewordenen Gewicht auf mich sprang. Ich drehte mich um und kuschelte mich an Dominik. Doch der Kater ließ nicht locker, schmiegte sich an mich und kitzelte mit seinem Schwanz durch mein Gesicht. »Du kriegst später Futter«, nuschelte ich schlaftrunken und drehte mich zurück.

»Miau.« Schnell tapste er um mich herum und legte mir seine Pfote auf die Stirn.

Ich blinzelte ihn an und streichelte ihm übers Fell.

»Warum macht er denn so einen Lärm?«, grummelte Dominik in sein Kissen hinein.

»Will hat Hunger«, sagte ich.

»Aber das Futter kriegt er doch immer erst um sieben.« Dösig tastete er nach dem Wecker und saß plötzlich aufrecht im Bett. »Gina, steh auf. Wir haben verschlafen!«

»Der Wecker hat noch gar nicht geklingelt.«

»Das wird er auch nicht mehr tun. Es ist halb acht.«

»Halb acht?« Hellwach sprang ich aus dem Bett. Ich schlüpfte in meine Jeans, zog mir mein T-Shirt über den Kopf und hastete ins Bad, aus dem Dominik mir entgegenkam. Schnell wusch ich mir den Schlaf aus den Augen, ehe ich mit der Bürste ein paar Mal schwungvoll durch mein Haar kämmte und mir auf dem Weg ins Schlafzimmer einen Pferdeschwanz band.

»Warum muss ich auch ausgerechnet heute die beiden Vertretungsstunden bei euch haben?«, fluchte er.

Im Stehen versuchte er sich seine Socken anzuziehen, verlor das Gleichgewicht und strauchelte. Im letzten Augenblick setzte er seinen Fuß ab und fand die Balance wieder.

Nur mühsam unterdrückte ich ein Lachen.

Natürlich bemerkte er es. »Was gibt es denn da zu lachen?«

»Es sieht einfach zu komisch aus, wie du wie ein kleiner Rohrspatz meckernd auf einem Bein durch den Raum hüpfst«, lachte ich.

Er atmete lautstark aus. »Das ist nicht witzig«, regte er sich auf. »Wir sind im Begriff aufzufliegen und du lachst dich tot!«

»Wenn du nicht die ganze Zeit rummotzen würdest, wärst du schon längst in der Schule«, sagte ich. »Es ist zwanzig vor. Wenn du dich beeilst, kommst du noch fast pünktlich.«

»Und was ist mit dir?«

»Ich gehe zu Fuß und werde mit einer vornehmen Verspätung nachkommen«, erklärte ich ihm ruhig. »Und nach der Schule können wir dann …«

»Nein«, sagte er und warf sich seine beige Cordjacke über. »Nicht nach der Schule.«

»Dann eben …«

»Nein«, wiederholte er und hielt inne. Er sah mich lange an und überlegte, ob er das, was ihm auf dem Herzen lag, wirklich aussprechen sollte.

»Nein?«, fragte ich.

Sein Blick wurde ernst. Er setzte sich aufs Bett und bedeutete mir, mich zu ihm zu setzen. Dann nahm er meine Hand. »Wir können uns nicht mehr sehen, Gina.«

»Unter der Woche?«, fragte ich und wusste insgeheim bereits, dass er das nicht meinte.

Er schüttelte den Kopf.

»Nur weil wir einmal verschlafen haben? Ich kann zu Hause schlafen. Wir müssen uns nicht hier treffen. Wir können …«

Er legte mir seinen Finger auf die Lippen. Dann stand er auf. Unschlüssig ging er auf und ab. Er blieb stehen, wollte etwas sagen, tat es jedoch nicht und ging weiter.

»War es das jetzt?«, fragte ich. »Du machst einfach so mit mir Schluss?«

»Glaub mir, das fällt mir alles andere als leicht. Aber ich kann meinen Job nicht so leichtfertig riskieren. Ich habe nicht fünf Jahre studiert, um in meinem Referendariat ein Disziplinarverfahren zu bekommen und entlassen zu werden.«

»Aber es ist doch gar nichts passiert. Wir werden einfach vorsichtiger sein und …«

»Es tut mir leid«, sagte er und kam auf mich zu. »Das tut es wirklich.« Er küsste mich auf die Stirn und ich spürte, dass er es ernst meinte. Dann nahm er seine Sachen und ging.

Ich atmete tief durch. Dann klopfte ich an die Tür und betrat das Klassenzimmer.

»Du bist zu spät«, sagte Dominik.

»Verschlafen«, murmelte ich und ging den Blick auf den Boden gerichtet schnurstracks zu meinem Platz.

»Eine vornehme Verspätung von fünfzig Minuten«, hörte ich ihn sagen, als er mich ins Klassenbuch eintrug.

Ich ließ mich auf meinen Stuhl fallen und verbarg mein fahles Gesicht in meiner aufgestützten Hand.

Es war mir von vornherein klar gewesen, dass es irgendwann enden würde, weil er vernünftig wurde. Und doch riss es mir den Boden unter den Füßen weg.

»Was ist denn mit dir passiert?« Lillys Blick war besorgt und gleichzeitig forschend.

»Alles in Ordnung.«

»So siehst du aus«, kommentierte Sam.

»Stress zu Hause«, sagte ich schnell, bevor sie anfingen mich zu löchern. »Und nein, ich will nicht darüber reden.«

Lilly stockte und klappte ihren Mund zu, aus dem anscheinend eben noch ein ganzer Schwall von Fragen oder vermeintlich guten Ratschlägen kommen wollte.

»Vielleicht muntert dich deine Englischarbeit auf«, sagte Sam.

Ich warf ihr nur einen kurzen verständnislosen Blick zu und senkte gleich wieder meinen Kopf, während sie mir mein Heft zuschob, das ich unbeachtet liegen ließ.

Lilly schlug es bis zur letzten, beschriebenen Seite auf. »Nun freu dich doch endlich über deine Zwei!«

»Oh toll, eine Zwei.« Meine zugegeben sehr verhaltene Freude schien die beiden nicht zu überzeugen.

»So schlimm?«, fragte Lilly mitleidig und streichelte über meine Schulter.

»Wie wäre es, wenn sich die Damen in der ersten Reihe auch dazu bequemen würden, dem Unterricht zu folgen?«, fragte Dominik spitz.

Ich sah auf, traf seinen Blick, schaute direkt in seine Augen. Für einige Sekunden hörte die Welt auf, sich zu drehen.

Er wandte sich zur Tafel um und fuhr mit dem Unterricht fort – penibel darauf bedacht, dass sich sein Blick nicht noch einmal in meine Richtung verirrte.

Ich wusste nicht, wie ich den Englischunterricht hinter mich gebracht hatte. Ich wusste auch nicht, wie ich die weiteren Stunden noch schaffen sollte – ganz zu schweigen von den Wochen bis zu den Sommerferien.

Ich drehte den Wasserhahn auf und ließ das kalte Nass in meine Hände laufen, das ich mir gleich darauf ins Gesicht klatschte. Ich stützte mich auf den Rand des Waschbeckens und sah in zwei trübe Augen, die mich aus dem Spiegel anstarrten. Ich nahm meine Tasche und verließ das Mädchenklo. Auf dem Weg in die Pausenhalle erblickte ich Sam und Lilly in einem der vollen Gänge. Sie standen mit dem Rücken zu mir und diskutierten leise, aber hektisch. Als ich meinen Namen fallen hörte, mischte ich mich unter eine andere Gruppe, die dicht bei ihnen stand, und lauschte.

»... so komisch in letzter Zeit. Ständig ist sie unterwegs und niemand weiß mit wem«, sagte Sam.

»Mir hat sie auch nichts gesagt.«

»Dauernd ruft ihre Mutter an und jedes Mal muss ich mir Lügen einfallen lassen.«

»Bei dir hat sie auch angerufen? Ich musste mir erst gestern wieder etwas ausdenken, warum sie während der Schulzeit bei mir übernachtet.«

Warum riefen meine Eltern bloß bei ihnen an? Misstrauten sie mir so sehr, dass sie mich nicht auf meinem Handy anriefen?

Die Schüler setzten sich in Bewegung, so dass ich mir ein neues Versteck suchen musste. Ich fand zwischen zwei Dreizehntklässlern ein Schlupfloch.

»Ich bin gleich wieder weg«, zischelte ich, als sie mich komisch angafften. Ich konzentrierte mich, um die beiden in dem Gewirr aus Stimmen herauszuhören.

»... Zwei in Englisch. Ich meine, Gina und eine Zwei in Englisch! Findest du das nicht seltsam?«

*Ich bin geliefert*, schoss es mir durch den Kopf. Ein lautes Lachen übertönte die ohnehin leisen Worte meiner Freundinnen.

»Er hat ihr doch Nachhilfe gegeben oder nicht?«, war das Nächste, was ich hörte. »Und geküsst hat er sie auch!«

*Sie wissen, dass ich mit Dominik zusammen bin ... zusammen war.*

»Aber warum erzählt sie uns nichts davon?«, konterte Sam.

»Vielleicht damit Olli nichts erfährt«, vermutete Lilly. »Und sie hat dir wirklich nicht gesagt, was los ist?«

Sam schüttelte bedrückt den Kopf, fing sich jedoch schnell. »Sie wird schon wissen, was sie tut. Ich werde sie jedenfalls nicht darauf ansprechen.« Sie tat es mit einer Handbewegung ab, doch ich sah ihr zu deutlich an, wie sehr es sie traf, dass ich Geheimnisse vor ihr hatte.

Das erste Klingeln nach der Pause signalisierte den Schülern, sich zu ihrem Raum zu begeben, und so setzten sich auch Lilly und Sam in Bewegung. Sie bemerkten mich nicht im Schülerstrom. Das dichte Gedränge löste sich allmählich auf. Mit dem zweiten Klingeln begann der Unterricht – ohne mich.

Sie wussten, was zwischen Dominik und mir passiert war, und würden mich nicht verraten. Doch wie sicher konnte ich mir sein? Musste ich Dominik nicht erzählen, dass es Mitwisser gab? Immerhin konnten sie ihn jederzeit ans Messer liefern.

*Du redest von deinen besten Freunden*, machte ich mir klar. Sie würden uns nicht anschwärzen und ich würde sie nicht darauf ansprechen. Vielleicht würde Gras über die Sache wachsen und irgendwann würde sich niemand mehr daran erinnern.

Ich merkte kaum, dass ich ziellos durch die Schule irrte.

Was war nur die letzten Monate passiert? Warum hatte ich alles aufs Spiel gesetzt? Ich hatte meine Eltern und meine Freunde hintergangen und eine Beziehung weggeworfen, die ich mir so lange gewünscht hatte. Alles nur für ihn. Für einen Mann, für den ich nichts weiter als eine kurze Affäre war. Mein Herz brannte, als sich dieser Gedanke in mich hinein bohrte. Ich konnte nicht glauben, dass es wirklich so sein sollte. Seine Liebe fühlte sich so echt an, seine Blicke so warm und seine Berührungen so zärtlich. Ich spürte, wie mir die Tränen in die Augen schossen, als ich an unsere gemeinsame Zeit zurückdachte, an die Nachhilfestunden, an unsere erste gemeinsame Nacht in seinem Zimmer, an ihn.

Schnell blinzelte ich die Tränen weg und verließ das Schulgebäude.

Es war gut, dass Dominik die Sache beendet hatte, bevor es wirklich Konsequenzen gab. Alles war nicht viel mehr als ein langer Traum, aus dem ich nun erwachte, um in den Alltag zurückzukehren.

Mein Herz weigerte sich vehement, meinem Kopf Glauben zu schenken. Es schrie so sehr, dass sich kleine Risse über die gesamte Oberfläche zogen. Und es tat weh. Dennoch missachtete mein

Verstand jeden Widerspruch. Er hatte die Kontrolle übernommen und lenkte mein Leben wieder in die vorgesehenen Bahnen.

Ich würde meine Eltern nicht länger anlügen oder meine Freunde vernachlässigen. Vielleicht hatte Lilly recht und Olli war nur ungeschickt, was Beziehungen anging. Ich hatte so lange um ihn gekämpft. Er musste eine zweite Chance erhalten, um mich für sich zu gewinnen. Nicht zuletzt aus dem Grund, dass ich Dominik vergessen musste.

Nahezu ein ganzer Monat war vergangen, seit Dominik sich von mir getrennt hatte. Ich hatte es geschafft, zu dem Leben zurückzukehren, das ich zuvor geführt hatte. Alles war gut, so wie es war. Ich traf mich mit der Clique, mit Lilly allein und natürlich mit ihrem Bruder. Die Ablenkung tat mir mehr als nur gut. Das Schwierigste war allerdings, zu meinen verstaubten Gefühlen für Olli zurückzufinden. Der Karton mit seinem Namen war irgendwo in einer Ecke auf dem Dachboden meines Herzens in Vergessenheit geraten. Er war wieder zu einer Art Freund geworden. Wie sollte ich mir nur beibringen, dass er mehr für mich sein musste als das?

Ganz egal, wie schwer es mir fiel, die glückliche Gina zu mimen, ich meisterte meine Rolle mit Bravour. Dominik sollte nicht denken, dass ich mich ohne ihn nicht mehr an den schönen Dingen des Lebens erfreuen konnte. Das stimmte auch gar nicht. Ich konnte mich sehr wohl an ihnen erheitern – auch wenn es nur noch sehr wenige schöne Dinge ohne ihn gab.

In den Stunden, die wir im Unterricht und in der AG miteinander verbrachten, meldete ich mich so gut wie nie. Begegneten wir uns auf dem Gang, so übersahen wir uns. Und wenn wir nicht drum herum kamen und ein Gespräch unausweichlich schien, so hielten wir es so knapp und emotionslos wie möglich.

In jeder freien Minute übte ich die Lieder für das Konzert. Eigentlich hätten mir sowohl meine Solos als auch die Lieder, die ich im Chor sang, zum Hals heraushängen müssen. Aber das Gegenteil war der Fall. Denn wenn die Melodie aus *Herkules* erklang, war dies der einzige Moment, in dem ich mir erlaubte, an Dominik zu denken.

Ich kam mit dieser Abmachung, die ich mit mir selbst getroffen hatte, gut klar. Die größte Sorge bereitete mir allerdings die anstehende Chorfahrt während des langen Pfingstwochenendes. Dominik und ich würden sie gemeinsam in einer Jugendherberge nicht weit von hier verbringen. Wir würden gemeinsam frühstücken, gemeinsam proben und, wenn mein Pechfaktor ins Unermessliche stieg, auch das Abendprogramm gemeinsam bestreiten müssen. Zu allem Überfluss würde Olli als Schlagzeuger mit von der Partie sein. Ich überlegte schon seit Tagen fieberhaft, wie ich der nahenden Katastrophe entkommen konnte. Bisher hatte ich noch keinen Ausweg gefunden.

Ich gab mir wirklich Mühe, jeden in dem Glauben zu lassen, dass mich das letzte halbe Jahr nicht verändert hatte. Doch es gab jemandem, der sich von meiner Maske nicht täuschen lassen wollte. Ich hatte am ehesten bei Sam mit Zweifeln gerechnet, aber es war Lilly, die mein Auftreten nicht überzeugte.

»Glaubst du wirklich, dass dir irgendjemand dieses Schmierentheater abkauft?«, fragte sie mich, als wir gemeinsam im Garten lagen und die Sonne genossen.

»Ich habe keine Ahnung, wovon du redest«, gab ich mich unwissend.

Abrupt setzte sie sich auf. »Jetzt tu nicht so scheinheilig! Warum willst du wieder mit meinem Bruder zusammen sein, wenn du in Wirklichkeit an einen ganz anderen denkst?«, stellte sie mich zur Rede.

»Tu ich gar nicht«, widersprach ich ohne sie anzusehen.

»Ich weiß, dass er nicht der aufmerksame Traumprinz ist, der dich jeden Tag mit Rosen überhäuft, aber er ist und bleibt mein

Bruder, und ich will verdammt noch mal nicht, dass du ihn nur benutzt, um über irgendwen hinwegzukommen!«

Mit aufgerissenen Augen sah ich sie an. Damit hatte ich nicht gerechnet. Nicht nur dass sie voll ins Schwarze getroffen hatte, sie verteidigte Olli wie eine Löwin ihr Baby.

»Ich verarsche Olli nicht. Ich bin aufrichtig bemüht, unsere Beziehung wieder …«

Lilly fiel mir ins Wort. *»Ich bin aufrichtig bemüht«*, äffte sie mich nach. »Klingt das für dich nach Liebe?«

Ich biss mir auf die Lippe. Wie sollte ich ihr nur erklären, dass dieser Weg die einzige Möglichkeit für mich war, um von Dominik loszukommen und ein stinknormales 0815-Teenagerleben zu führen?

»Du hast dir beide Beine ausgerissen, um endlich mit ihm zusammenzukommen. Dann hast du scheinbar gemerkt, dass es nicht so ist, wie du es dir vorgestellt hast. Alles gut und schön. Aber warum zum Teufel willst du jetzt wieder was mit ihm anfangen?«

Sie war wütend. Wer konnte es ihr verübeln? Sie war so in Rage, dass sie mich nicht einmal zu Wort kommen ließ.

»Die ganzen letzten Monate hattest du kaum Zeit für uns und plötzlich scheinst du nur noch dafür zu leben, etwas mit uns zu unternehmen. Ständig mussten wir für dich lügen, nur damit dich dieser Mistkerl zu einem seelischen Wrack macht!« Lillys Brust hob und senkte sich schnell. Eindringlich sah sie mich an.

Ich senkte den Kopf und atmete lautstark aus. »Es tut mir leid«, sagte ich leise.

»Mir tut es leid«, sagte sie. »Mir tut leid, dass ich diesem Idioten nicht schon damals in die Eier getreten habe, als er dich im Oberstufenraum geküsst hat!«

Perplex starrte ich sie an. Warum wusste sie von Dingen, von denen nicht einmal ich etwas wusste?

Meine Augenbrauen schoben sich fragend zusammen. »Wovon redest du?«

»Von dem Kuss bei der Probe! Wovon denn sonst?«

Ich starrte sie entgeistert an. »Du glaubst, dass ich die ganze Zeit mit Tommy zusammen war?«

»Etwa nicht?«

Erst sahen wir uns beide ratlos an. Dann verfielen wir in ein erleichtertes Schweigen meinerseits und in ein grübelndes ihrerseits.

Sam und Lilly wussten also doch nicht von der Beziehung zwischen Dominik und mir. Es hatte mich sowieso gewundert, wie Lilly so ruhig bleiben konnte, wenn ausgerechnet ich mit ausgerechnet ihm zusammen war.

»Aber«, begann Lilly und runzelte dabei die Stirn, »wenn es nicht Tommy ist, wer dann?«

»Das tut nichts zur Sache«, sagte ich. »Es ist vorbei.«

»Trotzdem denkst du ununterbrochen an ihn.«

»Und wenn schon. Irgendwann hört auch das auf.«

Ich war froh, dass Lilly keine weiteren Fragen stellte. Trotzdem war ich mir sicher, dass sie hinter meinem Rücken alles tat, um herauszufinden, wer mich so leiden ließ. Sie würde keinen Erfolg haben. Dominik und ich hatten alle Spuren beseitigt. Ich hatte nichts von ihm behalten, was mich an ihn erinnern könnte und ebenso nichts, was jemand gegen uns verwenden könnte. Alles war so, als hätten wir nie mehr miteinander zu tun gehabt, als es sich für einen Lehrer und seine Schülerin gehörte.

# Achtzehntes Kapitel

Allein der Gedanke daran, das ganze Wochenende über von Lilly ausgequetscht und von Olli bewacht zu werden, bereitete mir Kopfzerbrechen. Die Tatsache, die Tage mit Dominik verbringen zu müssen, schlug mir zudem so auf den Magen, dass ich mich am liebsten übergeben hätte.

Als wir uns Freitagmittag zur Abfahrt auf dem Parkplatz zusammenfanden, war das Gefühl nicht besser geworden. Im Gegenteil, als ich sie alle sah, wurde es nur noch schlimmer. Die kurze Busfahrt war nach knapp einer Stunde überstanden und so betraten wir die wenig ansprechende Jugendherberge und bezogen unsere zuvor verteilten Zimmer. Sam, Lilly und ich hatten das Glück in einem Dreierzimmer unterzukommen. Die anderen mussten zu fünft und zu sechst in einen Raum. Doch das tröstete mich kaum. Dominiks Einzelzimmer lag direkt gegenüber. Bei meinem Glück würde ich ihn also bereits vor dem Frühstück sehen.

Nachdem Sam und ich unsere Taschen ausgepackt hatten, tat Lilly das gleiche mit ihrem nicht unbedingt großen, aber völlig überfüllten Koffer. Danach gingen wir hinunter, um die Umgebung zu erkunden. Die Jungs hatten das kleine Rasenstück für sich und ihren Fußball entdeckt. Als Olli mich sah, hörte er sofort auf zu spielen und kam zu uns gelaufen.

»Na, schon alles ausgeräumt?«, fragte er mich.

»Sieht wohl so aus«, antwortete Lilly, noch bevor ich den Mund öffnen konnte.

»Und jetzt schaut ihr euch das Gelände an?«

Lilly ließ mir keine Chance. »Sieht wohl so aus«, sagte sie erneut und ging weiter. »Kommt ihr?«

Ich zuckte entschuldigend mit den Schultern und folgte ihr.

Am Nachmittag war die erste Chorprobe angesetzt. Während der Aufwärmübungen, die wir gemeinsam als Gruppe oder zu zweit durchführten, rückte Olli mir nicht von der Seite. Er trieb seine Späße mit mir, damit ich mich bei den Zungenbrechern besonders offensichtlich versprach, oder pikste mich in die Seite, wenn wir das richtige Atmen übten.

Um die Zeit effektiver nutzen zu können, teilte Herr Ehlers die Gruppe in zwei Hälften. Es bedurfte keiner Glaskugel, um zu ahnen, in welche Gruppe ich kam und für die restlichen Tage bleiben sollte. Die Band hingegen wechselte sich ab, kam mal zu uns und ging dann wieder zu den anderen.

Sam und Nico waren zu Herrn Ehlers gekommen. Ihr Duett sollte das Highlight des Konzerts werden. Das nahm der Meister selbst in die Hand. Glücklicherweise kam Lilly in meine Gruppe. Anders hätte ich es kaum ausgehalten. Im Gegensatz zu den Proben während der AG, in denen sich Dominik immer zurückgehalten hatte, war ich ihm nun hoffnungslos ausgeliefert. Ich hatte das Gefühl, dass ich, sobald ich den Mund aufmachte, Kritik von ihm erntete. Erst sang ich zu leise, dann zu laut. Ich traf die Töne nicht. Ich war zu schnell, dann wieder zu langsam. Jedes Walross hätte mehr Rhythmusgefühl als ich.

Nach einer halben Stunde waren wir noch immer nicht über die erste Strophe hinausgekommen und ich war es leid, immer und immer wieder von vorn anzufangen.

»Stopp und noch mal von vorn«, wies Dominik mich an. »Vielleicht kriegen wir es dieses Mal hin, dass es zumindest annähernd konzertreif klingt.«

Das brachte das Fass zum Überlaufen.

»So viel, wie Sie an mir zu kritisieren haben, kann ich unmöglich bis zum Konzert lernen«, schmiss ich ihm an den Kopf. »Suchen Sie sich doch eine neue Solistin!«

Ich steckte das Mikrofon in die Halterung und verschwand durch die Tür, die ich hinter mir zuwarf. Genervt lehnte ich mich dagegen. Was hatte er bloß für ein Problem mit mir? Er hatte mit mir Schluss gemacht. Er wollte mich nie mehr sehen. Warum ließ er mich nicht einfach meiner Wege gehen?

Die Tür ging mit einem Ruck auf und ich wurde nach vorn geschubst. Ich strauchelte, fand mein Gleichgewicht jedoch rechtzeitig wieder. Als ich mich umdrehte, erblickte ich ihn. Schnell schloss er die Tür. Ich verschränkte die Arme vor der Brust und drehte mich weg.

»Kommst du wieder rein?«

»Ich möchte nicht das Konzert ruinieren, das Ihnen und Herrn Ehlers so sehr am Herzen liegt.«

»Es war nicht so gemeint«, entschuldigte er sich.

»Na, wenn es nicht so gemeint war«, sagte ich mild und ließ meine Arme sinken.

Ich las die Erleichterung in seinem Gesicht. Sogleich versteinerte sich meine Miene wieder.

»Was glaubst du eigentlich, wer du bist?« Ich bemühte mich, meine Lautstärke zu dämpfen. »Du stellst mich vor allen anderen wie einen Vollidioten hin und meinst, dass es mit einem einfachen ›es war nicht so gemeint‹ getan ist?«

»Du machst aus einer Mücke einen Elefanten!«

»Bitte was?«, fragte ich ungläubig. »Seit Beginn des Schuljahres und auch die Jahre davor hat sich Herr Ehlers nie an meiner Stimme gestört. Er hat mich hin und wieder korrigiert, aber du hast mich öffentlich hingerichtet, ohne dass deine Kritik Hand und Fuß hatte!«

»Wenn du dich mehr auf das Singen konzentrieren würdest und weniger auf die Bandmitglieder, könnte das vielleicht helfen.«

»Daher weht also der Wind«, erkannte ich plötzlich. »Du bist eifersüchtig auf Olli!«

»Lächerlich«, winkte er ab, mied jedoch meinen Blick.

»Und wie du das bist! Du machst mit mir Schluss, stellst mich vor allen bloß und alles nur, weil du …«

Noch bevor ich den Satz beenden konnte, brachte sein Kuss mich zum Schweigen. Eine Tür klappte. Ich machte mich von ihm los und starrte ihn mit weit aufgerissenen Augen an.

»Es wäre schön, wenn du mitkommen würdest, damit wir weiter proben können«, sagte er, als wäre nichts passiert.

Dann ging er hinein und ließ die Tür ein Stück offen.

Hatte er mich gerade wirklich geküsst? Hier vor allen Leuten? Genau genommen, nicht vor allen Leuten, denn schließlich war hier niemand außer mir. Sie waren alle auf unsere beiden Probenräume aufgeteilt, aber dennoch waren wir hier nicht allein. Was sollte dieser Kuss überhaupt? Wir waren nicht mehr zusammen. Er wollte mich nicht mehr sehen. Warum hatte er mich also geküsst? Um mir zu zeigen, dass er nicht eifersüchtig war? Um mich davon zu überzeugen, dass Olli keinerlei Konkurrenz für ihn darstellte? Oder einfach nur, um mich erneut in ein heilloses Gefühlschaos zu stürzen?

»Jetzt nimm dir doch nicht so zu Herzen, was er gesagt hat. Du singst super«, versicherte mir Sam.

»Außerdem hast du es selbst gesagt: Der Behrens ist ein Idiot!«, tröstete mich Lilly.

»Und das aus deinem Mund«, sagte Sam. »Das muss etwas zu bedeuten haben!«

Natürlich hatten beide bemerkt, wie sehr ich durch den Wind war. In Windeseile war Dominiks Schikane auch in der anderen Gruppe bekannt geworden. Nach dem Kuss hatte ich wirklich keinen einzigen Ton mehr getroffen. Allerdings wusste niemand, worin der wahre Grund dafür lag.

»Lieb von euch, dass ihr mich aufmuntert«, sagte ich matt. »Ich bekomme das schon auf die Reihe. Es sind ja noch zwei Wochen bis zu dem Konzert.«

»Lass dich bloß nicht von ihm verunsichern!«

Dafür war es längst zu spät. Ich war so verwirrt wie selten zuvor! Wochenlang war ich abstinent gewesen. Ich hatte es im Griff, meine Gefühle nicht die Überhand gewinnen zu lassen. Ich konnte meine Emotionen verstecken. Ich konnte verbergen, wie sehr ich mich nach ihm sehnte, wie oft ich an ihn dachte und wie sehr ich mir wünschte, bei ihm zu sein. Doch plötzlich hatte ich das Gefühl, als könne jeder meine Gedanken lesen, als würden alle jeden noch so heimlichen Blick bemerken. Es war nur eine Frage der Zeit, bis sie es herausfinden würden – allen voran Sam und Lilly.

Auch am nächsten Tag wurde meine Konzentration nicht besser. Im Gegenteil, sie verschlechterte sich zunehmend. Ich vergaß laufend den Text und patzte bei so gut wie allen Einsätzen. Ich zwang mich dazu, mich zusammenzureißen, aber es wollte mir einfach nicht gelingen. Bei jedem noch so kleinen Lächeln, bei jedem noch so unbedeutenden Blick, den Dominik mir zuwarf, fragte ich mich, was er mir damit sagen wollte. Empfand er noch etwas für mich oder spielte er nur mit mir? Genoss er es zu sehen, wie sehr mich diese Ungewissheit zerriss?

Die Angst, dass ich uns verraten könnte, stieg ins Unermessliche und so entschied ich mich, an dem letzten gemeinsamen Abendprogramm nicht teilzunehmen. Lilly und Sam hatten vergeblich versucht, mich umzustimmen. Alle anderen saßen unten am Lagerfeuer, sangen alte Shantys, feierten und lachten. Ich verbrachte die Zeit auf unserem Zimmer, übte meine Lieder und verzweifelte an der Frage, was dieser Kuss zu bedeuten hatte.

Das Pochen an der Tür schreckte mich auf. Das musste Dominik sein! Er nutzte die Chance, ungestört mit mir zu sein. Schnell sprang ich auf und zupfte meinen Rock und mein Top zurecht, als auch schon die Tür aufging.

»Hey«, sagte Olli und trat ein.

»Hey«, entgegnete ich enttäuscht.

»Ich wollte nur mal schauen, wie es dir geht.«

»Mir geht es gut«, sagte ich und sank auf mein Bett.

»Warum kommst du dann nicht mit runter?«

Ich deutete auf die Notenblätter. »Ich muss üben. Hast ja gehört, wie nötig ich das habe.«

Olli kam näher und lehnte sich an das Bettgestell. »Das ist nur die Aufregung vor dem Konzert. Wir wissen alle, wie gut du singen kannst.«

»Das ist lieb von dir.«

»Komm mit runter. Mach dich locker.« Er sah mir lange in die Augen. Vielleicht hätte ich mich dazu hinreißen lassen, mit ihm zu gehen, hätte es nicht an der Tür geklopft. Zum ersten Mal an diesem Wochenende wünschte ich mir, dass nicht Dominik auf der anderen Seite stehen würde. Murphys Gesetz machte mir allerdings wenig Hoffnung, dass es jemand anders sein würde. Denn generell ging alles schief, was schief gehen konnte – und bei mir rannte es gewissermaßen einen Marathon. Doch … sollte das die Wende sein? Entgegen aller Erwartungen kam Lilly herein.

»Bruderherz!«, sagte sie überrascht. Mir entging nicht, dass sie sich nicht sonderlich freute, ihm hier zu begegnen.

»Ich wollte nur kurz nach Gina sehen«, entschuldigte er sich.

Scheinbar hatte Lilly auch ihm versucht, ins Gewissen zu reden. »Das hast du damit wohl getan.«

Olli hatte den Wink mit dem Zaunpfahl verstanden. »Falls irgendwas ist, ich bin unten am Feuer.«

Lilly wartete, bis die Tür ins Schloss fiel. Dann ging sie auf die andere Seite des Raumes, lehnte sich an die Fensterbank und verschränkte die Arme vor der Brust. Mit verengten Augen sah sie mich an. »Habe ich nicht gesagt, dass du Olli in Ruhe lassen sollst?«

»Zum einen habe ich ihn nicht darum gebeten, zu mir zu kommen, und zum anderen kann ich reden, mit wem ich will.«

Sie presste ihre Lippen aufeinander, so dass nur noch ein schmaler Strich zu sehen war. Dann schluckte sie ihren Ärger hinunter und kam zu dem Thema, weshalb sie scheinbar hochgekommen war. »Er ist hier, oder?«

Ich konnte ihr nicht folgen. Mein Blick sprach das nur zu deutlich aus.

»Dein Typ! Seinetwegen bist du so durcheinander, richtig?« Lilly überging meinen Widerspruch einfach und begann ein munteres

Rätselraten. »Es kann ja nur jemand aus der Band sein oder von den Sängern.« Sie zählte die einzelnen Namen auf, verwarf sie jedoch mit diversen Begründungen sofort wieder. »Tim ist zu groß, Marcel zu klein. André spielt Blechflöte. Mit dem kann irgendwas nicht stimmen. Welcher normale Mensch spielt schon Flöte? Sascha hat zu lange Haare und Carsten zu kurze. Von denen ist keiner dein Typ.«

»Interessant zu sehen, woran du meine Vorlieben festmachst.«

»Also zu den Sängern. Daniel hat eine Freundin und Andi …« Sie sah mich mit hochgezogenen Augenbrauen an. »Ich meine, wer würde mit Andi zusammen sein wollen?«

»Lass gut sein, Lilly.« Es gab nicht mehr viele männliche Wesen hier. Früher oder später würde sie drauf kommen.

Erschrocken sah sie mich an. »Es ist doch nicht etwa Nico, oder? Das würdest du Sam nicht antun! Quatsch, du fängst nichts mit jemandem an, auf den deine beste Freundin steht.« Sie lachte über ihre wirren Gedanken. »Tja, dann bleibt wohl nur noch Herr Ehlers übrig«, kicherte sie.

Es klopfte erneut. Dominik erschien in der Tür. Als er Lilly erblickte, stockte er. »Ich wollte nur sehen, ob bei dir alles in Ordnung ist«, sagte er schnell. »Sieht ganz danach aus. Ich will dann auch nicht weiter stören.« Sofort verschwand er wieder.

»Oder Dominik«, sagte Lilly langsam, als würde sie sich gerade über etwas klar werden. Dann sah sie mich mit großen Augen an.

Der Moment für den Satz ›Es ist nicht so, wie du denkst‹ war gekommen und doch würde ich ihn nicht über die Lippen bringen. Denn es war schließlich genau so, wie sie dachte. Betreten sah ich zu Boden und gab ihr somit die letzte Bestätigung.

»Dominik? Ist das dein Ernst?!« Sie lachte. »Dir scheint dein Geheimnis wirklich viel wert zu sein, wenn du mich lieber glauben lässt, dass du was mit einem Lehrer hast, als mir zu sagen, mit wem du wirklich deine Zeit verbringst.«

Sie machte es mir leicht, mich herauszureden. Doch ich konnte sie nicht länger belügen. »Es ist Dominik«, sagte ich nachdrücklich.

»Es ist in Ordnung, wenn du es mir nicht verraten willst. Auch wenn ich nicht weiß, warum. Du weißt doch, dass ich es keinem erzählen würde.« Sie ließ sich auf ihr Bett fallen und lehnte sich zurück.

Ich setzte mich neben sie. »Ich habe die ganze Zeit versucht, mich gegen die Gefühle für ihn zu wehren. Aber als wir uns dann in seinem Auto fast geküsst hätten, konnte ich mir nicht mehr einreden, dass ich nichts für ihn empfinde. Es tut mir so leid, Lilly!«

Ihre Kulleraugen glänzten. »Du meinst das tatsächlich ernst.«

»Lass es mich erklären«, bat ich sie mit ruhiger Stimme.

»Du kannst ihn doch nicht einfach küssen! Das hättest du dir an fünf Fingern abzählen können, dass er dich abblitzen lässt.« Sie stand auf und ging im Zimmer umher. »Es ist ja nicht so, dass ich es nicht auch probiert hätte. Aber er ist einfach verdammt standhaft.«

»Du verstehst es nicht«, sagte ich zu Lilly. »Ich habe mich nicht an ihn herangemacht und er hat mich nicht abgewiesen. Es ist einfach so passiert. Wenn ich euch erzählt habe, dass meine Eltern mich nicht ausgehen lassen, war ich in Wirklichkeit bei ihm. Ich wollte nichts mit ihm anfangen. Ich …«

»Du bist mit ihm zusammen?«, fragte sie und ich spürte, dass sie mir endlich glaubte.

»Ich war es. Aber das ist vorbei, Lilly. Alles ist vorbei!«

Erschüttert wandte sie sich von mir ab, als ihr das ganze Ausmaß meiner Beichte bewusst wurde. »Soll mich das jetzt trösten oder was?«

»Du hast dich mit Kai verabredet. Ich dachte, du bist mit Dominik durch.«

»Mit dir bin ich durch«, warf sie mir an den Kopf, ehe sie hinauslief und die Tür mit einem lauten Knall zuschmiss.

»Lilly!«, rief ich. Ich lief ihr hinterher, bis Dominik mir auf dem Flur den Weg versperrte.

»Wir müssen reden.«

»Nicht jetzt, ich muss zu Lilly«, blockte ich ihn ab und wollte weiter.

»Nicht bevor du mir erklärt hast, warum Lilly gerade völlig aufgelöst in mich hineingerannt ist und mich als Mistkerl beschimpft hat.«

Ich wollte ihn einfach stehenlassen, doch er hielt mich am Arm fest und sah mir direkt in die Augen. »Was ist los?«, fragte er alarmiert.

»Sie weiß von uns«, sagte ich leise und mied seinen Blick.

»Ich habe es befürchtet.«

»Jetzt lass mich durch. Ich muss mit ihr reden. Ich muss ihr alles erklären!«

»Beruhige dich«, sagte er. »Es bringt überhaupt nichts, wenn du sie jetzt bedrängst.«

»Aber ich kann doch nicht einfach gar nichts machen!«

»Glaubst du, dass sie uns verraten wird?«

Ich zuckte mit den Schultern. Lilly war verletzt. Ich hatte sie nicht nur belogen, ich hatte mich in Dominik verliebt und bei mir war er nicht standhaft geblieben. Andererseits hätte ich ihr nicht davon erzählt, wenn ich ihr nicht vertrauen würde. »Sie wird nichts sagen.« Ich wusste nicht, ob ich dies aus Überzeugung sagte oder weil alles andere einfach nicht passieren durfte.

»Und wenn doch?«, fragte er.

Wir hatten beide keine Antwort darauf.

Es war Ewigkeiten her, dass wir so lange so eng beieinander standen. Sein Daumen streichelte zart über meine Wange.

»Alles wird gut«, flüsterte er.

So sehr ich seine Nähe genoss, so sehr ich das Gefühl genoss, dass er mich noch immer liebte, so sehr hasste ich es, Lilly wehgetan zu haben.

Wehmütig löste ich mich von ihm. »Ich kann das nicht«, sagte ich. »Ich kann nicht mit dir zusammen sein.«

»Wir werden auch nicht zusammen sein, bevor du nicht dein Abi hast«, stellte er klar.

»Auch danach nicht. Nicht solange Lilly …«

»Du machst unsere Beziehung von Lilly abhängig?« Er sah mich ungläubig an. In seinen Augen schimmerte verletzter Stolz.

»Wer weiß, was in zwei Jahren ist«, sagte ich.

Warum sollte immer nur ich mich vertrösten lassen, weil seine Karriere auf dem Spiel stand? Er konnte ebenso gut die Schule wechseln, wenn er mit mir zusammen sein wollte. Aber eine wahre Freundin fand man nicht oft. Ich konnte es nicht riskieren, nach Sam auch noch Lilly zu verlieren.

# Neunzehntes Kapitel

Lilly hatte uns nicht verraten. Aber das beruhigte mich nicht. Die Ungewissheit fraß mich auf. Seit der Chorfahrt hatte Lilly mit mir kein Wort gesprochen. Sie ging mir konsequent aus dem Weg. Ich hatte nicht einmal die Möglichkeit, es ihr zu erklären.

Das Konzert stand unmittelbar bevor. In wenigen Stunden würde sich der Saal mit Eltern, Lehrern, Schülern und anderen Zuschauern füllen. Normalerweise machte es mir nichts aus, vor einem Publikum zu stehen. Früher hatte ich im Kinderchor gesungen, später vor Hunderten von Leuten auf der Bühne vergiftete Äpfel gegessen und Frösche geküsst. Es waren nicht die vielen Menschen, die mich beunruhigten. Viel mehr war es die Angst vor Lillys großem Showdown. Ich wusste nicht, wie sehr ich sie verletzt hatte, und ebenso wenig konnte ich einschätzen, zu welchen Mitteln sie greifen würde, um sich an mir zu rächen. Ich konnte nicht einmal sagen, ob sie überhaupt Rache nehmen würde.

Ein beunruhigendes Gefühl hatte sich in meiner Magengegend ausgebreitet. Stille Wasser galten als tief und Lilly war so still wie nie zuvor in ihrem Leben. Ich musste auf alles gefasst sein.

»Und noch einmal tief ein- …« Herr Ehlers machte eine kleine Pause und hielt die Luft kurz an, um sie anschließend wieder herausfließen zu lassen. »… und ausatmen.«

Wir machten unsere üblichen Aufwärmübungen. Die Bühne war mit großen Pappfiguren aus Disneyfilmen geschmückt. Die Band, die unseren Gesang begleitete, hatte ihre Instrumente bereits aus dem Musikraum herübergebracht und aufgebaut. Im Foyer lagen die Programme aus. Hinter dem Vorhang standen Wasserkisten und mehrere Packungen mit Plastikbechern bereit. Herr Ehlers wollte, dass alles perfekt ablief. Wie vor jedem Konzert war er unheimlich aufgeregt. Bisher hatte immer alles geklappt. Er hätte keinerlei Grund zur Sorge haben dürfen.

Es folgte der letzte Soundcheck. Ich begab mich zu den anderen hinter den Vorhang.

Herr Ehlers stellte sich in den Zuschauerraum und gab Anweisungen an die Techniker.

Als wir mit der Generalprobe fertig waren, ging ich in die Umkleide, damit ich nicht nur innerlich, sondern auch äußerlich für das Konzert vorbereitet war. Die hinterste der drei Umkleiden war nicht modernisiert worden, weil niemand sie nutzte. Ich war froh darüber, ein paar Minuten für mich allein zu haben ohne das hektische Gekicher und Gekreische der anderen Mädchen ertragen zu müssen.

Ich hatte gerade mein Beautycase herausgeholt, als Dominik in der Tür erschien. Er war außer Atem.

»Wo warst du?«, fragte ich verwundert.

»Ich musste noch ein paar Besorgungen machen«, antwortete er. Dann holte er neben einem Pudertöpfchen und einer Make up-Tube in dunklen Farben auch Abschminktücher und Haarspray aus der Tasche und stellte alles auf den Tisch.

»Ausgerechnet dich hat Herr Ehlers geschickt, um Schminke zu kaufen?« Ich konnte mir das Lachen kaum verkneifen.

»Ist es etwa das Falsche?« Sorgenfalten zierten seine Stirn.

Er zog einen zerknitterten Zettel aus seiner Jeanstasche und faltete ihn auf. Abwechselnd sah er von den Worten auf dem Papier zu dem Aufdruck der Kosmetika.

»Ist doch egal«, sagte ich. »Hauptsache, es ist nicht zu hell und nicht zu dunkel.«

»Nein, Christian schrieb ausdrücklich *shine-free* dahinter. Mit Ausrufungszeichen, schau!« Er hielt mir das Blatt hin. »Das Haarspray hingegen sollte aber *glamour and shine* sein.«

»Ihr seid echt aufgeregt, oder?«

Er zuckte mit den Schultern. »Es ist das erste Schulkonzert, das ich mitorganisiere.«

Ich nahm die Tube, trug das Make up auf ein Schwämmchen auf und tupfte es auf meine Haut. »Du machst das gut«, beruhigte ich ihn und lächelte ihm durch den Spiegel aufmunternd zu.

»Zur Not haust du uns mit deiner Stimme raus.«

»Verlass dich nicht darauf«, seufzte ich, während ich meine Augen mit einem kräftigen Lidstrich versah. »Ich bin froh, wenn ich nachher überhaupt einen Ton herausbekomme.«

»Du schaffst das schon.« Durch den Spiegel blickte er direkt in meine Augen.

Ich fragte mich, was schlimmer war – zu wissen, dass Dominik mich liebte und trotzdem nicht mit mir zusammen sein wollte, oder in ewiger Ungewissheit leben. Zumindest bei Letzterem konnte man sich irgendwann abwenden und etwas Neues beginnen. Doch ich würde ihn die nächsten zwei Jahre so gut wie täglich sehen und trotzdem nicht mehr mit ihm zu tun haben als jeder andere Schüler.

Plötzlich tauchte Lilly auf. Missbilligend blickte sie erst Dominik an, dann mich. Vermutlich hatte auch sie diese Umkleide gewählt, weil niemand anders hierher kam.

»Ich muss noch etwas erledigen«, verabschiedete er sich und ließ uns allein.

Lilly nahm die Schminkutensilien vom Tisch und setzte sich stumm vor einen der Spiegel. Dann nahm sie ihre Sachen aus der Tasche und begann sich fertigzumachen.

Ich zögerte. Sollte ich sie ansprechen und einen lautstarken Streit riskieren, so dass jeder hier in der Aula von Dominik und mir erfuhr? Sollte ich in der ständigen Angst leben, jeden Moment verraten zu werden? Beide Varianten klangen nicht sonderlich verlockend. Dennoch musste ich mich für eine von beiden entscheiden.

»Können wir reden?«, bat ich Lilly.

Ohne mich zu beachten, cremte sie ihr Gesicht ein.

»Eigentlich hatte ich vor, mit Olli bis an mein Lebensende glücklich zu werden«, begann ich. »Als sich dann herausgestellt hat, dass es mit uns nicht klappt…«

»… hast du einfach Dominik genommen.« Ihre Augen verengten sich. »Nicht dass du ihn zuvor überhaupt nicht leiden konntest oder so.«

»Du würdest lügen, wenn du sagst, dass er sich nicht um hundertachtzig Grad gedreht hat«, erwiderte ich. »Am Anfang hat er sich benommen wie ein Halbstarker! Aber dann gab er mir Nachhilfe und er war für mich da, wenn ich etwas auf dem Herzen hatte.«

»Ich wäre auch für dich da gewesen.« Ich konnte aus ihrer Stimme heraushören, wie verletzt sie war. »Aber du bist ja lieber zu ihm gegangen.«

»Hast du eine Ahnung, wie schwer es war, mit meinen Sorgen nicht mehr zu dir kommen zu können? Ich hatte jeden Tag ein schlechtes Gewissen, weil ich es vor dir verheimlichen musste. Ich habe mich so lange gegen diese verdammten Gefühle gewehrt, aber irgendwann ging es einfach nicht mehr. Ich musste ihnen nachgeben! Glaubst du, ich würde das ganze Versteckspiel und zwei Jahre Warten auf mich nehmen, wenn ich die Wahl hätte?«

»Er will erst nach dem Abi mit dir zusammen sein?«, fragte sie. Ihr Blick wurde nachdenklich.

Ich zuckte mit den Schultern. »Wenn er es dann noch will.« Ich ging auf sie zu. »Ich dachte, dass du über ihn hinweg wärst und mit Kai glücklich bist. Ich wollte dir nicht wehtun«, schwor ich. »Wirklich nicht!«

»Du hast mich hintergangen, mich angelogen und all das ausgerechnet mit ihm.«

»Ich weiß«, sagte ich. »Und es tut mir unendlich …«

Lilly bedeutete mir still zu sein. »Ich kann das nicht einfach vergessen und so tun, als wäre das alles nicht passiert. Ich weiß nicht einmal, ob ich dir das überhaupt jemals verzeihen kann.«

Hoffnungsvoll blickte ich sie an. »Heißt das, du überlegst es dir?«

»Das heißt, dass du das Konzert nicht verhauen sollst, nur weil du an unsere Freundschaft denkst.«

Ich konnte nicht anders als aufzuspringen und sie so fest an mich zu drücken, dass sie kaum noch Luft bekam. Ein Stein in der Größe eines Felsbrockens war mir vom Herzen gefallen. Doch wo landete solch ein Stein, wenn er vom Herzen fiel und wie groß würde der Schmerz sein, wenn er ein anderes Körperteil unter sich begrub?

Das Konzert war großartig verlaufen. Nachdem zwischen Lilly und mir alles geklärt war, hatte sich die große Anspannung in mir gelöst. Natürlich war unsere Freundschaft dadurch noch lange nicht gerettet und es gab auch keinerlei Garantie dafür, dass sie Dominik und mich nicht verraten würde. Dennoch wartete ich nun beruhigt auf meinem Stuhl zwischen Lilly und Sam, dass der unendlich lange Montag endlich vorüberging.

Es war die letzte Woche vor den Ferien. Bis auf bei einigen wenigen, die sich mit Hilfe von Referaten vor einer Fünf bewahren wollten, standen die Noten fest. Die meisten von uns saßen nur noch die Zeit bis zu den Sommerferien ab, planten ihren Urlaub oder träumten vor sich hin. Ich war mit allen drei Tätigkeiten beschäftigt. Ich wartete auf die lang ersehnte Auszeit, malte mir aus, dass Dominik sich zumindest während der schulfreien Zeit umentschied und wir weit weg von hier gemeinsam in der Sonne lagen, wo uns niemand kannte.

Ich sehnte das Ende des Schultages herbei. Dennoch hätte ich lieber die ganzen sechs Wochen hier verbracht, wenn ich dadurch hätte verhindern können, dass er so abrupt endete, wie er es schließlich tat.

Das Knacken der Lautsprecher kündigte eine Durchsage an. »Gina Neubauer in der sechsten Stunde ins Büro des Schulleiters«, schallte die Stimme unserer Sekretärin durch den Klassenraum.

Das herrschende Schweigen wurde durch hektisches Flüstern und leises Gekicher unterbrochen. Ich spürte die Blicke der anderen im Nacken. Warum um alles in der Welt wollte Rektor Böhme mich sehen? Ein leises Gefühl in mir war sich sicher, dass er mir nicht zu meinem gelungenen Auftritt gratulieren wollte.

»Na, was haben wir denn wieder angestellt, Gina?«, fragte Herr Klenner mit einem Grinsen. Es war nicht boshaft. Viel mehr meinte er es im Spaß, rechnete er doch sicherlich nicht damit, dass einer so vernünftigen Schülerin wie mir tatsächlich etwas Schwerwiegendes zur Last gelegt werden würde.

Ein heißes Brennen zog mir den Magen zusammen. Langsam drehte ich meinen Kopf zu Lilly. »Wie konntest du nur?«, fragte ich lautlos.

Lilly zuckte mit den Schultern. Ich konnte in ihrem Blick nichts Verachtendes, nichts Hämisches sehen. Sie schien ebenso ratlos wie ich. Und doch wussten wir beide, dass Dominik und ich aufgeflogen waren.

Die Minuten zogen sich wie ein ausgelutschter Kaugummi. Ich versuchte vergeblich mich mit der mathematischen Kurvendiskussion abzulenken, die wir bis zum Ende der Stunde bearbeiten sollten. Immer wieder fragte ich mich, ob Lilly wirklich so ahnungslos war, wie sie tat, und wer dahinter steckte, wenn sie uns nicht verraten hatte.

Viel wichtiger war jedoch die Frage, was nun folgen würde. Bekäme ich einen Schulverweis? Würde Dominik versetzt werden? Wäre seine Karriere beendet und sein Leben somit zerstört?

Was mich auch immer im Büro des Rektors erwartete – es würde mein Leben von Grund auf verändern.

Während ich die Treppen hinunter und die Flure entlang ging, zog sich alles in mir zusammen. Als ich vor Herrn Böhmes Büro stehenblieb, war mir so schlecht wie noch nie zuvor in meinem Leben.

Hinter der Glastür am Ende des Ganges tauchte Olli auf und blieb mit eiserner Miene stehen.

Ich wusste nicht, wie er es herausgefunden hatte, aber ich war mir sicher, dass ich es nur ihm zu verdanken hatte, dass ich mich nun in dieser Lage wiederfand.

Meine zittrigen Finger formten sich zu einer Faust und näherten sich dem Türblatt.

»Gina!«

Ich zuckte zusammen.

Dominik stand in der gegenüberliegenden Tür zum Lehrerzimmer. Hastig schritt er auf mich zu. »Überlass mir das Reden und bleib ganz cool. Es gibt keine Beweise«, flüsterte er hektisch.

»Aber woher weißt du das?«

»Vertrau mir.«

Ich zog die Augenbrauen zusammen und sah ihn unsicher an.

Er nickte mir aufmunternd zu. Dann hob er die Hand und klopfte entschlossen an die Tür des Rektors.

»Herein«, drang es durch die Tür.

Ich atmete tief durch und bemühte mich, nicht vor Angst in Ohnmacht zu fallen, als Dominik eintrat und ich ihm mit weichen Knien folgte. Noch nie zuvor war ich hier gewesen. Ich hatte mir nie etwas zuschulden kommen lassen. Nicht bis zu diesem Tage.

Das Büro wirkte edel und gleichzeitig erdrückend durch das dunkle Holz. Herr Böhme – eine imponierende Erscheinung, die inmitten dieses Büros an einen Gutsherrn erinnerte – war hinter seinem massiven Schreibtisch aufgestanden. Er reichte uns die Hand, welche ich nur zögerlich ergriff. Dann bat er uns, auf den ledernen Stühlen Platz zu nehmen und kam gleich zum Punkt.

»Mir ist zu Ohren gekommen, dass das Lehrer-Schüler-Verhältnis in einer bestimmten Klasse dieser Schule besonders eng ist. Verstehen Sie mich nicht falsch. Ich freue mich über eine intakte Beziehung«, sagte er und setzte nach einer kurzen Pause hinzu: »Allerdings über keine dieser Art.«

Wie sollte ich bloß cool bleiben? Ich musste etwas unternehmen. Ich musste sagen, dass das alles nicht stimmte!

Ich spürte noch den leichten Tritt, mit dem Dominik mich am Widersprechen hindern wollte, doch es sprudelte bereits aus mir heraus: »Diesen Hinweis haben Sie sicher von meinem Ex-Freund Olli bekommen. Glauben Sie ihm kein Wort. Er ist so eifersüchtig, dass er mir sogar etwas mit Ihnen andichten würde!«

»Der Hinweis kam nicht von Oliver. Es ist auch nicht relevant, von wem ich darauf aufmerksam gemacht wurde. Wichtig ist, dass ich diese Angelegenheit sehr ernst nehme«, sagte er. »Sollte – und ich möchte betonen, dass es sich um einen theoretischen Fall handelt – sollte ein Lehrer oder Referendar ein derart inniges Verhältnis zu seiner Schülerin pflegen, greift der Paragraph 174 des Strafgesetzbuches. Dieser sieht vor, dass der Missbrauch von Schutzbefohlenen mit einer Freiheitsstrafe von bis zu drei Jahren bestraft werden kann. Hinzu kommen die schulinternen Konsequenzen, die von einer Suspendierung über eine Versetzung bis hin zur Kündigung reichen. Ganz abgesehen von dem Ruf des Mädchens, des Lehrers und natürlich dem der Schule«, fuhr Herr Böhme fort. »Sie werden verstehen, dass ich in meinem letzten Jahr an dieser Schule ein derartiges Debakel nicht miterleben möchte. Solch eine Blamage sollte jedem erspart bleiben.«

Sein Blick ruhte auf mir und ich spürte, wie sich die Schlinge um meinen Hals immer fester zog. Erwartete er etwa ein Geständnis von mir? Dabei klang es, als wäre er froh, dass es nichts Handfestes gab.

»Um die Gerüchte um Sie schnell verebben und nach den Sommerferien gar nicht erst wieder aufleben zu lassen, möchte ich Ihnen beiden nahelegen, die Schule zu wechseln.«

Endlich meldete sich Dominik zu Wort. »Wie Sie selbst sagten, handelt es sich nur um ein Gerücht und ich versichere Ihnen, dass es nicht mehr als das ist. Davon ab, dass ich Gina nach diesem Jahr ohnehin nicht mehr unterrichten werde, würde es die Gerüchte nicht noch anheizen, wenn wir die Schule verlassen?«

Ich bewunderte Dominik für seine ruhige und sachliche Art. Ich stand kurz vor einem Nervenzusammenbruch, doch er ließ sich nichts anmerken.

»Das kommt ganz auf die Argumentation an, Herr Behrens. Nehmen wir an, dass ich gute Kontakte zu einem Gymnasium in der Nähe Ihrer Heimatstadt habe und dort zufällig eine Stelle frei wird. Sie könnten sich während Ihres Referendariats einer neuen Herausforderung stellen und eine weitere Schule und deren Unterrichtsweisen kennenlernen. Stellen Sie sich vor, was das für ein Zugewinn an Erfahrung für Sie wäre«, sagte er. »Und je nachdem, wie Sie Ihre berufliche Zukunft planen, Gina, könnte sich ein Wechsel auf ein Wirtschaftsgymnasium lohnen.«

»Ich habe nicht vor, in die Wirtschaft zu gehen«, sagte ich.

»Wenn das für Sie nicht infrage kommt, würde sich ein Auslandsaufenthalt nicht nur positiv auf Ihren Lebenslauf auswirken, sondern Ihre Englischkenntnisse enorm vorantreiben. Und Sie können sich sicher vorstellen, wie wichtig es für Ihren weiteren Lebensweg ist, diese Sprache zu beherrschen.« Herr Böhme schob mir ein Blatt zu. Unsicher lehnte ich mich vor und nahm es entgegen.

»Lesen Sie das«, sagte er und ich senkte meinen Blick auf den Infozettel in meiner Hand. AUSTAUSCHPROGRAMM lautete die Überschrift.

Ich schluckte merklich. Dann las ich weiter. Als ich fertig war, sah ich ihn mit großen Augen an und fragte mich, ob ihn alle guten Geister verlassen hatten. »Ich soll für ein Jahr nach England gehen?«

»Angesichts Ihrer rapiden Fortschritte in Englisch denke ich, dass ein Austauschjahr an unserer Partnerschule eine große Chance für Sie ist.«

»Ich kann kein Englisch«, widersprach ich.

»Ihre Englischnote sagt etwas anderes. Sie standen in den letzten Schuljahren immer auf einer schlechten Vier. Nun haben Sie sich eine gute Drei erarbeitet. In der letzten Klausur haben Sie sogar eine Zwei geschrieben«, sagte er nach einem kurzen Blick in eine Liste, die vor ihm auf dem Tisch lag. »Wenn der Kollege Sie also aus welchem Anlass auch immer besser gestellt hat, als dies der Wahrheit entspricht, so müssen wir dem auf den Grund gehen.«

»Ginas Note ist gerechtfertigt«, sagte Dominik. »Ich habe sie weder benachteiligt noch bevorzugt. Ihr Leistungsstand auf das ganze Jahr bezogen ist befriedigend mit aufsteigender Tendenz. Meine Klausuren werden alle zweitkorrigiert. Sie können gerne den Kollegen fragen.«

Ich warf ihm einen vernichtenden Blick zu. Wie konnte er mich nur so im Stich lassen?

»Ich werde trotzdem nicht nach England gehen«, widersetzte ich mich. Ich beherrschte weder die Sprache noch kannte ich jemanden dort. Meine Freunde und meine Familie waren hier in Deutschland! »Nach den Ferien beginnt die Qualifikationsphase fürs Abitur. Ich kann überhaupt nicht weg!«

»Es ist mir gleich, was zwischen Ihnen vorgefallen ist«, sagte Herr Böhme streng. »Und mir ist auch egal, wer von Ihnen beiden geht. Aber ich will Sie beide nicht zusammen an dieser Schule sehen«, donnerte er. »Sonst bleibt mir nichts anderes übrig, als den Hinweisen nachzugehen, und die Angelegenheit in einem Disziplinarverfahren zu klären. Und das wird weitaus unangenehmer als ein Jahr in England – das verspreche ich Ihnen!«

Ohne ein weiteres Wort nahm ich den Zettel und verließ eingeschüchtert das Büro. Mir standen die Tränen in den Augen, als Dominik hinter uns die Tür schloss.

Die Sehnsucht in mir drängte mich in seine Arme. Ich zwang mich zu widerstehen. »Wie soll es denn bloß weitergehen?« Ich versuchte die Hilflosigkeit aus meiner Stimme zu verbannen, doch es wollte mir nicht gelingen.

»Später«, sagte Dominik nur. »Wir reden später.« Dann ließ er mich stehen und ging fort.

Niedergeschlagen ging ich über den Parkplatz, als ich Sam erblickte.

Aufgeregt kam sie auf mich zugelaufen. »Ich wollte das nicht, Gina. Das musst du mir glauben«, sagte sie. »Ich wusste nicht, dass deine Eltern damit gleich zum Rektor gehen.«

»Du hast es meinen Eltern gesagt?«, fuhr ich sie an. »Bist du völlig bescheuert? Wie kommst du dazu, meine Eltern mit deinen Hirngespinsten verrückt zu machen?«

»Ich wollte ihnen auch gar nichts von Herrn Behrens und dir erzählen, ich habe mir nur Sorgen um dich gemacht und dann ergab ein Wort das andere und dann ist es mir so herausgerutscht.«

»Wie können einem solche Lügen einfach herausrutschen?«

»Vielleicht war es nicht toll, was ich gemacht habe und du kannst auch zurecht sauer auf mich sein, aber bezeichne mich nicht als Lügnerin! Ich habe ganz genau gesehen, wie ihr euch während der Chorfahrt geküsst habt!«

Das verschlug mir die Sprache. Es gab tatsächlich handfeste Beweise. Wenn es zu einem Disziplinarverfahren kommen sollte und Sam aussagen müsste, dann würde sie das tun. Ihre ehrliche und geradlinige Art, für die ich sie als Freundin schätzte, brach mir nun das Genick.

»Hast du überhaupt eine Ahnung, was du angerichtet hast?«

»Das solltest du wohl besser deinen tollen Herrn Behrens fragen. Sexueller Missbrauch von Schutzbefohlenen, dazu noch von Minderjährigen. Er ist ein Verbrecher, Gina, und du schützt ihn auch noch!«

»Er hat mich nicht ausgenutzt und auch nicht verführt oder sonst irgendwas.«

»Er hätte es gar nicht so weit kommen lassen dürfen«, hielt sie dagegen. »Er hat die Verantwortung für dich!«

»Du tust so, als würdest du dich um mich sorgen. Jetzt, wo es mir gut geht, sorgst du dich um mich. Wo warst du, als ich dich wirklich brauchte?«, warf ich ihr vor.

»Ich war da. Ich war immer da. Du hättest nur zu mir kommen müssen.«

»Im Nachhinein lässt sich so etwas immer leicht behaupten. Als ich jemanden brauchte, war nur er da und er hat mir geholfen. Also spar dir deine Fürsorge für Nico oder sonst jemanden auf. Ich brauche weder deine klugen Ratschläge noch dich«, sagte ich und ließ sie stehen.

»Ich kann nicht fassen, dass sie uns verraten hat«, heulte ich in mein Handy. »Wie konnte sie nur?« Auf dem Heimweg rief ich Lilly an. Ich wusste nicht, ob es die beste Idee war, ausgerechnet mit ihr über die Geschehnisse der letzten Stunde zu reden. Allerdings hatte ich keine Alternative. Mit irgendwem musste ich über all das reden.

»Sei doch froh, dass es so glimpflich ausgegangen ist«, drang ihre Stimme aus dem Hörer.

»Ein Jahr in England nennst du glimpflich?«, fragte ich empört. »Hast du eine Ahnung, wie grausam zäh zwölf Monate vergehen können, wenn du völlig allein bist?«

»Als wenn du jemals lange allein warst.«

»Ich mache das trotzdem nicht!« Ich stiefelte die Einfahrt hoch. Ich hatte nicht einmal den Schlüssel umgedreht, als die Tür aufgerissen wurde und mein Vater vor mir stand.

Seine Augen blitzten vor Wut.

»Ich rufe dich später zurück«, sagte ich zu Lilly und legte auf.

Ohne ein Wort zu sagen, ging er ins Wohnzimmer. Ich schloss die Tür hinter mir und folgte ihm. Auf dem Sofa erblickte ich meine Mutter. Mit fahlem Gesicht saß sie da und sah mich aus tränenüberströmten Augen an.

»Hast du uns irgendetwas zu sagen?«, fragte mein Vater und ich spürte, wie sehr er sich bemühte, ruhig zu bleiben.

Statt mich bei Lilly über Sam aufzuregen, hätte ich mir eine Strategie überlegen sollen. Jetzt war es zu spät und ich musste improvisieren. Ich konnte alles sagen, ich durfte nur nicht zugeben, dass Dominik und ich ein Paar waren.

»Ihr haltet es ja auch nicht für nötig, mit mir zu sprechen, bevor ihr wegen Sams Märchen zum Rektor rennt!«

»Willst du uns etwa vorwerfen, dass wir uns um dich kümmern?«

»Ihr kümmert euch doch sonst auch nie um mich! Und plötzlich taucht Sam auf und faselt irgendeinen Schwachsinn und ihr spielt euch als Supereltern auf. Wisst ihr überhaupt, in was für Schwierigkeiten ihr meinen Lehrer und mich bringt?«

»Wenn sich dieser Möchtegernlehrer an dir vergreift, dann habe ich jedes Recht der Welt dazu!«

»Er hat überhaupt nichts gemacht!«

»Und wie kommt Sam dann darauf, dass er dich geküsst hat?«, fragte meine Mutter. »Warum sollte sie sich so etwas ausdenken?«

»Ich weiß es nicht. Seit sie mit Nico zusammen ist, spinnt sie total.«

»Dafür habt ihr euch in letzter Zeit aber oft getroffen«, wunderte sie sich.

»Wir haben uns schon seit Ewigkeiten nicht mehr verabredet«, sagte ich.

»Und bei wem hast du dann dauernd übernachtet?«

Ich überlegte gar nicht. »Bei Olli.«

»Und warum schläfst du bei ihm, wenn du schon seit Monaten nicht mehr mit ihm zusammen bist?«, fragte mein Vater.

»Weil ich …« Ich stockte. Warum fiel mir nichts ein? Ich musste irgendetwas sagen. Etwas Glaubhaftes. Doch ich blieb stumm wie ein Karpfen und bestätigte mit meinem Schweigen ihre schlimmsten Befürchtungen.

Selten hatte ich meine Eltern gleichzeitig so wütend und dennoch einer Meinung gesehen.

»Dieses Schwein bringe ich in den Knast«, wütete mein Vater. »Den mache ich fertig!«

»Wenn du das tust, dann rede ich nie wieder ein Wort mit dir!«

»Wie kannst du dich von so einem Perversen bloß derart ausnutzen lassen? Er könnte dein Vater sein!«, rief meine Mutter.

»Du hast doch überhaupt keine Ahnung! Ihr wisst ja nicht einmal, wer er ist, weil ihr euch einen Scheißdreck um mich kümmert!«

»Das stimmt nicht, und das weißt du ganz genau«, widersprach mein Vater.

»Ich bin erwachsen! Es ist mein Leben und ich kann damit machen, was ich will! Selbst wenn ich was mit einem Hundertjährigen anfangen würde, wäre das meine Sache!«

»Nicht solange du deine Füße unter meinen Tisch stellst«, erwiderte er.

»Wenn du achtzehn bist und ausziehst, kannst du machen, was du willst. Aber bis dahin haben wir das Sagen, und wir verbieten dir jeglichen Umgang mit dieser Person!«

»Der wird noch heute von meinem Anwalt hören!«, drohte mein Vater und ging eiligen Schrittes in den Flur, um das Telefon zu holen.

»Das wirst du nicht tun«, schrie ich und beeilte mich ihn einzuholen. Entschlossen stellte ich mich ihm in den Weg.

Er schubste mich beiseite und ging weiter.

Ich fing mich und schnappte mir flink das Telefon, ehe er es aus der Station nehmen konnte.

»Gib mir sofort den Hörer!«

»Nein!«

»Gib ihn her!« Er hielt meinen Arm fest und versuchte ihn mir aus der Hand zu reißen.

Ich drehte und wendete mich und ließ das Telefon schließlich auf den Boden fallen. Noch bevor er sich bücken konnte, hatte ich mit dem Fuß draufgetreten. Immer wieder trat ich darauf ein, bis ich mir nach lautem Knirschen und Knacken sicher war, dass es nicht mehr zu gebrauchen war.

»Und du willst erwachsen sein!«, schnaubte meine Mutter verächtlich.

»Dann rufe ich ihn eben vom Handy aus an«, sagte mein Vater.

»Ihr ruiniert mein Leben«, rief ich aufgelöst. »Ich hasse euch!« Ich rannte zur Tür und schmiss sie mit einem lauten Knall hinter mir zu.

Alles überkam mich wie eine einzige Flutwelle. Ich wusste nicht, was ich denken sollte, was ich tun sollte – ich wusste nicht einmal, wohin ich laufen sollte! Alles war verloren. Wenn meine Eltern Dominik anzeigten, dann würde er von der Schule fliegen und jeder würde früher oder später den Grund dafür erfahren. Ich würde keine ruhige Minute mehr haben. Ich wäre in aller Augen die Lehrerschlampe. Selbst die Lehrer würden mich mit hämischen Blicken ansehen. Alle würden über mich reden, sogar die, die mich gar nicht kannten! Mir würde gar nichts anderes übrig bleiben, als die Schule zu wechseln. Aber was viel schwerer wog – Dominik wäre nicht nur 200km weit weg, er würde mich für immer hassen.

Als ich von dem grauen Steinbelag des Fußweges aufblickte, fand ich mich vor seinem Wohnhaus wieder. Zögerlich sah ich mich nach rechts und links um, bevor ich blind auf seine Klingel drückte.

Es war gefährlich, wenn nicht gar dumm, ausgerechnet jetzt zu ihm zu gehen, aber wohin sollte ich gehen? Wem außer ihm gelang es, mich hinter den tiefgrauen Wolken so etwas wie Sonnenstrahlen sehen zu lassen?

Aus dem Lautsprecher raschelte und knisterte es. »Hallo?«

»Ich bin es«, sagte ich nur.

Ich versuchte gefasst zu klingen, doch ich scheiterte maßlos. Ich klang genauso verheult wie ein paar Monate zuvor, als ich durch Regen und Schnee bei ihm um Asyl gebeten hatte. Schon damals hatte er es geschafft, dass die Welt nicht mehr ganz so grau wirkte, und ich war mir sicher, dass er es auch jetzt schaffen würde, mich aufzumuntern. Allein seine Stimme machte meine Welt ein wenig bunter.

Seine Worte hingegen vernebelten sie mit dunklem Elektrosmog. »Es geht jetzt nicht, Gina«, wimmelte er mich ab.

»Ich muss aber mit dir reden! Sam hat gesehen, wie du mich auf der Chorfahrt geküsst hast und hat es meinen Eltern gesteckt«, verdeutlichte ich ihm den Ernst der Lage. »Mein Vater ist völlig ausgerastet und außerdem wollten wir über Böhme sprechen. Ich werde nicht …«

»Du kannst nicht einfach hier auftauchen, wenn wir gerade aufgeflogen sind«, unterbrach er mich. »Geh jetzt bitte, bevor dich noch jemand sieht. Ich ruf dich später an.«

»Er hat mich eiskalt abserviert«, heulte ich in Lillys Schoß. Ich lag auf ihrem Bett mit dem Kopf auf ihren Beinen.

Behutsam streichelte sie über mein Haar.

»Er hat ja recht, aber … aber …« Ein neuer Schwall voll Hoffnungslosigkeit überkam mich.

Lilly zupfte ein Taschentuch aus ihrer Tempobox und reichte es mir.

Ich putzte mir die Nase und warf das zerknüllte Papier in den Mülleimer.

»Ich kann einfach nicht glauben, was er für ein Mistkerl ist«, sagte sie. »Er hat dir den ganzen Scheiß doch erst eingebrockt! Er hätte standhaft bleiben müssen als Lehrer!« Lilly rutschte an die Bettkante, so dass ich meinen Kopf anhob und mich aufsetzte. Sie stand auf und ging schimpfend durch ihr Zimmer. »Nur wegen dieses Idioten sollst du ein Jahr nach England gehen! Ein ganzes Jahr!«

»Das wäre das kleinste Übel, wenn meine Eltern ihn im Gegenzug nicht anzeigen würden. Nach einem Jahr wäre ich wieder da und er wäre immer noch hier! Und auch wenn wir nicht zusammen sein können, so würde ich ihn wenigstens sehen!«

»Um zwei Jahre an ihm zu hängen und keinem anderen eine Chance zu geben?«, fragte sie kritisch. »Ich weiß, wenn man verliebt ist, dann ist es einem egal, wie sehr man leidet und was man dafür opfert. Aber ich weiß nicht, ob ich das einfach so mit-ansehen kann.«

»Wenn meine Eltern ihn anzeigen, kommt er vor Gericht und zusätzlich bekommt er auch noch ein Disziplinarverfahren! Und alles meinetwegen. Wenn mir doch bloß etwas Besseres einge-fallen wäre als gar nichts zu sagen!«

»Er kannte die Konsequenzen besser als du. Er wusste, was er riskiert. Und dich während der Chorfahrt zu küssen war ehrlich gesagt auch ganz schön dämlich.«

»Ach Lilly, was mache ich denn jetzt nur?« Erneut strömten die Tränen über meine Wangen.

Schnell kam Lilly zu mir gelaufen und wiegte mich in ihren Armen. »Wir finden schon eine Lösung.«

»Ich habe dich überhaupt nicht verdient! Ich habe dich belogen und hintergangen, und du hältst trotzdem zu mir.«

Sie hielt mich von sich weg und sah mich eindringlich an. »Wofür sind Freundinnen denn sonst da?«, fragte sie mich, während sie mir die Tränen von den Wangen wischte.

Plötzlich spürte ich die Sonnenstrahlen durch die dunklen Wolkentürme scheinen. Ein Lächeln huschte mir über die Lippen. »Meinst du wirklich, dass wir einen Weg finden?«, fragte ich.

»Ganz sicher«, lächelte sie. Und ich glaubte ihr.

# Zwanzigstes Kapitel

Ich lag auf meinem Bett und dachte über die verzwickte Situation nach. Dominik hatte sich noch immer nicht bei mir gemeldet und uns blieben nur zwei Tage für die Entscheidung. Natürlich wollte ich nicht nach England gehen. Ich hatte eine Scheißangst, dass ich mit meiner Gastfamilie nicht klarkommen würde, dass ich in der Schule kein Wort verstand und ein ganzes Jahr vergeudete, nur um anschließend zurückzukehren und hier keinen Anschluss zu finden. Doch noch viel mehr fürchtete ich mich davor, vor Gericht aussagen zu müssen und Dominik zu beschuldigen oder mich selbst zu belasten, wenn ich nicht die Wahrheit sagte.

Der Plan, den ich mit Lilly ausgearbeitet hatte, war simpel. Wenn ich wirklich verhindern wollte, dass meine Eltern Dominik anzeigten, mussten sie einen anderen Weg finden, uns zu bestrafen. Sie mussten selbst darauf kommen, denn alles, was ich ihnen vorschlagen würde, würden sie kategorisch ablehnen. Ich war mir sicher, dass sie zögerten, den Vorfall der Polizei zu melden, weil jeder in der Schule dann erfahren würde, was ihre Tochter getan hatte. In kürzester Zeit würde es sich überall herumsprechen. Für die Lokalpresse war diese Story ein gefundenes Fressen. Vielleicht wäre es sogar der BILD eine Schlagzeile wert.

Meine Eltern scheuten es aufzufallen – ganz gleich ob positiv oder negativ. Nur deshalb hatten sie sich noch nicht getrennt. Sie würden also nach einem anderen Ausweg suchen und dank unserer Hilfe auch einen finden.

»Bist du dir sicher, dass du das wirklich willst?«, fragte Lilly stirnrunzelnd.

»Ich muss«, antwortete ich und kramte den Infozettel aus der Tasche, den Herr Böhme mir gegeben hatte. Wehmütig blickte ich auf die Überschrift. Ich besann mich, nahm das unpersön-liche Anschreiben aus dem Drucker und faltete es. Dann steckte ich es mit dem Informationsblatt in einen bereits benutzten Umschlag, den ich sorgfältig zuklebte.

»Hat er sich schon bei dir gemeldet?«

Gesenkten Hauptes schüttelte ich den Kopf. Seit wir vor Böhmes Büro auseinander gegangen waren und er mich vor seiner Tür abblitzen ließ, hatten wir kein Wort mehr miteinander gesprochen.

»Und du willst das alles trotzdem auf dich nehmen?«

»Ich habe keine andere Wahl«, machte ich ihr klar.

»Doch, die hast du«, widersprach sie. »Du zerreißt diesen blöden Zettel und bleibst ganz einfach hier! Soll er doch zusehen, wie er aus der Sache wieder herauskommt!«

»Es war deine Idee, meine Eltern dazu zu bringen, mich nach England zu schicken.«

»Aber nur, weil du es so wolltest!« Hilflos ließ sich Lilly aufs Bett fallen. »Es ist so unfair!«

Das war es wirklich. Wenn ich nur daran dachte, allein nach England zu gehen, wurde mir ganz anders. Ich musste Lilly zurücklassen, meine Freunde, meine Familie und alles, was ich liebte – den Chor, das Theater und Dominik. Wie sollte ich zwölf Monate nur ohne das alles aushalten?

Ich schüttelte die Gedanken ab, die mich aufforderten, den Brief wegzuschmeißen. Entschlossen verließ ich mein Zimmer und ging die Treppe hinunter. Meine Eltern waren wie so oft nicht zu Hause. Die Post hatte meine Mutter bereits reingeholt, sie jedoch achtlos auf die Kommode gelegt. Als ich den Brief unter die anderen mischen wollte, entdeckte ich ein Kuvert, auf dem nichts weiter als mein Name stand. Wie gebannt starrte ich auf die Handschrift. Sie gehörte zweifelsfrei zu Dominik.

Ich platzierte die restlichen Schreiben wieder neben dem mühsam zusammengeklebten Telefon und ging hinauf. Stumm ließ ich mich neben Lilly sinken.

»Was ist los?«, fragte sie. »Was hast du da?«

»Er hat mir geschrieben.«

»Worauf wartest du? Mach ihn auf!«

»Ich weiß nicht«, sagte ich und legte den Umschlag aufs Bett. Ich ging zum Fenster.

»Willst du gar nicht wissen, was er dir geschrieben hat?«

Ich zuckte mit den Schultern. »Egal, was in dem Brief steht, es wird nichts Positives sein.« Noch war alles in der Schwebe, aber wenn ich erst seine Entscheidung kannte, dann war es tatsächlich vorbei. Ich kämpfte gegen die Tränen an.

Das Ratschen von Papier erfüllte den stillen Raum. Lilly nahm den Brief heraus und faltete ihn auf. »Liebe Gina«, las sie laut vor.

»Hör auf«, unterbrach ich sie. »Ich will es nicht hören!«

»Du kannst nicht einfach weglaufen«, sagte sie. »Dein Problem löst sich nicht in Luft auf, nur weil du es verdrängst.«

»Hör auf mit diesem Psychogequatsche!« Ich riss ihr den Brief aus der Hand, zerknüllte ihn und warf ihn in den Papierkorb.

Sie stand auf und nahm ihre Tasche. »Ruf mich an, wenn du dich abgeregt hast.«

Ich ging ihr hinterher. »Genau! Lass mich allein«, rief ich ihr nach. An meiner Zimmertür blieb ich stehen und lehnte mich an die Zarge. Ich schloss die Augen und atmete tief ein und aus. Als ich die Augen wieder öffnete, fiel mein Blick auf das zerknüllte Blatt Papier. Ich gab mir einen Ruck und fischte es aus dem Mülleimer. Schnell zog ich es auseinander und strich es glatt, bevor ich zu lesen begann.

*Liebe Gina,*

*es tut mir leid, dass ich dich nicht angerufen habe, aber ich wusste einfach nicht, was ich dir sagen sollte. Es ist leicht dahin gesagt, aber ich meine es wirklich ernst: Hätte ich auch nur erahnen können, wie weit das mit uns beiden geht – ich hätte sonst was dafür gegeben, um dir das alles zu ersparen.*

*Natürlich werde ich die Konsequenzen daraus ziehen und das Angebot von Böhme annehmen. Du sollst keine Nachteile daraus haben, weil ich versagt habe.*

*Es fällt mir wirklich nicht leicht, aber es ist besser, wenn wir uns nicht mehr sehen. Der Abstand von mir wird dir gut tun, um dein Leben wieder zurück in die Bahnen zu lenken, in die es gehört.*
*Auch wenn es mir nicht zusteht, dich nach all den Schwierigkeiten, die ich dir bereitet habe, um etwas zu bitten, so hoffe ich dennoch, dass du deine Eltern davon überzeugen kannst, keine Anzeige zu erstatten.*

*Ich liebe Dich.*

*Dominik*

Ich ließ das Blatt sinken. Nie zuvor hatte er mir gesagt, dass er mich liebte.

»Alles okay?«, fragte Lilly, die plötzlich in der Tür stand.

Verwundert blinzelte ich sie an. »Du bist noch hier?«

»Ich dachte mir schon, dass Dominiks Worte dich mild stimmen wird und wir weiter an dem Projekt ›Eltern überzeugen‹ arbeiten können.«

»Er geht«, sagte ich matt.

Ihre Mine hellte sich auf. »Das ist wundervoll!« Sie kam auf mich zu und drückte mich. »Das bedeutet, dass du hier bleiben kannst!«

Ich sah sie an.

»Freust du dich gar nicht?«

»Schon«, sagte ich.

»Aber?«

»Selbst wenn er geht, müssen wir noch meine Eltern überzeugen. Und wenn der Plan mit dem Auslandsjahr nicht aufgeht, dann haben wir ein Problem.«

»Rede doch nochmal mit ihnen. Wenn sie dir glauben, dass da nicht mehr war als dieser eine Kuss und Dominik gar nichts dafür konnte, weil du ihn überfallen hast, dann lassen sie es vielleicht auf sich beruhen.«

Lillys Vorschlag klang gar nicht so abwegig.

»Und was, wenn ich die böse Schülerin bin, die den unerfahrenen Referendaren verführen wollte, um ihre Englischnote aufzubessern und Sam nur nicht mitbekommen hat, wie er sich gegen meinen Anmachversuch gewehrt hat?«

Lilly sah mich mit großen Augen an. »Das ist genial«, rief sie. »Deine Eltern werden sich hüten, ihn anzuzeigen. Im Gegenteil, sie werden ihn anflehen, damit er dich nicht wegen Verleumdung oder so etwas belangt!«

Das war der ultimative Plan. Dominik müsste nicht einmal die Schule wechseln, wenn meine Eltern kleinlaut beim Rektor anriefen und alle Beschuldigungen zurücknahmen.

Ich konnte gar nicht erwarten, dass meine Eltern nach Hause kamen. Doch Lilly bremste meine Euphorie. »Wir gehen die Szene jetzt in allen Varianten durch. Wir können es nicht riskieren, dass bei deinem großen Auftritt irgendetwas schief läuft!«

Ich wartete bereits an der Treppe, als meine Eltern nach Hause kamen. »Ich muss mit euch reden«, sagte ich und schaute ganz schuldbewusst drein. »Ihr kennt nicht die ganze Wahrheit.«

»Du bist doch nicht etwa schwanger!«, rief meine Mutter entsetzt.

»Nein«, widersprach ich. »Sam hat vielleicht gesehen, dass wir uns geküsst haben, aber sie hat nicht gesehen, wie Herr Behrens sich von mir losgemacht hat. Denn genau genommen haben wir uns nicht geküsst, sondern ich habe ihn geküsst.«

»Wo ist da der Unterschied?«, fragte mein Vater. »Er hat sich an dir vergangen!«

»Lass das Kind ausreden«, beruhigte meine Mutter ihn.

»Ich war immer so schlecht in Englisch und dann haben wir diesen neuen Lehrer bekommen und ich dachte, ich könnte vielleicht bessere Noten bekommen, wenn …«

»… du ihn erpresst?!« Meine Mutter schlug sich die Hand vor den Mund.

…wenn ich ihn verführe, hatte ich sagen wollen. Aber Erpressung ließ mich in einem noch viel schlechteren Licht erscheinen.

Ich nickte betreten. »Ich wusste nicht, was ich machen sollte, weil ich euch mit meinen Noten nicht enttäuschen wollte. Aber ich habe die Grammatik einfach nicht verstanden, egal, wie sehr ich mich angestrengt habe«, erklärte ich. »Ich dachte, wenn ich ein Druckmittel hätte, dann würde ich eine gute Englischnote bekommen und ihr wärt stolz auf mich.« Verschämt wischte ich mir die Tränen von den Wangen.

Ich wagte einen Blick auf meine Eltern und befürchtete, dass sie mich längst durchschaut hatten und mir kein Wort glaubten.

»Ist das wahr, Gina?«, fragte mein Vater.

Ich senkte den Blick und nickte stumm.

»Du hast mich in der Schule anrufen lassen und dafür gesorgt, dass ich mich zum Gespött der Leute mache«, schnauzte er.

»Weißt du, was das für Auswirkungen für deinen Lehrer hätte, wenn wir ihn angezeigt hätten?«

Mein Gesicht erhellte sich unweigerlich. »Das heißt, ihr wart noch nicht bei der Polizei?«

»Du kannst von Glück reden, dass du vernünftig geworden bist, bevor du das Leben dieses Mannes zerstört hättest«, sagte meine Mutter. »Wie kommst du nur auf solchen Unfug?«

»Ruft ihr beim Rektor an und sagt, dass das alles meine Schuld ist?«

»Gleich morgen früh werden wir zur Schule fahren und dann wirst du deine Tat Herrn Böhme beichten. Und du wirst dich persönlich bei deinem Lehrer dafür entschuldigen.«

»Du bekommst die ganzen Sommerferien Hausarrest«, wütete mein Vater weiter und zählte eine lange Liste von Verboten auf.

Glücklich ließ ich die Schimpftiraden über mich ergehen und tat mein Bestes, dabei so unglücklich wie möglich auszusehen.

Voller Freude fieberte ich dem nächsten Morgen entgegen. Nachdem ich mein Handy und meinen Laptop abgeben musste, hatte ich keine Chance, um Dominik zu sagen, dass er weder angezeigt werden würde noch die Schule wechseln musste. Deshalb sah ich ihn erst im Büro des Rektors, nachdem ich meine Beichte abgelegt hatte.

Überrascht blinzelte Dominik mich an, als ich mich für mein Verhalten ihm gegenüber entschuldigte.

»Ich weiß jetzt, dass ich Sie in ernste Schwierigkeiten gebracht habe und es tut mir aufrichtig leid, dass ich versucht habe, Sie zu erpressen, damit Sie mir eine bessere Englischnote geben.«

Dominik wischte sich die Verblüffung aus dem Gesicht und räusperte sich. »Ich bin froh, dass du das eingesehen hast«, sagte er.

»Dann sehen Sie von einer Anzeige ab?«, fragte mein Vater.

»Ich denke jeder von uns hat sich schon einmal in eine Idee verrannt, die sich hinterher als Fehler erwiesen hat«, entgegnete er und sah mich lange an. »Man muss es nur rechtzeitig einsehen, bevor das Ausmaß der Konsequenzen zu groß wird.«

Meine Eltern bedankten sich bei ihm und für mich war die Sache damit erledigt.

Ich hatte schon meine nochmalige Entschuldigung vor dem Abschied auf den Lippen, als Herr Böhme sich an mich wandte. »Nun, Gina, was machen wir nun mit Ihnen?«

»Warum?«, fragte ich. »Ich habe mich doch entschuldigt und Herr Behrens hat die Entschuldigung angenommen.«

»Nichtsdestotrotz haben Sie sich ein ernsthaftes Vergehen zuschulden kommen lassen, über das wir nicht einfach hinwegsehen können.«

Ich schluckte. »Bekomme ich einen Schulverweis?«, fragte ich.

»Das entscheidet die Klassenkonferenz. Aber da Sie sich einsichtig zeigen und Herr Behrens Ihre Entschuldigung angenommen hat, denke ich, dass Sie höchstens mit einem Unterrichtsausschluss rechnen müssen. Vielleicht bleibt es aber auch nur bei der Androhung dessen.«

»Hat dieser Ausschluss auch noch Bestand, wenn Gina ein Auslandsjahr machen würde?«, fragte mein Vater.

Das Auslandsjahr! Wieso hatte ich nicht mehr an den Brief gedacht? In all der Aufregung war er seelenruhig auf der Kommode liegen geblieben, bis ihn meine Eltern anscheinend gefunden hatten.

Herr Böhme warf mir einen irritierten Blick zu, erklärte jedoch, dass das auf den Beschluss der Klassenkonferenz ankäme.

»Wir hätten noch ein paar Fragen zu dem Auslandsjahr«, sagte meine Mutter.

»Brauchen Sie mich noch?«, fragte Dominik.

»Nein, Sie können gehen. Möchten Sie Ihren Antrag zurückziehen?«, fragte er noch und nahm den Umschlag von seinem Tisch.

»Nein«, sagte Dominik bestimmt, verabschiedete sich und verließ das Büro.

»Kann ich auch in den Unterricht?«, fragte ich.

»Natürlich«, sagte Herr Böhme.

»Möchtest du nichts über das Auslandsjahr erfahren?«, fragte mein Vater.

»Ihr habt mir ja nicht einmal gesagt, dass ihr mich fortschicken wollt.« Ich lief aus der Tür und suchte den Gang nach Dominik ab. Als ich in den Kopierraum linste, sah ich ihn.

»Von was für einem Antrag hat Herr Böhme gesprochen?«, fragte ich.

»Ich nehme das Angebot an und lasse mich an eine Schule in meiner Heimat versetzen«, sagte er und legte neues Papier in den Kopierer.

»Aber du musst doch gar nicht wechseln«, machte ich ihm klar.

»Wir reden später am Telefon«, versuchte er das Gespräch zu beenden.

»Meine Eltern haben mein Handy.«

Er schaute an mir vorbei, ob jemand auf dem Flur war. Doch da die erste Stunde längst begonnen hatte, war niemand zu sehen.

»Ich habe einen Fehler gemacht, als ich das zwischen uns zugelassen habe. Ich kann diesen Fehler nicht ungeschehen machen, aber ich bekomme die Chance, ihn nicht fortzuführen und vor allem ihn nicht noch einmal zu machen.«

Ich sah betreten zu Boden. »Dann war ich für dich nur ein Fehler?«

»Du weißt, dass ich das nicht so gemeint habe.«

Vielleicht war mir das bewusst. Dennoch wurde ich das Gefühl nicht los, dass ich mein Image an der Schule vergeblich in den Schmutz gezogen hatte. Auch wenn so etwas vertraulich behandelt werden sollte, verbreiteten sich die Fehltritte von Schülern im Lehrerzimmer schnell. »Ich gehe jetzt besser in den Unterricht«, sagte ich und wandte mich um.

Er hielt mich auf. »Warum haben deine Eltern nach dem Austausch gefragt?«

Ich zuckte mit den Schultern. »Eigentlich war das Plan A, damit sie dich nicht anzeigen. Dann hatten wir die Idee für Plan B und haben vergessen, Plan A rückgängig zu machen.«

»Wenn du diesen Austausch wirklich machen möchtest, dann melde dich. Meine Schwester wohnt nur ein paar Kilometer von der Schule entfernt.«

Ich zeigte mich mäßig begeistert. »Mein Abi an dieser Schule kann ich eh knicken. Jetzt denkt schließlich jeder Lehrer, dass er mein nächstes Opfer wird.«

Er mied meinen Blick. »Du hättest das nicht tun müssen.«

»Ich habe es für uns getan«, sagte ich leise. »Ich habe es getan, damit du nicht angezeigt wirst. Aber es war alles umsonst.«

»Ob du mir glaubst oder nicht, ich gehe nicht weg, um meinen Hintern zu retten, sondern damit du ganz normal weitermachen kannst mit einem Jungen in deinem Alter, den du nicht vor deinen Freunden und deiner Familie verstecken musst.«

»Und wenn ich das gar nicht will?«

»Es ist das Beste für dich und das weißt du auch.« Er nahm die Vorlage und die Kopien. »Pass auf dich auf«, sagte er und ging an mir vorbei zum Lehrerzimmer.

»Die merken bestimmt nicht, wenn ich mich an Bord schleiche«, meinte Lilly, nachdem ich meine Koffer aufgegeben hatte. Schon als ich sie packte, überlegte sie, ob sie nicht als blinder Passagier darin mitreisen sollte. Jedoch verwarf sie den Gedanken, als sie feststellte, dass das Flugticket günstiger war als die Gebühr für das Übergepäck.

Plan A war unglücklicherweise aufgegangen und egal, was ich anstellte, ich konnte meine Eltern durch nichts davon überzeugen, mich nicht nach England zu schicken. Also blieb mir nichts anderes übrig, als mich meinem Schicksal zu fügen.

»Rufst du an, wenn du angekommen bist?«, fragte meine Mutter. Tränen standen in ihren Augen, als sie mich in die Arme schloss.

»Natürlich!«, versprach ich. Dann verabschiedete ich mich von meinem Vater und von meiner Schwester. »Pass schön auf, dass die beiden sich nicht immer streiten«, sagte ich Sofia ins Ohr. »Wenn sie sich nicht vertragen, rufst du mich an und ich bin sofort wieder da.«

»Abgemacht«, gluckste sie und stellte sich zurück zwischen meine Eltern.

Ich wandte mich zu Lilly um. Ihre blauen Kulleraugen glänzten. Ich wollte ihr sagen, wie leid es mir tat, dass ich sie so lange belogen hatte, wie dankbar ich war, dass sie trotz allem zu mir hielt und wie sehr ich sie in England vermissen würde. Kein Wort auf dieser Welt konnte ausdrücken, was ich für sie empfand. Stumm umarmte ich sie und drückte sie fest an mich.

»Ich werde dich vermissen«, flüsterte sie in mein Ohr.

»Und ich dich«, wisperte ich mit tränenerstickter Stimme. Langsam löste ich mich von ihr.

»Ruf mich an, wenn du angekommen bist. Oder schreib mir oder ...« Sie hielt inne und seufzte. »Vergiss mich nicht.«

»Wie könnte ich?«, lächelte ich und gab ihr zum Abschied einen Kuss auf die Wange.

»Und denk an das Foto von Dominiks Neffen!«

Ich lachte. »Du bist einfach unverbesserlich!«

»Was denn? Vielleicht liegt das gute Aussehen in der Familie.«

Ich nahm meine Tasche und passierte die Sicherheitskontrolle. Bevor ich zum Flugsteig ging, wandte ich mich noch einmal um und winkte ihnen. Ich setzte mich bis zum Boarding in den Wartebereich, als sich jemand zu mir setzte.

»Bist du aufgeregt?«, fragte Dominik.

»Ein bisschen« gestand ich. »Danke, dass du mitkommst.«

»Ich bleibe aber nur die erste Woche. Danach musst du allein klarkommen.«

Ich lehnte mich zurück und sah auf meine Hände, die unruhig in meinem Schoß lagen. »Meinst du, ich schaffe das?«

»Wenn du dir etwas vornimmst, dann findest du einen Weg, um dein Ziel zu erreichen.«

Nichts war unmöglich. Das hatte mir das hinter mir liegende Jahr bewiesen. Und auch wenn wir Fehler gemacht hatten und dafür nun die Konsequenzen tragen mussten, so hatten wir gleichzeitig das Glück, unabhängig voneinander neu anfangen zu können – auch wenn das bedeutete, dass ich nun auf eigenen Beinen stehen musste.

»Sehr geehrte Damen und Herren«, schallte es durch den Wartebereich. »Ihr Flug BA 977 nach London Heathrow ist nun am Ausgang B10 für Sie zum Einsteigen bereit.«

»Bist du soweit?«, fragte Dominik.

»Das bin ich«, sagte ich entschlossen und setzte den ersten Schritt in mein neues Leben.

# Danke

Ich danke allen, die an mich und meine Geschichte geglaubt haben und mir immer wieder Mut gemacht haben, sie nicht auf der Festplatte verstauben zu lassen.

Allen voran möchte ich meinem Ehemann Henning danken, dass er nicht nur Korrektur gelesen und dieses wunderbare Cover entworfen hat, sondern als Testperson für alle möglichen Szenen hergehalten hat und mir immer zuhört, wenn meine Charaktere mich in den Wahnsinn treiben. Ich liebe Dich!

Ich danke auch meiner lieben Elli, die als Fan der ersten Stunde jede Fassung der Geschichte kennt und nie daran zweifelte, dass ich meinen Roman eines Tages veröffentliche.

Ganz lieben Dank auch an Krizzy, die mir nicht nur als Probeleser, sondern in absolut jeder Lebenslage mit Rat und Tat zur Seite steht und für jede noch so verrückte Idee zu haben ist.

Vielen Dank auch an meine Familie, die mich immer unterstützt hat und tolerierte, dass ich die ganze Nacht durchschrieb, obwohl ich am nächsten Morgen zur Schule musste.

Zudem danke ich meiner Agentur *Editio Dialog*, die das Beste aus meiner Geschichte herausgeholt hat.

Vielen, vielen Dank auch an meine Probelese-Mädels Hannah, Kathrin, Laura, Lena, Leona, Maren und Melina. Ihr habt mir an vielen Stellen die Augen geöffnet!

Last but not least: Danke an alle, die mich bewusst oder unbewusst zu dieser Geschichte inspiriert haben!

# Die Autorin

Als Kind verlor sie sich in Tagträumen, entdeckte verwunschene Schlösser und bereiste ferne Welten. Als sie das Schreiben schließlich erlernte, hielt sie alles für die Ewigkeit fest.

Sarah K. Broser wurde 1988 im Herzen Niedersachsens geboren und lebt dort noch immer mit ihrem Ehemann sowie zwei eigensinnigen Fellnasen.

Mit 15 Jahren kam ihr die Idee zu ihrem ersten Jugendroman, der das Tabu-Thema einer Liebe zwischen einer Schülerin und ihrem Lehrer behandelt. Im August 2016 veröffentlichte sie ihren Debütroman unter dem Titel *Kreideherzen*. 2018 folgte ihr zweiter Roman *Liebe muss echt sein.*

Neben dem Schreiben widmet sie ihre Freizeit ihrer zweiten Leidenschaft, dem Theater. Unter ihrer Regie wurden neben weiteren Produktionen drei der von ihr verfassten Theaterstücke erfolgreich aufgeführt: *Der Mörder ist unter uns* (2013), *Nichts ist, wie es scheint …* (2014) und *Zerbrichmeinnicht* (2018).

Im Herbst 2017 veröffentlichte sie ihre Kurzgeschichte *Liebe auf Umwegen* im *Impress*-Magazin des Carlsen Verlags.

Sarah K. Broser
Michael-Ende-Ring 35
38229 Salzgitter
info@skbroser.de

41107332R00136

Printed in Poland
by Amazon Fulfillment
Poland Sp. z o.o., Wrocław